*Amours vraies*

# RENDEZ-VOUS À MANHATTAN

*Amours vraies*

# RENDEZ-VOUS À MANHATTAN

## JUDITH ARNOLD

Traduit de l'anglais par
Sophie Beaume et Valérie Finet

Éditeur : François Doucet

Traduction : Sophie Beaume et Valérie Finet

Révision linguistique : Daniel Picard

Correction d'épreuves : Nancy Coulombe, Catherine Vallée-Dumas

Conception de la couverture : Matthieu Fortin

Photo de la couverture : © Thinkstock

Mise en pages : Sébastien Michaud

ISBN papier 978-2-89733-122-1

ISBN PDF numérique 978-2-89733-123-8

ISBN ePub 978-2-89733-124-5

Première impression : 2013

Dépôt légal : 2013

Bibliothèque et Archives nationales du Québec

Bibliothèque Nationale du Canada

**Éditions AdA Inc.**

1385, boul. Lionel-Boulet

Varennes, Québec, Canada, J3X 1P7

Téléphone : 450-929-0296

Télécopieur : 450-929-0220

**www.ada-inc.com**

**info@ada-inc.com**

**Diffusion**

| | |
|---|---|
| Canada : | Éditions AdA Inc. |
| France : | D.G. Diffusion |
| | Z.I. des Bogues |
| | 31750 Escalquens — France |
| | Téléphone : 05.61.00.09.99 |
| Suisse : | Transat — 23.42.77.40 |
| Belgique : | D.G. Diffusion — 05.61.00.09.99 |

**Imprimé au Canada**

Participation de la SODEC. SODEC

Nous reconnaissons l'aide financière du gouvernement du Canada par l'entremise du Fonds du livre du Canada (FLC) pour nos activités d'édition.

Gouvernement du Québec — Programme de crédit d'impôt pour l'édition de livres — Gestion SODEC.

**Catalogage avant publication de Bibliothèque et Archives nationales du Québec et Bibliothèque et Archives Canada**

Arnold, Judith

   [Meet Me in Manhattan. Français]

   Rendez-vous à Manhattan

   (Amours vraies ; 1)

   Traduction de : Meet Me in Manhattan.

   ISBN 978-2-89733-122-1

   I. Beaume, Sophie, 1968- . II. Titre. III. Titre : Meet Me in Manhattan. Français.

PS3551.R665M4314 2013        813'.54        C2013-940954-8

En mémoire de mon père,

qui aimait vivre à Manhattan.

# Cher lecteur

En tant qu'écrivaine, je suis habituée à construire les choses. J'invente, je raconte des histoires, je mens. Je crée des personnages qui répondent à mes souhaits. Ainsi, quand Olivia Rupprecht et Michele Matrisciani m'ont abordée au nom de HCI Books avec l'idée d'écrire une histoire d'amour basée sur des personnages réels, j'ai hésité.

Ensuite, on m'a parlé de Ted Skala et Erika Fredell. Leur histoire m'a transportée comme les meilleures histoires d'amour imaginaires. Deux adolescents profondément épris l'un de l'autre, et pourtant trop jeunes pour savoir comment gérer leurs émotions incendiaires, éteignent cet amour passionné… ou du moins essaient. Les années passent, et ils construisent, chacun de leur côté, une vie solide et brillante ; toutefois, une braise tenace de leur amour passé refuse de s'éteindre. Pourront-ils raviver cette braise et la transformer de nouveau en flamme ? S'ils y parviennent, se brûleront-ils, et cela détruira-t-il tout ce qui est important pour eux à présent ?

Je suis extrêmement reconnaissante à la conceptrice de la série AMOURS VRAIES, Olivia Rupprecht, de m'avoir offert l'opportunité d'écrire cette histoire merveilleuse pleine de passion; à la créatrice de la série AMOURS VRAIES, Michele Matrisciani, pour ses conseils avisés, son soutien, son génie constant; à Veronica Blake pour avoir incité ses collègues de HCI à éditer des romans d'amour; ainsi qu'à Peter Vegso, président et éditeur de HCI Books, pour son ouverture d'esprit et ses encouragements lorsque nous avons complètement développé ce nouveau concept, à savoir les «histoires d'amour inspirées de la réalité»; et surtout à Ted et Erika Skala qui m'ont confié leur merveilleuse histoire. J'espère que vous prendrez autant de plaisir à la lire que j'en ai pris à l'écrire.

J'aime avoir des nouvelles de mes lecteurs. Vous pouvez me joindre par le biais de mon site Web : www.juditharnold.com. Je vous encourage également à visiter le site officiel d'AMOURS VRAIES, www.truevows books.com, pour y interagir avec les couples et les auteurs, y apprendre les dernières nouvelles à propos de la série AMOURS VRAIES, y trouver les titres à venir dans la série et même avoir la possibilité de raconter à HCI Books votre véritable histoire d'amour pour avoir ainsi peut-être la chance de devenir le sujet d'un prochain livre de la série AMOURS VRAIES.

# Un

*Détends-toi*, se dit Erika. C'est seulement Ted.

Alors qu'elle se trouvait, sous une bruine, à un coin très fréquenté de Soho devant le café Fanelli's, Erika Fredell admit que le terme *seulement* ne s'était jamais rapporté à Ted. Et s'ordonner de se détendre ne l'aidait pas à calmer ses nerfs. Elle avait couru jusqu'ici depuis la salle de gym après y avoir fait un peu d'exercice, s'être douchée et séché les cheveux — même si cela n'avait pas servi à grand-chose puisqu'il pleuvait —, et s'être maquillée afin d'être belle même si c'était *simplement* avec Ted qu'elle avait rendez-vous. Fanelli's ne se trouvait qu'à quelques pâtés de maisons de la salle de gym, et elle avait parcouru le trajet au pas de course afin de ne pas arriver trop tard. À mi-chemin, elle s'était rendu compte qu'elle avait oublié son porte-monnaie à la maison.

*Détends-toi.* Oui, bien. Elle était vraiment détendue, pensa-t-elle avec un rire ironique.

Fanelli's était un choix judicieux pour son rendez-vous avec Ted. Établissement lumineux et intime à la fois, l'ancien bar clandestin attirait des clients divers : des artistes, des professionnels, des gens du coin, toute personne qui préférait un bon hamburger et une bière bon marché à une atmosphère prétentieuse et des prix excessifs. C'était le genre d'endroit qu'elle aimait.

Seize ans s'étaient écoulés depuis qu'elle et Ted avaient formé un couple, et elle ne savait plus si Fanelli's était le genre d'endroit qu'*il* aimait, ou quel était son genre d'endroit pour un tel rendez-vous. Mais, en cet instant, il se trouvait à l'intérieur du bistrot de quartier et il l'attendait — en supposant qu'il ne soit pas arrivé plus tard qu'elle-même. Elle aurait dû arriver il y a une demi-heure déjà, mais elle avait perdu la notion du temps. Peut-être avait-il laissé tomber et était déjà parti, s'imaginant qu'elle s'était dégonflée. Peut-être avait-il conclu qu'elle lui avait posé un lapin, qu'elle ne ferait que lui briser le cœur encore une fois.

*Oh, pitié*. C'était arrivé il y a bien longtemps. Les adolescents ont constamment le cœur brisé. Ensuite, les adolescents grandissent, leurs cœurs guérissent et ils passent à autre chose. Si Ted n'avait pas grandi, guéri et n'était pas passé à autre chose, il ne l'aurait pas jointe à l'improviste et ne lui aurait pas proposé d'aller boire un verre.

Elle se donna trois secondes pour vérifier son reflet dans la vitre couverte de pluie sous l'enseigne lumineuse rouge de Fanelli's, ajusta l'élégant collier massif qui entourait son cou au-dessus de l'échancrure de son débardeur, ensuite se dit *et puis merde* et entra dans le bistrot. S'agiter nerveusement en dernière minute n'allait pas améliorer son apparence. Elle regarda de quoi elle avait l'air. Plus vieille de 16 ans. Ses cheveux étaient à nouveau longs, tout comme à l'époque du secondaire. Elle n'arborait plus la coupe courte et espiègle qu'elle avait lorsqu'ils s'étaient vus lors de leur douloureux et pénible rendez-vous à l'aéroport de Denver, après qu'elle eut commencé l'université. À l'époque, elle avait été absolument certaine qu'il n'aimait pas ses cheveux courts. À l'époque, elle ne s'était pas souciée de ce qu'il pensait. Elle avait voulu une nouvelle apparence afin de marquer un nouveau tournant dans sa vie. Fini le New Jersey. Fini l'école secondaire. Fini les chevaux.

Fini Ted.

Mais maintenant, ses cheveux étaient de nouveau longs. Elle se demanda si, cette fois, *il* serait celui qui ne s'en soucierait pas. Elle se demanda pourquoi *elle* se souciait du fait qu'*il* s'en soucie ou non.

Elle s'ordonna de se ressaisir. Elle se rappela que Ted et elle étaient deux vieux amis qui avaient tous les deux atterri à New York et se retrouvaient pour prendre un verre, un soir pluvieux du mois de juin. Ils n'étaient pas d'anciens amants. Ils n'étaient pas des écoliers amoureux. Ils étaient des adultes et menaient leur propre vie. Rien de plus. Elle n'avait aucune raison d'être nerveuse.

Bien. Racontez donc cela à son estomac qui, en ce moment, faisait des acrobaties comme un gymnaste olympique dans l'espoir d'obtenir une note de 10.

Inspirant profondément pour se donner du courage, elle redressa les épaules, poussa la porte et entra. Une vague de bavardages bruyants la submergea ; toutes les personnes présentes semblaient parler en même temps. Et il y avait un monde fou agglutiné autour des tables ou qui traînait près du bar. Peut-être que la foule bruyante servirait de tampon entre eux, adoucissant l'intensité de leur rencontre.

Ce n'est pas qu'elle serait intense. Juste deux vieux amis qui se retrouvaient pour prendre un verre.

Elle parcourut la pièce des yeux, mais ne le vit pas. Une serveuse tenta de l'arrêter alors qu'elle poursuivait son chemin au milieu de la cohue, mais elle marmonna quelque chose à propos d'un rendez-vous avec un ami — « Un *vieil* ami », avait-elle dit parce que se décrire, elle et Ted, comme de vieux amis apaisait ses nerfs tendus — et, ensuite, elle le repéra, assis à l'extrémité du bar, un verre de bière à la main.

Il était magnifique. Merde.

Il avait toujours été magnifique, bien sûr. Mais il avait tellement changé par rapport à ce garçon maigre et dégingandé dont elle s'était amourachée l'été qui avait suivi l'école secondaire. Il était encore mince et musclé, mais était plus massif. Son visage s'était un peu développé. Ses cheveux sombres étaient plus courts, ses boucles rebelles domptées, et il avait acquis suffisamment de poils sur le visage pour laisser pousser de respectables favoris taillés avec soin. Avec son pantalon en velours bon chic bon genre et son polo à col, il paraissait craquant et frais, insensible à la chaleur étouffante du mois de juin à New York.

Il devait l'avoir vue au moment où elle l'avait vu. Il écarquilla les yeux, son sourire s'élargit, et il pencha légèrement la tête. Elle marcha le long du bar, ayant repéré la chaise à ses côtés et s'y glissa. Les tabourets du Fanelli's étaient une denrée rare, spécialement un soir où il y avait beaucoup de monde, comme celui-ci. Elle se demanda s'il avait dû repousser des gens afin de le garder pour elle. Il avait toujours été un bagarreur au secondaire, prêt à se battre si nécessaire. Plus que prêt, quelques fois.

Mais peut-être qu'il ne s'était pas battu pour lui garder un siège. Peut-être venait-il juste de se libérer. Peut-être qu'une autre femme s'était assise à côté de lui. Une belle femme. Erika était tellement en retard ; il pouvait avoir choisi de profiter de son absence.

Cette idée n'aurait pas dû ennuyer Erika. Ils étaient de *vieux amis* qui se retrouvaient pour prendre un verre, après tout. Pas vieux, *mûrs*. Elle était certainement beaucoup plus mûre qu'elle ne l'avait été durant l'été passé à rêvasser en pensant à lui et à se pâmer devant lui et, au cours duquel, elle avait essayé de comprendre ce qu'était l'amour.

— Salut, lui dit-il pour l'accueillir, et, ensuite, il secoua la tête. Waouh.

— Je sais. Waouh, répondit-elle.

Elle se demandait s'ils disaient qu'ils étaient épatés d'avoir tous les deux atterri dans la même ville, ou d'être tous les deux assis au même bar, ou bien d'être, après tout ce temps, toutes ces années, face à face.

Son *waouh* voulait dire qu'elle trouvait qu'il avait une allure fabuleuse, mais elle n'était pas prête à le lui avouer.

Ils étaient donc là. Devaient-ils se serrer dans les bras ? Se faire la bise ? Il lui vint à l'esprit que, s'ils avaient réellement été de vieux — ou mûrs — amis, elle aurait su quoi faire. Mais la vérité lui sauta aux yeux. Seize ans après que Ted lui eut dit qu'il voulait qu'elle sorte de sa vie, pour de bon et pour toujours, ils ne pourraient jamais être *juste des amis* pas plus qu'il ne pourrait être *simplement Ted*.

Son estomac exécuta un saut digne d'une médaille d'or.

5

— Écoute, dit-elle en souriant nerveusement, je sais que ça fait une éternité depuis la dernière fois qu'on s'est vus, mais je n'ai pas d'argent sur moi.

*Oh, bon sang,* pensa-t-elle, *je suis une vraie conne. Et une boule de nerfs, même si c'est* simplement Ted.

Il arbora un large sourire.

— Ne t'inquiète pas pour ça. Tout va bien.

Elle réussit à sourire et pria pour qu'il ne remarque pas combien elle était troublée — et encore plus troublée du fait qu'il semblait sacrément calme et détaché. Il fit signe au barman et, ensuite, pensa à demander à Erika :

— Tu veux boire quelque chose ?

*Mon Dieu, oui.* Le barman s'approcha, décharné et chic. Il émanait de lui l'aura d'un acteur sans emploi, tout comme 80 % des serveurs à New York. Plutôt que de laisser Ted commander pour elle — ce qui aurait laissé entendre quelque chose d'autre que de l'amitié —, Erika demanda une bière. Si Ted buvait de la Budweiser, elle boirait une Bud, elle aussi.

Le barman se tourna vers Ted.

— Je vous en remets une autre ? demanda-t-il en faisant un signe de tête en direction du verre de Ted.

Ted examina son verre et hocha la tête.

— Pas encore, dit-il, puis il but une gorgée.

Il reposa son verre, et Erika observa le reste de mousse glisser le long des parois. Pour une raison ou une autre, c'était plus facile que de regarder Ted.

— Alors, dit-il. Comment vas-tu ?

Elle rit, en partie pour se débarrasser de sa nervosité, en partie parce que la question était tellement banale, et partiellement parce qu'elle n'était pas certaine de sa réponse. Comment allait-elle maintenant? Comment allait-elle l'année passée, ou bien il y a 5 ou 10 ans? Comment allait-elle le jour où elle avait quitté le New Jersey pour le Colorado? Le jour où elle l'avait vu à l'aéroport? Le jour où il lui avait dit qu'il ne pourrait plus l'aimer de nouveau?

— Je vais bien, répondit-elle. Et toi?

— Moi aussi, je vais bien, dit-il avec un large sourire. Dieu merci, nous en avons fini avec ça.

Bien. Peut-être que ce ne serait pas trop embarrassant, après tout. Peut-être seraient-ils capables de bavarder — pas comme avant, mais comme deux personnes qui ont partagé d'agréables souvenirs. S'ils étaient capables de glousser tous les deux à propos de la gêne entre eux et le début guindé de leurs retrouvailles, elle pourrait survivre à ce face-à-face.

Elle y survivrait encore plus facilement si seulement on lui amenait sa bière.

— Je suis désolée d'être en retard, dit-elle. J'espère que tu ne m'as pas attendue trop longtemps.

Il haussa les épaules comme pour l'assurer que son retard n'avait pas d'importance, puis désigna d'un geste la foule qui envahissait la salle.

— J'ai dû repousser des centaines de personnes pour m'accrocher à ce tabouret.

— Des centaines?

— Je mens. C'était plutôt des milliers.

Elle sourit. Il y a bien longtemps, elle était tombée amoureuse de son sens de l'humour, tout comme de son intensité, son énergie, son intelligence naturelle, ses yeux verts séduisants et sa tignasse de boucles en pagaille. Les boucles avaient disparu, mais il dégageait encore de l'intensité et de l'énergie. Et ses yeux étaient encore terriblement affriolants.

Elle sourit pensivement. Au cours des 16 dernières années, elle n'avait jamais rencontré d'homme capable de lui faire ressentir ce que Ted lui avait fait ressentir. Elle acceptait cela. Elle aimait sa vie. Elle ne faisait pas partie de ces femmes célibataires, trentenaires et désespérées, prêtes à se contenter de n'importe quel homme uniquement pour avoir la bague au doigt. Elle n'était plus jamais tombée amoureuse après avoir mis fin à sa relation avec Ted et elle n'avait jamais vu cela comme un manque dramatique dans sa vie.

Mais... avoir été la petite amie de Ted à l'époque avait été délicieux.

— Comment va ta famille? demanda-t-elle, dirigeant délibérément ses pensées dans une autre direction.

Le barman se matérialisa devant eux avec sa boisson, et Ted attendit qu'il soit parti pour répondre.

— Ils vont bien, dit-il. Mes parents sont partis dans le Maine.

— Ton père a toujours aimé cet endroit, répliqua Erika.

— Ouais. East Machias, dit-il en haussant les épaules. La plupart des personnes retraitées s'en vont vers le sud, en Floride, mais je suppose que les hivers du New Jersey n'étaient pas assez froids pour mes parents.

— Et tes frères?

— Toujours détestables, plaisanta-t-il. Ils vont très bien. Mariés, ils ont fondé une famille, ils font les choses habituelles. C'est la même chose pour ma sœur. Comment va ta famille à toi?

— Ils vont bien.

Erika se rappela à quel point elle avait été impressionnée par la grande famille bruyante de Ted. Quatre garçons ! Elle avait toujours ressenti un peu de pitié pour la jeune sœur de Ted ridiculement surpassée en nombre, même si elle imaginait qu'une fille avec quatre frères plus âgés devait jouir d'une certaine notoriété. Les Skala avaient vécu à Chester, une petite ville dans la banlieue de Mendham, dans une maison d'époque qui se trouvait, d'après Ted, sur ce qui avait été autrefois un cimetière. Il avait insisté sur le fait que l'endroit était hanté. Elle supposait que tous les grincements et bruits entendus dans cette maison étaient plutôt dus à cinq enfants sportifs montant et dévalant l'escalier à toute vitesse.

— Et le boulot ? demanda-t-il. Que fais-tu pour payer ton loyer en ce moment ?

— Pour tout te dire, je viens d'être engagée par l'une des grosses banques internationales.

— Vraiment ? Et tu y fais quoi ?

— Je suis…

Elle espérait qu'il ne pense pas qu'elle se vantait.

— … la vice-présidente.

Il ne parut ni surpris ni impressionné, mais plutôt étrangement satisfait.

— Tu as toujours été tellement intelligente. J'imaginais que tu étais en train de parcourir le monde à présent.

— C'est un boulot, dit-elle.

C'était effectivement le cas.

Un bon boulot, qui payait très bien, un travail prestigieux. Elle avait été suffisamment excitée en obtenant ce poste pour dépenser une fortune en s'offrant une montre

Cartier et en réservant un voyage à Saint-Barth pour célébrer cela. Elle s'était sentie puissante, performante, fière d'être la vice-présidente d'un établissement financier de premier plan.

Cependant, comme elle était en train de l'apprendre, même la vice-présidente d'une grande compagnie financière pouvait se sentir tremblante et anxieuse, assise au bar en compagnie de son premier petit ami, 16 ans après leur rupture et après avoir chacun brisé le cœur de l'autre. Aucun titre exaltant ou salaire faramineux ne pourrait changer cela.

— Et toi?

— Je travaille pour East River Marketing.

— Tu y fais quoi?

Il lui adressa un sourire suffisant et leva sa bière.

— Je suis vice-président, dit-il avant de boire.

Une chaleureuse pléiade d'émotions se déploya en elle. De la joie qu'il ait aussi bien réussi, parce qu'au secondaire, il n'était pas aussi ambitieux. De la fierté qu'il soit arrivé à un poste aussi haut sans — du moins, pour autant qu'elle le sache — un diplôme universitaire. Du soulagement parce qu'il n'allait pas trouver son propre titre prestigieux intimidant. De l'étonnement parce qu'elle se sentait soulagée.

— Fais-tu encore de l'art? demanda-t-elle.

— Eh bien, il y a un peu d'art dans ce que je fais. Je suis responsable de la création et de la production. Je crée des environnements qui reflètent les marques des clients. Nous essayons de trouver des manières intuitives de démarquer le client, des moyens subliminaux de transmettre ce qu'est le client pour les consommateurs qu'ils essaient de toucher. C'est vraiment créatif.

— Tu as toujours été un artiste talentueux.

Sur ce, il se moqua modestement :

— Je dessinais des bandes dessinées.

— Des bandes dessinées fantastiques. Et d'autres choses, aussi. Des trucs formidables.

Elle faillit laisser échapper qu'elle avait gardé chaque dessin qu'il lui avait donné. Cependant elle n'était pas certaine de savoir pourquoi elle les avait gardés, et elle décida qu'il valait mieux éviter le sujet.

— Tu avais énormément de talent, lui assura-t-elle. De toute évidence, tu en as toujours.

Il haussa les épaules.

— J'ai fini par trouver un travail capable d'éveiller mon intérêt. C'est amusant. Chaque jour, je fais quelque chose de différent. Impossible de m'ennuyer. Ils me paient bien et me traitent comme un dieu.

Ce fut au tour d'Erika de se moquer :

— Vraiment ?

— En fait, ils me supportent.

— Ils ont intérêt à être très tolérants.

Il accepta sa boutade avec un large sourire bon enfant.

— C'est un boulot génial. Au cours de ces années, j'ai finalement trouvé ce pour quoi j'étais fait.

— Je savais que tu n'étais pas fait pour devenir pompiste, dit-elle.

Et ensuite, elle se mordit la lèvre. Elle n'aurait pas dû mentionner son ancien travail d'été. Il pourrait penser qu'elle était condescendante ou méprisante à propos de l'emploi occupé. Il pourrait repenser à cet été romantique qui avait suivi le secondaire, et à la façon dont il s'était terminé, à la façon dont ils avaient mis fin à leur relation.

Si son commentaire l'ennuya, il n'en laissa rien paraître.

— Tu as l'air en pleine forme, Erika, dit-il.

Il se pencha vers elle, et un étrange frisson d'excitation s'empara d'elle; néanmoins elle se rendit compte qu'il ne cherchait qu'à attraper sa bière. Sans la quitter des yeux, il but une gorgée et redéposa son verre.

— Il est clair que la vie te traite bien.

— Je ne peux pas me plaindre.

— Montes-tu toujours?

— À cheval?

Elle soupira.

— Pas souvent. Je n'ai simplement pas de temps à y consacrer.

Il ouvrit la bouche, puis la referma sans dire un mot. Qu'avait-il voulu dire? Quelque chose au sujet du temps, peut-être? Quelque chose à propos de l'engagement?

Elle aurait pu expliquer qu'elle était perfectionniste, que pour arriver à monter au même niveau qu'à l'époque où elle participait à des compétitions, cela lui demanderait plus d'effort qu'elle ne pouvait se permettre de consacrer à ce sport. Enfant et adolescente, lorsqu'elle ne faisait pas ses devoirs, elle avait passé chaque minute de son temps libre aux écuries, à s'entraîner. Elle était bonne. Encore mieux que bonne. Ses parents conservaient encore dans leur maison tous ses rubans et ses trophées — suffisamment de rubans et de trophées pour remplir plusieurs étagères. Elle s'était qualifiée pour la compétition nationale. Elle avait fait une compétition à Meadowlands et à Madison Square Garden. Pour elle, monter n'avait pas été juste un truc de fille. Cela avait été sa vie, sa vraie passion... jusqu'à ce qu'elle commence à sortir avec Ted.

À présent, elle faisait d'autres choses, elle assouvissait d'autres passions… même si, dans sa vie, elle n'était pas certaine de savoir quelles étaient ces passions. Le boulot qu'elle venait d'obtenir était un grand succès, mais ce n'était pas sa passion. Comment un travail administratif très stressant dans une institution financière pourrait être la passion de quiconque?

— Alors, dit-il avec une nonchalance déconcertante, vois-tu quelqu'un?

Elle imita son ton décontracté lorsqu'elle répondit :

— Je vois énormément de monde.

Ce qui était à la fois vrai et faux. Rien que chez Fanelli's elle pouvait voir plusieurs douzaines de personnes.

Elle avait compris ce que Ted voulait dire, bien sûr. Et évidemment qu'elle voyait des hommes. Personne avec qui le mot *passion* pouvait être employé. Elle avait réellement abandonné l'idée de trouver son âme sœur ; elle ne croyait plus en son existence. Et elle avait accepté cela.

Sortir avec quelqu'un était agréable. Le sexe, occasionnellement, pouvait être encore plus agréable. Elle aimerait avoir un enfant un jour et elle imaginait bien qu'elle aurait besoin d'un homme pour cela. Ou d'une banque de sperme. Elle pouvait facilement s'imaginer enthousiasmée par la maternité.

— Rien de sérieux, quoi, dit Ted.

Elle secoua la tête.

— Et toi?

Il hésita, et elle sentit un spasme soudain et douloureux à proximité de son cœur. Que Ted fréquente quelqu'un ne devrait pas l'ennuyer — tout comme elle n'aurait pas dû se sentir nerveuse à l'idée de le revoir. Ils étaient de *vieux amis,* se rappela-t-elle. Les vieux amis se réjouissaient de la chance de l'autre lorsque l'autre trouvait le véritable amour.

Le petit pincement au cœur, ou la jalousie, ou quel que soit ce qu'elle ressentait en ce moment, n'était qu'un vestige, un morceau de souvenir nostalgique de leur romance morte depuis longtemps.

— Je suis en quelque sorte... eh bien, oui, dit-il.

Un mélange de curiosité, de regret, d'envie et d'autres émotions inexplicables valsa en elle. Avec qui sortait-il? Comment était-elle? Superbe? Blonde? Avait-elle la chance d'avoir de gros seins?

Elle étouffa sa curiosité. Honnêtement, elle préférait ne pas savoir.

— Bien, dit-elle avec un sourire qu'elle espérait amical.

Un sourire de *vieux amis*.

— Je ne sais pas vers quoi nous allons, elle et moi, poursuivit-il avant de hausser les épaules. Mais nous sommes ensemble depuis un moment, donc...

— Tu es une belle prise, dit Erika qui le pensait vraiment. C'est une femme chanceuse.

Il lui adressa un nouveau sourire étincelant.

— Merci.

— Les filles t'ont toujours aimé. Tu étais tellement adorable.

— Oh, oui.

Il rit.

— C'est tout moi. Adorable.

Son sourire s'évanouit, et il but plusieurs grandes gorgées de bière, vidant son verre.

— C'était vraiment agréable, Fred, mais je crains de devoir m'en aller.

Qu'il l'ait appelée «Fred» — l'ancien surnom qu'elle portait et qui venait de son nom de famille — la toucha. Qu'il annonce aussi brutalement qu'il devait partir la toucha d'une manière différente, plus froide. Elle aurait été heureuse de rester à ses côtés pour parler encore un peu. Pas de la femme chanceuse qui l'avait déniché, mais d'autres choses. De la façon dont il avait passé les 16 dernières années de sa vie. S'il accordait encore autant de valeur aux mêmes choses que par le passé, s'il écoutait encore Phish ou Fleetwood Mac, s'il pensait encore que les ânes étaient plus mignons que les chevaux.

Le verre d'Erika était à moitié plein, mais ce rendez-vous avait pris fin. Il était temps de se dire au revoir. Il vida son verre de bière en quelques longues gorgées.

— C'était vraiment agréable, dit-elle en redéposant son verre. Merci pour le verre.

— De rien.

— Je suis contente que tu m'aies contactée.

*Tais-toi, Erika. C'est l'heure de se dire au revoir.*

— Je suis content de l'avoir fait, moi aussi.

Il fit signe au barman qui s'approcha et demanda s'ils désiraient commander une nouvelle tournée. Ted déclina, plaça quelques billets sur le bar à côté de son verre vide et se mit debout.

— Nous pourrions remettre ça un de ces jours, dit-il.

— Ce serait bien.

Erika se demanda s'il serait resté plus longtemps s'ils ne s'étaient pas aventurés à demander s'ils voyaient quelqu'un. Elle se demanda si son désir soudain de partir avait quelque chose à voir avec sa liaison actuelle. Elle se demanda pourquoi elle se posait toutes ces questions. Elle se demanda pourquoi elle s'en souciait. Elle se demanda si de *vieux amis* ne devaient plus parler de ce qu'ils étaient l'un pour l'autre. « Des amis *d'autrefois* » serait une expression plus exacte. *Des plus-que-des-amis d'autrefois.*

— Je suis content que tu aies pu venir, ajouta-t-il après l'avoir escortée au milieu de la cohue jusque dehors, rue Prince. Vu que nous travaillons tous les deux à Manhattan maintenant... comment serait-il possible de ne pas nous revoir ?

— Absolument.

La pluie tombait un peu plus fort à présent. Des gouttes froides dansèrent sur les joues d'Erika et se fixèrent dans ses cheveux.

— C'était bon de te voir.

— Toi aussi, dit-elle, convaincue en cet instant de le penser vraiment.

C'était agréable de voir ce qu'il était devenu. Lors de cet été lointain pendant lequel ils avaient été ensemble, il avait semblé ne pas avoir de but, de motivation. Pas de projets universitaires. Pas de projets de carrière. À l'époque, il ne voulait qu'une seule chose dans la vie : elle.

Et il n'avait pas pu l'avoir. Même si leur relation avait été extatique, elle n'avait pu supporter d'être l'unique but dans la vie d'un garçon de 18 ans. Elle désirait tellement d'autres choses : un diplôme universitaire, voyager, l'aventure, apprendre. Si elle avait abandonné tous ses rêves et ambitions, parce que Ted l'aimait et voulait qu'elle devienne sa femme, cela l'aurait tuée.

Cela les aurait tués tous les deux, probablement. Ou, tout comme tant d'adolescents mal préparés qui se sont mariés trop jeunes, ils en seraient peut-être arrivés au point d'avoir envie de se tuer l'un l'autre.

La rue Prince était encore plus bondée que lorsqu'elle était arrivée au Fanelli's. Malgré la pluie d'été, les gens envahissaient les trottoirs, déambulaient, faisaient la tournée des bars, draguaient, tout en se rendant dans un restaurant ou à un spectacle près de Broadway, ou encore à un vernissage dans une galerie. Ou bien, ils traînaient, papotaient, fumaient une cigarette, regardaient l'autre d'un air invitant.

Erika n'allait nulle part et ne lançait aucune invitation. Elle voulait seulement partir, s'enfuir, rentrer chez elle. Elle sentait un mal de tête prendre forme derrière ses yeux et marteler ses tempes.

— Voilà, dit Ted.

— Encore merci pour le verre, dit-elle. Et de m'avoir contactée. C'était charmant.

Elle n'avait jamais été une bonne menteuse et elle s'inquiéta de savoir s'il serait capable de voir la vérité au-delà de ses paroles, à savoir que cela n'avait pas du tout été charmant.

S'il devina qu'elle mentait, il ne lui en dit rien. Il parut pensif, perdu dans ses propres pensées.

— Oui. Bon, allez.

Il sourit, un sourire timide et en biais et, ensuite, l'enlaça pour une accolade rapide. Elle prit une bouffée de son parfum — net, épicé, irrémédiablement masculin — et sentit la chaleur de son étreinte pendant un instant trop bref pour l'analyser. Puis, il la relâcha.

— Prends soin de toi, Erika, dit-il.

— Toi aussi.

Elle parvint à lui adresser un autre sourire éclatant, joyeux, de *vieux amis*, complètement bidon, ensuite fit demi-tour et avança tranquillement sur le trottoir, se mêlant aux piétons qui fourmillaient, en évitant les flaques d'eau, refusant de regarder en arrière.

Elle continua ainsi tout le long du coin de rue, la tête haute et ce faux sourire plaqué sur ses lèvres. Ensuite, dans l'ombre d'une maison de grès brun, son sourire s'effondra. Le ciel l'arrosa de grosses gouttes de pluie froide. Et elle se mit à sangloter.

# Deux

❧

Seize ans plus tôt.

Je pensais que ce serait simplement une autre journée. Elle commença de façon habituelle : marteler à la porte de la salle de bain parce que ma sœur Nancy s'y trouvait — hé ! Elle n'était pas la seule personne de la famille qui avait une vessie ayant besoin d'être vidée, mais elle ne voyait pas de mal à monopoliser la pièce durant ce qui semblait des heures alors qu'elle se tripotait les cheveux, ou qu'elle se recourbait les cils, ou quoi qu'elle soit en train de foutre quand elle chassait toute autre personne de la salle de bain et qu'elle s'y enfermait. Ensuite, traverser le jardin en courant jusqu'à la grange pour nourrir les animaux, qui y vivaient par paire comme les créatures de l'arche de Noé et qui avaient la chance de ne pas avoir une détestable jeune sœur qui accaparait la salle de bain, mais qui utilisaient plutôt la grange comme salle de bain, en raison de quoi il fallait inévitablement nettoyer le chantier. Retourner à la maison pour faire mon lit, ce qui était un peu plus facile, maintenant que certains de mes grands frères avaient quitté la maison et que je ne devais plus me battre pour atteindre ma couchette sur l'un des deux lits superposés dans la chambre exiguë que nous devions partager tous les quatre, durant la plus grande partie de mon enfance — et un peu plus facile aussi parce les frères en question ne me tapaient plus sur la tête ou ne me poussaient plus pour pouvoir atteindre le placard. Ensuite le petit déjeuner — immanquablement des trucs sains et nutritifs, des œufs ou des flocons d'avoine, car, comme je faisais de la lutte, je ne voulais pas prendre de poids en consommant les calories inutiles que contiennent les beignets ou les céréales sucrées.

Je vérifiai l'heure, attrapai ma veste et mon sac à dos, sortis en courant pour prendre le bus et pensai que j'aurais aimé être un de ces gosses de riches qui a sa propre voiture parce que, prendre le bus scolaire, c'est stupide, surtout que j'étais un élève de terminale. Je n'avais même pas envie d'aller à l'école, mais voilà, c'est la loi, et au moins, mes amis y allaient, et personne n'osait me donner des coups ou me pousser parce que tout le monde savait que, grâce à mon entraînement de lutteur, j'étais capable de les retourner et de les aplatir en un tour de main. Et j'attendais avec impatience le cours d'art, si j'arrivais à survivre à la trigonométrie, la biologie et le cours d'hygiène pendant lequel il était pratiquement impossible de rester assis sans ricaner, car le professeur agissait comme si personne ne savait ce qu'était un préservatif et qu'elle nous l'expliquait de cinq manières différentes. Et, après les cours, l'entraînement de lutte, et ensuite un détour par le Country Coffee Shop pour y manger un steak au fromage avec quelques copains de l'équipe.

Et puis, alors que je quittais le Country Coffee Shop avec le goût de fromage et d'oignons sur la langue, et que je montais dans la voiture de Will, mon coéquipier, ma vieille amie, Laura Maher, traversa le stationnement au volant de sa voiture, baissa sa vitre et me cria : « Hé, Ted, je connais la fille parfaite pour toi », et ensuite

*elle s'en alla, avant que je n'aie eu le temps de lui demander qui
était cette fille.*

*Et soudain, ma journée ne ressemblait plus aux autres.*

— Qui? cria Ted à Laura.

Mais elle était déjà partie depuis longtemps, n'ayant
laissé que l'odeur amère de son tuyau d'échappement.

— Qui est cette fille parfaite?

Will le poussa pour le taquiner. Matt, qui était en train
de monter à l'arrière de la voiture, marmonna le nom d'une
fille vraiment affreuse, qui s'était retrouvée plusieurs fois
dans la classe de Ted au primaire et qui avait l'habitude de
manger ses propres crottes de nez, ce qui, selon Ted, valait
mieux que de manger les crottes de nez de quelqu'un
d'autre, mais à peine.

— Il vaudrait mieux que ce ne soit pas elle, dit Ted.

Ce n'était pas qu'il pensait du mal des filles de sa classe,
et elle devait certainement avoir grandi et être passée à
autre chose que ses crottes de nez depuis longtemps, mais
tout de même. Qui que soit cette fille parfaite, il voulait
qu'elle soit… bon, il était peut-être superficiel, mais il voulait qu'elle soit belle. Il voulait qu'elle soit douce et intelligente, et amusante aussi, mais la beauté se trouvait en haut
de la liste. S'il avait à choisir des traits particuliers, il voulait
qu'elle ait de longs cheveux, lisses, brun clair avec de cha-
toyants reflets dorés, et de grands yeux bruns, et le genre de
fossettes qui ne donnent pas l'impression qu'elles ont été
creusées à l'aide d'un poinçon, mais qui soient subtiles et
harmonieuses de façon à attirer son regard sur ses joues
élégantes.

Élégante. Oui. Il voulait qu'elle soit élégante.

Il voulait qu'elle soit plus petite que lui de quelques centimètres et en bonne forme physique, et il voulait qu'elle se tienne correctement. Et il voulait qu'elle marche avec détermination, comme si elle savait exactement où elle allait et comme si l'endroit où elle allait était exactement l'endroit où elle avait envie de se trouver.

Ce n'est pas qu'il ait une fille en particulier en tête, ou quoi que ce soit.

— Je crois que nous l'avons perdu, docteur, marmonna Will.

Matt mettait alors les mains en coupe devant sa bouche et faisait le truc du « La Terre pour Skala ».

Ted agita la tête pour la vider. Il pensait quelquefois que son cerveau était comme un écran magique ; on le secouait vivement, et les images qu'il voulait effacer disparaissaient, ne laissant qu'un écran gris et vide.

Mais l'image d'Erika Fredell n'avait jamais vraiment disparu de son esprit.

Depuis combien de temps avait-il le béguin pour elle ?

Quand est-ce qu'il l'avait vue pour la première fois ? Il y a très longtemps.

Ce n'est pas qu'elle s'intéressait à lui, d'une manière ou d'une autre. Il pourrait se planter devant elle, s'asperger d'essence et craquer une allumette ; elle dirait probablement : « Il faudrait vraiment que j'essaie d'éteindre ce feu, mais il faut que j'aille faire du cheval. »

C'est ce qu'elle faisait. Il le savait parce que l'école secondaire de Mendham était assez petite pour que tout le monde soit au courant de tout, au moins en ce qui concernait les gens de leur classe, et parce qu'Erika et lui évoluaient dans des cercles sociaux qui se croisaient. Il savait qu'Erika ne faisait pas que monter à cheval. Elle faisait des compétitions d'équitation et des représentations de sauts d'obstacles. De l'équitation. C'était une fille de sa classe qui vivait près de chez elle qui lui en avait parlé en premier et qui avait dit à Ted qu'elle était «cavalière», comme si le fait qu'elle soit sans-gêne lui importait. Il lui avait fallu plusieurs jours avant de comprendre qu'elle faisait en fait de l'*équitation*. Mais, à présent, tout le monde à l'école savait qu'elle prenait l'équitation très au sérieux. Bon sang, elle participait à des compétitions nationales. Elle gagnait des rubans et des trophées. En matière de chevaux, elle était un as.

En tant que sportif dans une famille de sportifs, Ted avait énormément de respect pour les gagnants.

Il avait encore plus de respect pour la discipline d'Erika Fredell. Il était impressionné qu'elle se rende aux écuries tous les jours après les cours pour s'y entraîner. Chaque jour. Les fins de semaine, elle s'entraînait encore ou se rendait à des compétitions. Au contraire de lui et de ses amis, elle ne restait pas autour de l'école après que la cloche eut sonné. Elle ne traînait pas dans le stationnement de l'école ou les gradins. Elle ne venait jamais au Country Coffee Shop les jours où ils étaient libérés plus tôt et que la moitié de l'école s'y retrouvait pour acheter des hamburgers ou des glaces.

Il n'avait aucune chance avec elle, il le savait. Elle avait d'excellentes notes. Elle se situait quelques échelons au-dessus de lui sur l'échelle sociale et vivait dans une grande maison avec, il l'aurait parié, plus qu'une seule salle de bain.

Par ailleurs, l'un des mystères les plus frustrants en matière d'amour était que la fille, pour laquelle on craquait, n'était jamais la fille qui craquait pour nous. Si Erika Fredell avait un faible pour quelqu'un, c'était probablement pour un de ces riches garçons, quelqu'un de raffiné, quelqu'un qui se sentait à l'aise dans le milieu équestre, tout comme elle l'était. Ted avait entendu des rumeurs disant qu'elle voyait un garçon plus âgé, même s'il ne savait pas de combien d'années. Plus âgé que Ted, en tout cas. Ensuite, elle était sortie quelque temps avec un garçon de l'équipe de crosse, et Ted avait pensé, *la crosse*? Pourquoi sortir avec quelqu'un qui a besoin d'un bâton pour jouer alors qu'il était possible de sortir avec un lutteur qui ne comptait que sur son propre corps pour exceller dans son sport? Peut-être que le bâton lui avait plu. Un équipement onéreux pourrait l'avoir attirée.

Ou peut-être pas. Elle n'était plus avec le joueur de crosse. Elle n'était avec personne. Ted était ami avec elle, mais pas suffisamment pour oser lui demander pourquoi. Il imaginait que, soit elle trouvait que de simples garçons du secondaire n'étaient pas intéressants, soit elle était trop occupée avec ses chevaux pour s'ennuyer avec tout ce tralala social. Étant donné son emploi du temps — les devoirs, l'entraînement, les compétitions —, elle n'avait probablement pas le temps de penser aux garçons, encore moins de sortir avec l'un d'eux.

Et, en plus, il sortait avec Kate; alors il n'aurait même pas dû penser à Erika. Un béguin de deux ans était une chose ridicule, un peu boiteuse et un peu vaine. Kate était assez jolie, elle était mignonne, elle était aguichante, et il aurait dû se dire qu'il avait de la chance.

Pour une raison ou pour une autre, penser à Kate lui donna des brûlures d'estomac. Ou bien, c'était à cause du steak au fromage qu'il venait de manger. Il essayait de ne pas manger de malbouffe pendant la saison de lutte parce qu'il devait se peser avant chaque combat. Il ne s'accordait le plaisir de manger des steaks au fromage qu'une seule fois par semaine. La plupart du temps, il essayait, pendant la saison, de s'en tenir à un régime hyperprotéiné avec des légumes. Il n'avait pas vraiment le même genre de discipline qu'une fille comme Erika, qui passait chaque foutu après-midi à s'exercer au saut d'obstacles, à tourner, faire des huit ou à faire quoi que ce soit sur son cheval; cependant, lorsqu'il s'agissait de lutte, il savait comment se concentrer. Mieux valait manger intelligemment que d'avoir à perdre du poids en passant des heures dans un sauna avant une rencontre.

Il se demandait si Erika Fredell avait déjà assisté à un match de lutte. La lutte n'attirait pas vraiment la même foule qu'une équipe de football ou de basketball. L'équipe de lutte avait probablement davantage de supporters qui assistaient aux matchs que l'équipe de crosse, mais cela ne voulait pas dire grand-chose.

Si elle assistait à des matchs de lutte, il ne le savait pas. Il ne regardait jamais le public quand il combattait. Trop distrayant. S'il avait su qu'elle était là, il aurait voulu faire impression devant elle, faire le fanfaron et tenter des prises risquées. Il aurait pu se déconcentrer. Juste au moment de faire une prise, il aurait pu l'apercevoir dans les gradins et oublier où il se trouvait, et, l'instant d'après, il se serait retrouvé les épaules clouées au tapis, en train d'écouter l'arbitre faire le décompte.

Une fois que Ted, Will et Matt furent dans la voiture et quittèrent le stationnement, les garçons décidèrent de trouver qui était la fille parfaite pour lui.

— Emily, proposa Will. Elle est sortie au moins une fois avec chaque mec de l'école. C'est sans doute ton tour, Skala.

— Ouais, intervint Matt. Elle en a marre des autres gars. Tu es le seul qui reste.

— Et elle n'aime pas Kate; donc ce serait logique qu'elle essaie de te voler à Kate.

— Peut-être que tu ne l'intéresses pas du tout. Elle veut peut-être uniquement faire chier Kate.

— C'est facile de faire chier Kate, nota Will. Tu la fais chier tout le temps, Skala, n'est-ce-pas?

Ted rit d'un air bon enfant avec ses amis et étouffa secrètement son envie de balancer quelques coups de poing. Il s'en fichait qu'on le taquine; en grandissant avec quatre frères plus âgés, il avait développé une carapace plus épaisse que celle d'une tortue. Mais qu'on le taquine à propos des filles l'irritait, pour une raison ou pour une autre.

Peut-être parce qu'il savait que la seule fille dont il rêvait, la seule fille qu'il trouvait parfaite, ne s'intéresserait jamais à quelqu'un comme lui.

— Allez, dit la voix de Laura à l'autre bout du fil. C'est juste une petite fête. Tu devrais y aller.

Erika était allongée sur le lit, la tête posée sur un coussin moelleux et le combiné du téléphone collé à l'oreille.

— Je vais monter toute la journée samedi, dit-elle. Je suis censée aller à une fête le même soir?

— C'est l'idée, en gros. Je vais monter moi aussi, lui rappela Laura. Une journée sur une selle ne m'a jamais empêchée de faire la fête le soir.

Erika soupira, même si le ton enjôleur et enjoué de Laura la faisait sourire.

— Je serai crevée.

— Fais une sieste.

— Je sentirai le cheval.

— Prends une douche.

— Pourquoi cette fête est-elle si spéciale? demanda-t-elle pour savoir.

— C'est notre dernière année, Erika. Il faut que tu ailles au moins à une fête avant que nous obtenions notre diplôme.

— Bon, d'accord. Je pensais que tu allais dire qu'il fallait que j'aille au moins à une fête avant de mourir.

— Ça aussi.

— Je vais à des fêtes, se défendit Erika.

En général, elle allait aux fêtes seulement parce que Laura l'y traînait. Laura était l'une de ses plus proches amies d'équitation. Elles se connaissaient depuis des années, depuis l'époque où la famille d'Erika vivait à South Orange. Les Fredell avaient déménagé à Mendham quand Erika était entrée en secondaire 4 — un mauvais âge pour déménager dans une nouvelle ville et pour changer d'école. Tout le monde au secondaire se connaissait déjà. Ils avaient grandi ensemble. Ils avaient des souvenirs qui remontaient au jardin d'enfants. Ils avaient mangé des biscuits et bu du lait les uns chez les autres, nagé dans leurs piscines, joué ensemble au basket et chanté ensemble à la chorale de l'école. Erika avait été la fille bizarre, celle qui n'avait aucun passé avec ces gens.

Mais elle avait survécu. La majorité de ses connaissances avait été composée d'autres cavaliers à l'époque où elle vivait à South Orange, et c'était également le cas à Mendham. Elle était heureuse que sa famille ait déménagé parce que Mendham était le pays des chevaux. Sa nouvelle maison était plus proche des écuries où elle s'entraînait, beaucoup plus proche de Five Star, son cheval préféré.

Et beaucoup plus proche de Laura Maher qu'elle connaissait depuis des années, grâce à l'équitation, et qui étudiait dans une école privée à Morristown, la ville d'à côté. Même si elles ne se voyaient pas à l'école, elles pouvaient se retrouver après. Et Laura pouvait traîner Erika dans des fêtes, ce qu'elle faisait fréquemment même si elle laissait entendre que la fête à laquelle elle voulait qu'Erika l'accompagne ce samedi serait la seule et unique fête à laquelle Erika irait avant de mourir. Ou obtienne son diplôme.

— Tu connaîtras plusieurs gens là-bas, promit Laura.

— Qui?

— Les mêmes personnes que d'habitude. Les jeunes de Mendham et de Morristown. Allyson sera là.

Tout à coup, la fête parut plus intéressante pour Erika. Allyson Rhatican était sa plus proche amie à l'école secondaire. Allyson ne faisait pas d'équitation mais, comme Erika, elle avait vécu à South Orange avant de déménager à Mendham lorsqu'elle était au début du secondaire. À l'époque où la famille d'Erika avait déménagé à Mendham, quelques années plus tard, Allyson était devenue l'une des filles les plus populaires de la ville. Et elle avait choisi de prendre une compatriote de South Orange, ayant besoin de réconfort, sous son aile.

Si Erika n'avait dû connaître qu'une seule personne dans toute l'école, Allyson aurait été la bonne. Sans cela, Erika aurait été probablement toujours seule deux ans après son arrivée à Mendham, n'ayant fait la connaissance de personne, une exclue étrange au sein de l'école secondaire de Mendham.

Ce qui, pour ce qu'elle s'en souciait, n'aurait pas été la fin du monde. Cependant, entre la volonté d'Allyson de faire entrer Erika dans son cercle et la ténacité de Laura d'entraîner Erika dans des fêtes, Erika avait peu de chances d'être une recluse.

— Et il y aura une multitude de chambres, la persuada Laura. Si tu joues bien ton jeu, tu n'auras pas à dormir par terre dans le salon.

Erika éclata de rire. La plupart des gens voyaient le New Jersey comme une agglomération industrielle, la route à péage du New Jersey coupant à travers des kilomètres d'industries et de raffineries qui polluaient l'air. Mais le New Jersey était aussi l'« État-jardin », et la partie nord-ouest, dans laquelle se situait Mendham, confirmait ce surnom. La région était bucolique, avec une succession de collines parsemées de petites fermes et d'écuries, ainsi que de maisons entourées de vastes terres inexploitées. Lorsque quelqu'un organisait une fête, les invités finissaient par y passer la nuit au lieu de devoir faire une longue route pour rentrer chez eux. Les parents de la personne qui organisait la fête récoltaient les clés de voiture des adolescents lorsqu'ils arrivaient afin que personne ne soit tenté de rentrer chez lui, à

30 kilomètres ou plus, sur des routes sinueuses et déserti-
ques, après avoir fait la fête la moitié de la nuit.

Erika avait dormi par terre après quelques fêtes. Les
divans étaient préférables au sol. Les lits étaient préférables
aux divans.

— D'accord, concéda-t-elle. Si je ne suis pas trop fatiguée, j'irai avec toi à cette fête.

— Ne sois pas trop fatiguée, l'avertit Laura. Je viendrai
te chercher vers 20 h.

Les jours où Erika participait à une compétition épique, elle
se levait souvent à 3 h 30 pour avoir le temps de s'habiller,
de manger, de se rendre en voiture aux écuries avec l'un de
ses parents, de faire monter Five Star dans la remorque et
ensuite de faire la route jusqu'au lieu de la compétition.
Lorsqu'elle avait dit à Laura qu'elle pourrait être trop fatiguée après cela pour aller à une fête le même soir, elle n'avait
pas voulu dire que le fait de monter à cheval l'épuiserait. En
fait, elle trouvait l'équitation revigorante. Elle aimait ce
qu'elle ressentait lorsqu'elle était installée sur une selle, la
façon dont Five Star et elle se comprenaient l'un et l'autre, se
sentaient l'un et l'autre, unis comme s'ils ne formaient
qu'une seule créature, glissant sur la piste, sautant, s'envo-
lant, montant en flèche au-dessus des obstacles. Après un
beau parcours, elle se sentait invariablement revigorée, ivre
de sa propre adrénaline.

Mais le lever à l'aurore, les longs trajets, l'air vif, le bruit,
l'agitation et le stress — tout cela l'exténuait.

Elle avait tout de même promis d'aller à la fête avec
Laura samedi soir. Elle n'était pas vraiment la fille qui avait
la vie sociale la plus animée de Mendham; pourtant, elle

appréciait les tentatives de Laura de la sortir de sa vie ordonnée, qui se limitait à l'école et à l'équitation. Et Laura avait raison : elle était en dernière année. Elle avait déjà reçu une première lettre d'acceptation dans le programme d'été de l'Université du Colorado, ce qui voulait dire qu'elle commencerait l'université au cours de l'été plutôt qu'à l'automne. Ses projets s'étaient mis en place. Elle pouvait se permettre de se relâcher un peu.

Ainsi, lorsqu'elle revint de sa compétition équestre ce samedi-là, avec un nouveau ruban à ajouter aux victoires qu'elle avait déjà remportées, elle fit une sieste, se doucha et se lava les cheveux pour en enlever la forte odeur de cuir, de sueur, de foin et de cheval. Quand Laura débarqua ce soir-là dans son allée quelques minutes après 20 h, Erika grimpa dans sa voiture, sourit à son amie et dit :

— Voilà, je suis là.

Laura conduisit en direction de la campagne. Erika était habituée aux collines et aux bois, aux prairies et aux clôtures en rondins fissurés, mais elle était encore sensible à la beauté du paysage dans le nord-ouest du New Jersey. Si seulement elle avait un brin de talent artistique, elle aurait peint ce paysage champêtre. Elle enviait les gens qui étaient capables de peindre, de dessiner et de sculpter. Tout ce dont elle semblait capable, c'était d'avoir de bonnes notes et de monter à cheval.

Elle se rassura en se disant que c'était bien suffisant.

Elle n'était pas une de ces filles qui se sentaient mal à l'aise et qui étaient timides lors d'une fête. En tant que cavalière de compétition, elle avait développé une confiance en soi qui était probablement anormalement élevée, étant donné qu'elle était flanquée de son lot de points faibles et de défauts. Elle avait appris que, si l'on manquait de confiance en soi, il n'était pas possible de participer à des compétitions de sauts d'obstacles. Le cheval sentirait votre peur, et vous ne seriez pas capable d'oser sauter.

Les leçons apprises sur le dos d'un cheval restaient ancrées chez le cavalier même lorsque ses bottes foulaient le sol. Elle ne voyait pas de raison de se critiquer après coup ou d'anticiper les choses. Si elle laissait le doute s'immiscer en elle, elle tomberait. C'est pourquoi elle se refusait de commencer à douter.

La fête battait déjà son plein au moment où Laura et elle descendirent l'escalier qui menait à la salle de jeux de la spacieuse demeure. Une paire de haut-parleurs posés sur le sol bombardaient de la musique — Pearl Jam — et au moins 30 adolescents remplissaient la pièce ; un couple jouait à des jeux vidéos sur la télé dans le coin avec quelques spectateurs qui les observaient et leur criaient des conseils ; un groupe de jeunes se trouvait près des portes vitrées coulissantes qui donnaient sur une cour arrière ; un autre groupe était affalé sur deux divans moelleux avec, dans la main, des canettes de soda et de bière, et vidait un gigantesque bol de pop-corn, ce qui donnait à la pièce la même odeur qu'un hall de cinéma. Allyson était assise sur l'un des divans, entourée par sa bande habituelle de copains décontractés. Dès l'instant où elle aperçut Erika, elle se poussa sur le divan et tapota le coussin.

— Erika ! Viens manger un peu de pop-corn avant que je ne mange tout, dit-elle.

Erika se tortilla pour arriver à mettre son derrière dans le petit espace sur le divan entre Allyson et Ted Skala. Par chance, Ted était plutôt mince, et elle put s'y infiltrer. Ou bien était-il simplement content de pouvoir coller davantage sa petite amie Kate, qui était assise, une cannette de bière légère bien vissée à la main, de l'autre côté de Ted.

— Hé, Fred, la salua-t-il. Comment ça va ?

— Super, répondit-elle tandis qu'une soudaine vague de plaisir la submergeait.

Laura avait eu raison de l'entraîner jusqu'à cette fête. Elle avait bien monté, elle s'était reposée et, maintenant, elle était entourée de rires et de bavardages, de congénères qui dévoraient du pop-corn et qui l'accueillaient parmi eux.

Elle repéra Laura, près de la glacière pour en retirer une canette de soda. Lorsque Laura se redressa, ses yeux rencontrèrent ceux d'Erika, et elle leva sa canette en signe de bienvenue. Erika sourit. Au même moment, un gars débraillé, qui portait un chandail qui l'identifiait comme étant un élève de Delbarton, une école privée réservée aux garçons sur la route menant à Mendham, s'approcha de Laura. Même de l'autre côté de la pièce, Erika était capable de dire si Laura trouvait un garçon à son goût pour en faire sa prochaine aventure amoureuse. Les yeux de Laura s'agrandirent, son sourire devint mystérieux, mais le garçon de Delbarton n'avait aucune chance.

Erika devrait, un jour, envisager de prendre des leçons de séduction avec Laura. Cependant, son manque d'habiletés en cette matière ne l'ennuyait pas. Elle ne voulait pas avoir de petit ami. Elle était sortie avec deux garçons depuis qu'elle avait emménagé à Mendham — le premier n'était pas vraiment un jeune garçon et, vu la façon dont cela avait tourné, il ne lui convenait pas vraiment non plus. Le second était un joueur de crosse de son école — et elle trouvait que la vie était beaucoup plus simple sans garçons, sans amour ou sans qu'on la presse d'avoir des relations sexuelles ou de batifoler.

Elle n'avait pas de temps à consacrer à l'amour. Toutefois, c'était samedi soir, une froide soirée d'été après une bonne journée d'équitation, et elle était entourée d'amis, de musique, et avait la main pleine de pop-corn pour s'empiffrer. Elle ne voulait rien de plus.

# Trois

Au bout d'un moment, je commençai à me demander pourquoi chaque fois que j'allais à une fête, dont Laura Maher m'avait parlé, Erika Fredell y allait, elle aussi. C'est vrai, Laura et Erika étaient déjà amies avant qu'Erika n'emménage à Mendham. Mais, tout de même, c'était assez drôle de voir combien de fois Laura m'avait appelé et m'avait dit : « Il faut vraiment, vraiment que tu viennes à cette fête, Ted », et j'y allais, et Erika était là.

Peut-être que ce n'était pas bizarre. Peut-être que cela ne voulait rien dire du tout. Peut-être que Laura appelait tous ceux qu'elle connaissait et leur disait qu'ils devaient vraiment, vraiment aller à telle ou telle fête, et Erika et moi étions peut-être les deux seules personnes qui obéissaient à Laura lorsqu'elle commençait à débiter des vraiment, vraiment.

Peut-être ne remarquais-je la coïncidence que parce que je remarquais tellement Erika. Parce qu'elle était la fille la plus géniale que j'aie jamais rencontrée et que j'aimais le fait qu'elle et moi soyons vraiment amis, même si ce n'était que de façon superficielle. Parce que je voulais que nous soyons plus que des amis.

*Ce qui est dingue, parce que j'avais déjà une petite amie et qu'Erika n'était apparemment pas intéressée par davantage que de l'amitié avec moi. Et pourquoi le serait-elle ? Elle était riche. Elle était intelligente. C'était une championne d'équitation. Elle était hors catégorie.*

*Au moins, je pouvais compter sur son amitié. Au moins, elle n'hésitait pas à se laisser tomber lourdement à côté de moi sur le divan, lorsqu'elle arrivait à une fête, et m'adressait un sourire splendide qui faisait accélérer mon rythme cardiaque.*

*Avec une personne comme Erika, je prenais ce qu'il y avait moyen de prendre. Pour moi, l'amitié avait beaucoup de valeur. Spécialement l'amitié d'Erika. Donc s'il n'y avait pas moyen d'obtenir davantage que son amitié, j'acceptais ce que je pouvais déjà avoir et j'en étais reconnaissant.*

Ted avait l'impression d'être un salaud. Il était là, son bras enlaçant Kate avec qui il sortait depuis des mois, et la seule chose à laquelle il pouvait penser, c'était à Erika qui était assise à côté de lui. Il y avait tellement de monde sur le divan que, chaque fois qu'elle bougeait, il la sentait — son coude s'enfonçant dans ses côtes, son épaule cognant la sienne, sa cuisse pressée contre la sienne. Ses cheveux qui balayaient sa joue, comme un murmure soyeux, lorsqu'elle tournait la tête.

Il aurait voulu que Kate se lève et aille faire un tour. Juste pour qu'ils aient un peu plus de place sur le divan, se dit-il, mais cela n'avait rien à voir avec le confort. Bien que se retrouver coincé entre la fille avec qui il sortait et la fille pour laquelle il avait le béguin soit une situation assez inconfortable.

Comme s'il avait prononcé sa pensée à voix haute, Kate se redressa tout à coup, une main sur le bras du fauteuil et l'autre sur le genou de Ted. D'ordinaire, avoir la main d'une jolie fille posée sur son genou l'aurait excité. Mais, alors qu'il observait les doigts de Kate posés sur sa jambe, tout ce à quoi il put penser fut : *J'aurais voulu que ce soit la main d'Erika posée là.* Kate dit quelque chose au sujet d'une personne qui venait d'arriver, elle se pencha et lui embrassa la joue — pas la joue que les cheveux d'Erika avaient balayée —, et il hocha la tête, et sourit, et tenta de lui faire croire qu'il était vraiment intéressé par tout ce qu'elle pouvait bien lui dire. Ensuite, elle pivota et s'en alla ; elle traversa la pièce pour rejoindre deux ou trois filles qui étaient debout, et Ted put se pousser un peu sur le divan et laisser un mince espace entre Erika et lui.

Même s'il n'avait plus le contact de sa cuisse contre la sienne, reculer de quelques centimètres lui permettait à présent de se tourner et de la regarder. Le sourire qu'elle lui adressa était éblouissant. Mais, en cet instant, il était vraiment ébloui par tout ce qu'elle faisait.

— Alors, nous voilà encore tous les deux, dit-elle joyeusement. Je te vois à toutes les fêtes auxquelles je vais.

— Je suis un tel fêtard, plaisanta-t-il.

Il était secrètement effrayé qu'elle ait également remarqué que Laura les invitait tous les deux aux mêmes fêtes.

— Comment vas-tu ? demanda-t-il.

— Je suis fatiguée, répondit-elle.

Mais elle lui semblait reposée et carrément resplendissante.

— Ouais, la vie est ennuyeuse, n'est-ce-pas?

La chanson *I'm too sexy* commença à jouer, et Ted chanta en même temps, changeant les paroles pour correspondre à l'état d'Erika :

— Je suis trop endormie pour ma chemise…

Elle rit.

— Écoute-toi chanter. Tu as vraiment des talents cachés.

— Ah ouais, je suis vraiment un bon chanteur, se vanta-t-il avant de hausser les épaules. Ma mère nous a tous inscrits à la chorale dès notre plus jeune âge lorsque nous étions gamins. C'est comme ça que j'ai appris à chanter. J'ai même été le chanteur et le meneur d'un groupe de rock pendant quelques minutes.

— Sans rire?

— On voulait bien, ajouta-t-il en riant. On a joué une fois au bal d'une école et on a réussi à vider la salle en un rien de temps.

Il prit une bonne gorgée de la bouteille de bière qu'il tenait à la main, puis la lui tendit lorsqu'il remarqua qu'elle n'avait rien à boire.

À sa plus grande joie, elle prit la bouteille, la porta à ses lèvres et but à petites gorgées. Il aimait que ses lèvres se posent sur le goulot, là où les siennes s'étaient posées il y a quelques instants.

— J'ai fait une sieste, mais je suis quand même fatiguée, lui raconta-t-elle en lui rendant la bouteille. J'ai participé à une compétition équestre aujourd'hui et j'ai dû me lever avant l'aube.

— Où trouves-tu cette énergie? demanda-t-il, réellement impressionné.

— Ce n'est pas le cas. C'est pour ça que j'ai fait une sieste.

Parce qu'il lui avait laissé un peu plus de place sur le divan, elle pouvait maintenant s'enfoncer davantage dans les coussins. Ses cheveux se balancèrent légèrement autour de son visage, lisses et brillants, et il était heureux de voir qu'elle ne portait pas de rouge à lèvres. Kate mettait tout le temps du rouge à lèvres, ce qui laissait un goût bizarre dans la bouche lorsqu'ils s'embrassaient.

— Tu as certainement dormi jusqu'à midi, ajouta-t-elle.

— Pas du tout, se défendit-il. Je me suis levé à l'aube, moi aussi.

— Je me suis levée *avant* l'aube, lui rappela-t-elle.

L'esprit de compétition d'Erika l'amusa.

— Tu t'es levée avant l'aube et tu es montée à cheval. Je me suis levé *à l'aube* et j'ai nourri les moutons.

— Tu as des moutons ?

— Deux moutons. Ba Ba et Bunky.

Elle haussa les sourcils.

— Ba Ba ? C'est son nom ?

Il se lança dans une autre chanson :

— Baa Baa, mouton noir… Seuls nos moutons ne sont pas noirs.

— Donc tu as nourri les moutons, dit-elle avec une lueur d'amusement dans les yeux. Je ne savais pas que tu étais un garçon de la ferme.

— Ouais, j'en suis un. Et ensuite, au cas où tu penserais que je suis retourné au lit après avoir nourri les moutons, et les canards, et les lapins…

— Mon Dieu, c'est toute une ménagerie, dit-elle.

— Nous avons une grange immense, et ma mère aime qu'elle soit remplie. Je suis heureux qu'elle ne m'y fasse pas vivre.

— Je suppose que tu es un peu plus propre que les moutons et les canards.

— Un peu. Mais les lapins sont tellement propres qu'ils en sont presque maniaques.

La voir rire de sa plaisanterie stupide le réjouit au plus haut point.

— Et ensuite, j'ai passé la journée à aider mon père à remettre du coulis dans la salle de bain.

— Waouh. Ça a dû être amusant, dit-elle d'un ton sarcastique.

Fixer les carreaux de la salle de bain avec de nouveaux joints n'était pas vraiment amusant, mais Ted était habitué à aider son père à faire des travaux d'entretien dans la maison. Lorsqu'on vit dans une maison vieille de presque 200 ans, les choses tombent tout le temps en morceaux et demandent de l'attention. Ted, ses frères et sa sœur avaient grandi en apprenant comment traiter la moisissure, comment déboucher des canalisations, comment changer un fusible et refaire le circuit électrique d'un interrupteur sans s'électrocuter. Lorsque ses parents demandaient de l'aide à leurs enfants, ils la recevaient. Parfois avec enthousiasme, parfois à contrecœur, mais les parents de Ted travaillaient sacrément dur et ils méritaient toute l'aide qu'ils demandaient.

Il aurait pu penser à la douzaine de choses qu'il aurait préféré faire aujourd'hui plutôt que d'étaler de la pâte blanche autour des carreaux qui bordaient la baignoire. Dormir jusqu'à midi faisait partie de sa liste de favoris. Voir ses amis et aller quelque part en voiture. Aller au cinéma, peut-être, ou descendre jusqu'à la mer, même si l'on était hors saison. *Particulièrement* parce que ce n'était pas la saison et que la plage serait vide, et la promenade fermée et calme. Ou bien, simplement aller chez quelqu'un, écouter des pièces de musique, jouer à Ghouls 'N Ghosts. Ou rouler vers l'ouest jusqu'en Pennsylvanie et assister à un match de lutte à l'Université Lehigh. Cette école avait une excellente équipe ; Ted et ses coéquipiers pourraient probablement apprendre une foule de choses rien qu'en observant les mecs de Lehigh combattre sur le tapis.

Mais, lorsque son père disait qu'il avait besoin d'aide, Ted l'aidait. Avec ses grands frères, qui avaient déjà un pied du côté de l'âge adulte et de l'indépendance, il aidait encore plus. Ses parents se faisaient vieux, et la maison était déjà trop vieille.

— Le problème avec les joints, dit-il à Erika avant de boire un peu de bière, c'est que les fantômes les mangent.

— Quels fantômes ?

— Les fantômes qui vivent dans ma maison.

— Oh. D'accord.

Elle roula les yeux et se mit à rire.

— Tu penses que je plaisante ? L'endroit est hanté.

— J'en suis certaine.

Elle agita les doigts dans l'air comme pour conjurer un esprit de l'au-delà et tenta un gémissement sinistre, bien qu'il ne parût pas le moins du monde effrayant. Elle était certainement le genre de fille à se déguiser en princesse de conte de fées ou en ballerine à l'Halloween, sans se rendre compte que l'idée de cette fête était de faire peur aux gens. Les princesses des contes de fées et les ballerines devaient faire aussi peur que Ba Ba et Bunky.

— Ma maison se trouve sur le site d'un ancien cimetière, expliqua-t-il. Route Pleasant Hill. Tu connais le cimetière de Pleasant Hill ?

Elle hocha la tête d'un air manifestement toujours amusé et sceptique.

— Le cimetière était situé, à l'origine, là où se trouve ma maison. Les corps ont été transférés dans le bas de la rue, à l'endroit où se trouve le cimetière maintenant, et ma maison a été construite sur les terres où se trouvaient les tombes.

Elle prit une minute pour digérer l'information.

— Donc les corps ont été déplacés jusqu'en bas de la rue, mais leurs âmes n'ont pas suivi ?

— Je ne sais pas si elles sont restées ou si elles remontent de temps en temps la rue pour visiter leur ancien repaire.

— Un antre qu'elles *hantent*, tu veux dire ? demanda-t-elle avec une lueur dans les yeux tandis qu'elle réprimait un rire.

Mauvais jeu de mots, mais il apprécia quand même.

— Exactement. Tu devrais venir chez moi un jour, Erika. Simplement pour t'asseoir dans l'escalier, les lumières éteintes. Tu les entendras bouger tout autour. Tu les *sentiras*.

— C'est tout à fait ce dont j'ai envie, dit-elle. M'asseoir dans l'escalier dans le noir et écouter les fantômes.

— Tu n'as pas à les écouter. Tu les entendras.

— Ça ressemble à quoi ?

Il se pencha vers elle, en espérant paraître sombre et juste un peu effrayant.

— Ils s'approchent furtivement derrière toi et chuchotent. Tu sens leur souffle glacial à l'arrière de ta nuque. Ils disent : «He-he-he-he-rik-ha-ha-ha. »

Il murmura son nom en le faisant traîner et à voix basse, et se rendit compte que cela ressemblait davantage à un chien en chaleur qu'à un fantôme. Lorsque Spot, son golden retriever, le seul animal autorisé à vivre dans la maison plutôt que dans la grange, sentait une femelle en chaleur dans un rayon de cinq kilomètres, le grognement profond qu'il faisait ressemblait au gémissement guttural de Ted.

— Ces fantômes connaîtraient mon nom ?

— Bien sûr. Ils viennent de l'au-delà. Ils savent tout.

Il tendit le bras derrière elle et passa légèrement les doigts sur sa nuque.

— On ressent la même chose que ça, chuchota-t-il. Tu sens leur proximité exactement à cet endroit.

Elle retint son souffle pendant un moment, puis se mit à rire et s'écarta de lui.

— Si c'est censé être effrayant, ça ne marche pas.

— Évidemment que ça ne marche pas. Je ne suis pas un fantôme.

Mais il aimait avoir sa main sur sa peau lisse et douce, avec ses cheveux qui tombaient, comme la pluie, sur ses doigts.

— Est-ce que tu lui parles des fantômes ? demanda Kate.

Il n'avait même pas remarqué qu'elle était revenue dans le divan. Il ôta sa main du cou d'Erika et sourit à sa petite amie.

— Elle ne croit pas qu'ils existent, raconta-t-il à Kate. Dis-lui que je n'ai pas inventé ça.

Kate regarda Erika et sourit franchement.

— Il n'a rien inventé, récita-t-elle tout en ne paraissant pas vraiment convaincue.

Ensuite, elle tendit la main, enroula ses doigts autour du poignet de Ted et le tira.

— Matt pense que l'un de ses pneus est crevé. Il veut que tu vérifies.

Ted accepta de se lever. Il adressa à Erika un regard longanime.

— Non seulement je peux refaire les joints d'une salle de bain, mais je suis aussi capable de changer un pneu, dit-il. Je suis le gars le plus habile dans cette pièce.

— Et tu peux aussi repousser les fantômes, dit Erika qui échangea ensuite un regard amusé avec Kate. Quel mec! Tu ferais mieux de bien t'y accrocher.

— Ouais, dit-elle. Juste au cas où j'aurais un pneu crevé, ou un fantôme.

— Ou des joints à refaire autour d'une baignoire, leur rappela Ted à toutes les deux.

Puis il suivit Kate, traversa la pièce jusqu'à la porte de derrière et s'éloigna d'Erika.

Aussi bien, pensa-t-il au moment où il sortait et que l'air froid nocturne lui fouettait le visage. Il n'aurait pas dû venir vers Erika lorsqu'il était à une fête en compagnie de Kate. Il n'aurait pas dû caresser la nuque d'Erika alors qu'il couchait avec Kate. Il n'aurait pas dû penser à toutes ces choses auxquelles il pensait lorsqu'Erika se trouvait dans les parages.

Particulièrement depuis qu'il était clair qu'il ne l'intéressait pas du tout. Si c'était le cas, elle ne conseillerait pas à Kate de s'accrocher à lui.

Quelle était cette chanson qu'il entendait parfois quand ses parents écoutaient du vieux rock à la radio ? *Si tu ne peux être avec la personne que tu aimes, aime la personne avec laquelle tu es*[1].

Il se dit qu'il devait en être capable, puis il entrelaça ses doigts avec ceux de Kate et s'arrêta à côté du garage pour l'embrasser. Mais les paroles, qu'il gardait en tête, étaient celles qu'ils avaient entendues dans la salle de jeux.

*Je suis trop sexy pour mon amour…*[2]

Il ne dirait pas à Kate qu'elle était trop sexy, parce que ce n'était pas le cas.

Et il ne dirait pas à Erika qu'elle était trop sexy parce que, même si elle l'était, c'était quelque chose qu'elle ne semblait pas prête à croire.

---

1. N.d.T. : If you can't be with the one you love, love the one you're with.

2. N.d.T. : I'm too sexy for my love…

# Quatre

❧

Erika n'avait jamais assisté à un combat de lutte à l'école secondaire. Elle n'avait jamais le temps. Elle partait toujours en trombe dès que retentissait la cloche annonçant la fin des cours. Elle se pressait de rejoindre sa voiture et de se rendre aux écuries pour y prendre un cours d'équitation avant que le soleil ne se couche. Mais cet après-midi il pleuvait, et elle n'avait pas envie de s'entraîner dans le corral couvert. L'air à l'intérieur y sentait le moisi, et les sabots des chevaux soulevaient de la sciure de bois et du sable qui lui encombraient le nez et lui faisaient couler les yeux. Elle supportait beaucoup de choses pour suivre son programme d'entraînement — de bon cœur et avec joie —, mais lorsqu'Allyson et d'autres filles lui firent savoir qu'elles allaient assister à une rencontre de lutte après l'école, Erika décida de sauter l'entraînement et de se joindre à elles.

Juste par curiosité. Juste pour changer de rythme. Juste comme ça.

Elle retrouva Allyson et les autres après le dernier cours, et elles se dirigèrent tranquillement vers le gymnase en traversant le hall.

— Tu devras tout m'expliquer, dit-elle à Allyson au moment où elles arrivèrent aux doubles portes du gymnase. Tout ce que je sais sur la lutte, ce sont ces trucs ridicules qu'on voit à la télé, avec ces gars bourrés de stéroïdes qui cassent, les uns et les autres, des chaises sur la tête de l'autre.

— Ici, c'est différent, dit rapidement Allyson avant de se mettre à rire. De toute façon, je ne sais pas grand-chose sur ce sport non plus. Mais c'est drôle à regarder.

— Ah oui ?

— Allyson aime observer les garçons, plaisanta l'une des autres filles.

Allyson ne la contredit pas.

— Ils portent des maillots qui collent à la peau et qui ne cachent pas grand-chose. Tu verras, dit-elle.

Erika agita la tête et sourit. Allyson s'intéressait bien plus aux garçons qu'Erika. Mais Erika ne rechignait pas à admirer les corps musclés des garçons lorsque l'occasion se présentait. Et, cet après-midi, l'occasion se présentait.

Elle suivit Allyson et les autres dans le gymnase. Les gradins n'étaient pas vraiment bondés ; seulement une centaine d'étudiants étaient assis sur les bancs en bois poli qui s'alignaient sur un des murs en parpaing, et Erika ne reconnaissait pas les visages d'un bon nombre d'entre eux. Elle supposa qu'ils faisaient partie de l'école de l'équipe des visiteurs.

Allyson, Erika et les autres grimpèrent jusqu'au milieu des gradins et s'installèrent les unes à côté des autres sur un banc vide. Tout en bas, le sol de la salle était couvert d'un grand tapis bleu sur lequel était peint un large cercle.

— Les lutteurs doivent rester à l'intérieur du cercle, lui expliqua Allyson. Ils perdent des points s'ils sortent du cercle. D'accord ? dit-elle avant de se tourner vers les autres filles.

— J'en sais plus sur la lutte que le simple fait de voir comme ils sont mignons lorsqu'ils font l'étalage de leurs muscles saillants.

L'étalage de leurs muscles saillants. Erika se dit que ce serait plaisant.

Quelques nouveaux étudiants s'infiltrèrent dans la salle de sport et grimpèrent dans les gradins. L'équipe des visiteurs entra dans le gymnase par la porte des vestiaires, et Erika leur jeta un rapide coup d'œil. Elle ne prêta pas vraiment attention à leur physique, mais tenta d'évaluer s'ils semblaient forts, coriaces et capables de battre les garçons de l'école secondaire de Mendham à plates coutures.

Peut-être. Peut-être pas.

Leurs supporters, dans la tribune, les encouragèrent en poussant des acclamations plutôt faibles. Une petite douzaine d'étudiants pouvaient difficilement hurler comme un stade entier rempli de supporters de football déchaînés. Leurs acclamations ricochèrent entre les murs, le plafond haut et les chevrons d'acier qui soutenaient l'éclairage au plafond, et ensuite furent absorbées par les encouragements beaucoup plus puissants des supporters de Mendham, au moment où leur équipe fit fièrement son apparition en sortant des vestiaires pour rejoindre le gymnase.

Erika en reconnut certains d'entre eux — ce grand type au bout du rang était dans son cours d'anglais et il paraissait beaucoup mieux bâti dans sa tenue de sport que dans les vêtements amples et informes qu'il portait pour aller aux cours et qu'il semblait choisir pour cacher sa forte corpulence. Erika avait toujours cru qu'il était gros. Il n'était pas vraiment maigre, mais il pouvait se targuer d'avoir plus de muscles que de graisse.

À l'autre extrémité du rang, en tête, il y avait un garçon, petit et maigre, qui devait faire partie d'une classe inférieure ; Erika en était sûre. Elle ne pouvait imaginer un élève de dernière année être aussi petit. Au lieu de l'uniforme des lutteurs poids-lourds, qui était tendu comme un ballon trop gonflé sur leurs corps imposants, l'uniforme des lutteurs poids plume bâillait légèrement sous les bras. Les uniformes lui faisaient penser à des photos qu'elle avait vues des maillots de bain des hommes à l'époque des Années folles. Des bretelles étroites, un col en forme de U qui révélait un sérieux manque de poils sur la poitrine des lutteurs de Mendham, le tissu qui épousait les formes et qui s'arrêtait à mi-cuisse. Les maillots étaient tellement ajustés au corps de la plupart des lutteurs qu'ils semblaient avoir été peints sur eux.

Ted Skala paraissait sacrément bien foutu dans son maillot de corps, remarqua-t-elle.

Elle savait qu'il faisait de la lutte. Une des vedettes de l'équipe, en fait. Au contraire de certains de ses coéquipiers, il n'avait pas une carrure compacte et puissante. Ses membres étaient longs et minces, ses épaules anguleuses. Parce qu'il était mince, ses muscles semblaient mieux dessinés. Il regardait droit devant lui, refusant de répondre aux acclamations des supporters de Mendham tandis qu'il rejoignait, avec ses coéquipiers, le banc de l'équipe à domicile.

— Ils ne portent pas d'espadrilles ordinaires, hein? chuchota-t-elle à Allyson.

— Je pense que ces chaussures sont plus souples.

Les chaussures que portaient les lutteurs ressemblaient à des espadrilles hautes sans le rembourrage et sans semelles épaisses. Ce n'était pas très seyant, mais Erika se dit que, si Allyson et elle étaient là pour reluquer, elle n'avait qu'à concentrer son regard plus haut, sur les jambes robustes des lutteurs et leurs torses musclés. Ou, au moins dans le cas d'un des lutteurs, sur ses membres minces et ses épaules anguleuses.

Un annonceur invita les premiers lutteurs à rejoindre le tapis — les garçons poids plume. Ils se baladèrent un peu partout à l'intérieur du cercle, s'empoignèrent, firent tous les deux des vrilles, tombèrent, se retournèrent. L'un se trouva au-dessus, puis ce fut l'autre. Malgré leur petite taille, ils étaient manifestement forts. Ils faisaient des prises et étaient agiles. Quand Allyson criait, Erika criait. Quand l'autre lutteur avait l'ascendant, elle fronçait les sourcils. L'arbitre tournait autour d'eux, le sifflet en bouche, observant leurs gestes de très près.

— C'est intéressant, dit-elle à la fin du premier combat avec une victoire pour le poids plume de Mendham.

— Cela ne ressemble pas vraiment à une compétition équestre, hein? répliqua Allyson.

En effet, ce n'était pas le cas. Cela ne ressemblait à aucun des sports qu'elle avait déjà regardé. Les lutteurs faisaient partie d'une équipe, mais ils devaient se battre seuls. Leurs combats étaient rudes. Il y avait quelque chose de profondément primaire. Ils n'utilisaient pas d'équipement, pas de battes, pas de balles, pas de bâtons ou de protections, et, à la place de casques, ils portaient ce qui semblait être de merveilleux cache-oreilles avec des sangles qui entouraient leur crâne et passaient sous leur menton. Vu la proximité durant les combats, elle imaginait que des oreilles non protégées pouvaient facilement être blessées.

Deux autres lutteurs allaient combattre. Le sifflet retentit. Une sonnerie se fit entendre. Ils se tournèrent autour, s'attrapèrent mutuellement la taille, se penchèrent, s'affalèrent et se contorsionnèrent. Le lutteur de l'équipe des visiteurs gagna le combat. Sa victoire fut saluée par une poignée de cris joyeux des supporters de son école.

— Le prochain combat se fera à 61, dit l'annonceur.

Erika réfléchit au nombre avant de comprendre que l'annonceur faisait référence à la catégorie de poids des lutteurs, et non à l'heure. Tournant de nouveau les yeux vers le tapis, elle vit Ted Skala se lever, attacher son protège-oreilles et s'avancer vers le tapis.

Il arborait sur son visage une expression impassible, pas le sourire qu'Erika était habituée à voir chaque fois qu'ils se croisaient à l'école ou lors d'une fête. Sa mâchoire était figée, son regard aussi dur que l'acier. Son adversaire avait quelques centimètres de moins que lui et était beaucoup plus costaud, son cou aussi large que la cuisse d'Erika, et ses épaules musclées.

— Allez, Ted! cria quelqu'un quelques bancs derrière Erika.

Tendant le cou, Erika repéra Kate, la petite amie de Ted, blonde, belle et penchée en avant, les bras enroulés autour de ses genoux, et la tête penchée de côté, de telle manière que ses cheveux tombaient délicatement en cascade sur son épaule.

Ted l'ignora.

Erika observa. Il y avait quelque chose de presque érotique dans la façon dont Ted et l'autre garçon s'unissaient, leurs corps tellement proches, leurs bras enroulés autour de l'autre, leurs jambes emmêlées. Érotique et pourtant féroce. L'autre type semblait suffisamment fort pour soulever Ted et l'écraser contre le tapis, mais Ted était rusé. Il était rapide. Il se libéra de l'emprise de l'autre garçon, se contorsionna, se leva et, soudain, l'autre garçon tomba. Ils chancelèrent ensemble au milieu du cercle. Ted se mit à califourchon sur l'autre garçon qui essaya de se libérer, lui entrava les jambes et enroula sa main autour de son épaule.

Il était en sueur, souple et nerveux. Et étonnamment fort pour un garçon longiligne.

L'arbitre se mit à quatre pattes à côté des deux lutteurs. Il inclina la tête et se pencha en avant, puis en arrière. Il jaugea les épaules de l'autre garçon, vérifia des yeux qu'elles étaient bien collées au tapis et compta jusqu'à trois. Il donna un coup de sifflet, et la sonnerie se fit entendre. Ted relâcha le garçon, puis se recula tout en reprenant son souffle.

— C'était un plaquage des épaules, l'informa inutilement Allyson.

— C'est ce que j'ai compris.

— Lors des précédents combats, on a compté les points. C'est génial quand il y a un réel plaquage. Ted est vraiment bon.

Erika avait compris cela aussi.

La rencontre se poursuivit, mais aucun des autres combats n'arriva à captiver l'attention d'Erika comme celui de Ted. Les garçons plus lourds faisaient plus de bruit lorsqu'ils touchaient le tapis. Ils grognaient davantage, transpiraient davantage, secouaient davantage le gymnase. Mais ils n'avaient pas la grâce de Ted. Il ressemblait à un danseur sur le tapis. Un danseur stratégique, un de ceux qui se fient à leur intelligence autant qu'à leurs bras et à leurs jambes afin d'être meilleurs que leur adversaire.

Elle pouvait comprendre cela. Certains sports relevaient de l'instinct pur, mais elle avait toujours trouvé que l'équitation était autant un sport intellectuel que physique. Monter était une danse qu'elle partageait avec son cheval. Quel que soit le mouvement que faisait le cheval, elle devait s'adapter, reconsidérer, élaborer des stratégies.

Elle avait senti que Ted s'était trituré les méninges tout au long de son combat. Il avait été féroce, agressif, mais n'avait jamais perdu son sang-froid, et n'avait jamais agi sans réfléchir. En tout cas, c'est comme ça qu'il lui était apparu. Il était monté sur le tapis, avait évalué son adversaire comme si le type était un problème qu'il fallait résoudre, et, finalement, il avait résolu le problème.

Ensuite, il était retourné s'asseoir sans même remarquer les applaudissements des gens dans la tribune. Il avait enlevé son protège-oreilles et enroulé une serviette autour de son cou. Il avait frotté la serviette contre son visage et dans ses cheveux, puis s'était tourné pour attraper une bouteille d'eau sur le sol derrière le banc de l'équipe.

Son visage était encore sérieux et il ne souriait pas, remarqua-t-elle. Même après la fin de son combat et sa victoire sur son adversaire, il avait encore une lueur de bataille dans les yeux. Il les ferma tout en buvant rapidement de l'eau à la bouteille, sa pomme d'Adam montant et descendant à chaque gorgée. Enfin réhydraté, il referma la bouteille, et son regard rencontra celui d'Erika.

Ses sourcils se levèrent légèrement, et les coins de sa bouche se retroussèrent. Et puis, en moins de deux secondes, il reprit son expression impassible et pivota pour faire face au tapis, criant des encouragements pour son équipier qui était maintenant hors du cercle et qui luttait avec un type dont les longs bras ressemblaient, selon Erika, à ceux d'un gorille.

Peut-être que la raison pour laquelle elle trouvait les autres matchs moins intéressants n'était pas que les lutteurs étaient moins habiles ou moins intelligents que Ted. Peut-être était-ce parce qu'une partie de son esprit s'était enroulée autour de lui, à cause de la façon dont il l'avait regardée pendant une fraction de seconde. Elle n'était plus capable de se concentrer complètement sur les lutteurs présents sur le tapis, alors qu'elle était distraite par le dos de Ted, la ligne de sa colonne vertébrale visible lorsqu'il se tenait penché en avant et qu'il posait ses avant-bras sur ses genoux. La largeur de ses épaules. Ses mèches de cheveux qui bouclaient sur sa nuque tandis qu'ils séchaient.

Elle avait toujours pensé que Ted était un type amusant et sympathique — et c'était le cas, la plupart du temps. Elle avait appris qu'il était plutôt bon en art. Elle aimait se trouver en sa compagnie, lui parler, rire avec lui.

Mais il y avait plus que cela, beaucoup plus. Il y avait la détermination. La stratégie. La force. L'agressivité. La rage de vaincre.

Après l'avoir vu lutter, elle ne pourrait plus jamais penser à lui de la même manière.

Et — encore plus troublant — elle *allait* penser à lui. Ted Skala s'était installé dans son esprit, et elle n'était pas certaine qu'il en partirait un jour.

Waouh. Erika Fredell était venue à une rencontre de lutte.

Ted ne se faisait pas d'illusions et savait pertinemment qu'elle n'était pas venue pour le voir lutter. Elle était probablement venue parce qu'elle souffrait d'un accès inattendu d'esprit scolaire ou parce que ses amies l'avaient entraînée avec elles. Ou parce qu'elle n'avait rien de mieux à faire.

Sauf qu'il savait qu'elle avait mieux à faire. Elle avait l'équitation. Elle en faisait chaque après-midi après l'école. Pourquoi avait-elle pris congé aujourd'hui ?

*Pas pour te voir, imbécile.*

Il prit une autre grande gorgée d'eau au goulot de sa bouteille, promena la serviette sur son visage encore en sueur et observa les 75 kilos combattre. Plus on montait dans la catégorie des poids, moins on avait droit à de la subtilité. Ils n'avaient pas besoin de subtilité. Ils avaient une force brute. En tant que l'un des plus minces de son équipe, Ted travaillait tout en subtilité.

Il était habitué à être le plus petit. Étant le plus jeune garçon de sa famille, il avait été une cible facile pour ses trois grands frères. Il avait appris à courir vite et, quand il ne pouvait pas courir assez vite, il s'était battu du mieux qu'il le pouvait. Mais qu'est-ce qu'un minus comme lui pouvait bien faire contre des garçons comme ses frères qui étaient tous bien plus costauds que lui ?

Son père devait avoir décelé son talent pour le combat, ou bien avait-il simplement voulu améliorer ses chances de ne pas se faire écraser par les gros poings de Georges, d'Adam ou de Josh, car, à l'âge de cinq ans, son père l'avait inscrit dans un cours de lutte. Son frère aîné, Georges, était déjà un lutteur, et Ted avait toujours beaucoup aimé regarder ce sport. Il ne s'agissait pas uniquement d'autodéfense ; il ne s'agissait pas uniquement d'un enfant chétif qui essayait de rester en vie dans une famille de grands frères costauds et dominants. La lutte, c'était se battre en suivant des règles, se battre avec dignité. Et se battre avec quelqu'un de sa taille, c'est cela qui plut à Ted.

C'est ainsi qu'il avait commencé à travailler avec un entraîneur et pris des cours, et, au bout de quelques années, il était devenu bon. Cela n'avait plus d'importance qu'il soit petit et maigrichon. À l'âge de huit ans, il était déjà capable de remettre pratiquement tout le monde à sa place. Bon, pas son frère Georges, mais tous ceux qui le mettaient au défi, les tyrans et les cons dont la seule raison de vivre était de mener la vie dure à tout le monde dans l'école primaire de Ted.

Lorsqu'il était sur le tapis, son univers était réduit à ce qu'il y avait à l'intérieur du cercle. Lui, son adversaire et l'arbitre. Il y avait quelque chose de pur dans cela, quelque chose d'à la fois profondément physique et étonnamment intellectuel. Faire de la lutte était comme jouer aux échecs, sauf que le corps était toutes les pièces en même temps. Il fallait prévoir trois coups d'avance, il fallait deviner ce que l'adversaire allait tenter avant qu'il ne le fasse — et, parfois, il fallait avoir recours à de la force pure et simple. La lutte demandait une concentration de tout instant. Rien ne distrayait Ted quand il se trouvait sur le tapis. Rien d'autre n'existait que l'instant présent.

S'il avait su qu'Erika se trouvait dans les gradins, cela aurait-il été différent? Bon sang, il savait que Kate était là. C'était sa petite amie, et pourtant il n'avait pas pensé à elle. Si elle l'avait encouragé, si elle avait secoué ses cheveux, si elle lui avait fait des sourires envoûtants, il n'en savait rien et il ne s'en était pas soucié.

Maintenant... maintenant, il avait conscience de la présence d'Erika une dizaine de rangées derrière lui, un peu plus haut. Elle était sans aucun doute en train de regarder les gars de la catégorie des 75 kilos se battre. Le match de Ted était terminé, et elle l'avait probablement effacé de sa mémoire. Il y avait d'autres choses bien plus intéressantes auxquelles elle pouvait s'intéresser.

Cependant, il n'arrivait pas à se concentrer sur ses coéquipiers. Il but encore un peu d'eau et se dit que la chaleur qu'il ressentait en lui n'était qu'une conséquence du match et non une réaction à la présence d'Erika. Cela *ne pouvait* être une réaction à sa présence. Elle était juste une fille, une copine de classe.

*Oublie-la, Skala. Elle est trop bien pour toi.*

Il fit de son mieux pour suivre le reste de la rencontre, tapant dans la main de chaque coéquipier qui descendait du tapis, peu importe qu'il ait gagné ou perdu. La lutte était un combat individuel, mais c'était également un sport d'équipe. Chaque membre de l'équipe devait être présent pour ses coéquipiers. Ted avait conscience de la présence d'Erika dans le gymnase, une conscience qui bourdonnait dans son cerveau comme un bruit sourd. Cependant, en dépit de cela, Ted était une personne pour qui l'équipe avait de l'importance. Il était là pour ses frères de lutte.

Mendham finit par gagner la compétition. Après le tour des poids lourds, son équipe serra la main des garçons de l'autre équipe — de la fausse politesse, mais les entraîneurs inculquaient aux lutteurs l'idée qu'une fois qu'ils avaient, eux et leurs adversaires, quitté le tapis, ils faisaient partie d'une grande et belle famille — et, ensuite, Ted et le reste de l'équipe de Mendham se retirèrent dans les vestiaires. Ils écoutèrent l'entraîneur faire la liste de ce qu'ils avaient fait correctement, de ce qu'ils avaient raté, de l'endroit de leur prochaine rencontre et de l'école qu'ils auraient à affronter. Ted prit note de tout cela du mieux qu'il le put, mais son cerveau continuait à bourdonner.

Dès que l'entraîneur eut terminé son discours, Ted se rendit aux douches. Alors qu'il se tenait sous le jet d'eau chaude, il remarqua une marque rouge sur le haut de son bras et se remémora la façon dont son adversaire s'était agrippé à sa peau. Ted avait enduré son lot de doigts cassés et de muscles tendus à cause de la pratique de la lutte. Une ecchymose n'était rien.

Kate devait être en train de l'attendre devant les vestiaires, et il tenta de s'accrocher à cette pensée pendant qu'il se séchait et s'habillait. Peut-être pourraient-ils rouler jusqu'à Village Pizza et y acheter quelques pointes. Sa mère le maudirait pour avoir mangé de la pizza juste avant le dîner, mais Ted mourait de faim. Un morceau de pizza n'entraverait pas son appétit. Tout ce que sa mère poserait devant lui sur la table au cours du dîner, il l'engloutirait.

Elle savait bien que les seules occasions où il ne mangeait pas, c'était lorsqu'il était contrarié par quelque chose, et il n'était pas contrarié à présent. Il se sentait plutôt joyeux en fait.

Erika Fredell l'avait regardé faire de la lutte. Ouais, vraiment joyeux.

Il sécha ses cheveux mouillés à l'aide d'une serviette, puis jeta la serviette dans le panier en dehors de la salle de douches, passa un peigne dans ses mèches bouclées, attrapa sa veste et son sac à dos, et cria au revoir à tous ses coéquipiers qui étaient encore en train de s'habiller. Enfin, il sortit dans le hall.

Kate était là — mais Erika aussi. Et Allyson, et quelques autres filles. Elles formaient un petit groupe intime, bavardaient ; leurs voix se mélangeaient, se heurtaient et ondulaient en passant de l'une à l'autre. Comment est-ce qu'une bande de filles arrivaient à parler en même temps — et arrivaient à entendre ce que chacune disait, tout en parlant elles-mêmes —, c'était un mystère pour lui.

Un autre mystère était la raison pour laquelle, alors que Kate était pratiquement en face de lui, son regard était fixé sur Erika, comme le viseur laser d'un fusil.

Kate s'accrocha immédiatement à lui, et il enroula son bras autour d'elle. Mais son regard rencontra celui d'Erika, et il lui rendit son sourire.

— C'était vraiment intéressant, lui dit-elle.

— Intéressant ?

De tous les mots auxquels il pouvait penser pour décrire la lutte — dur, agressif, primitif, en sueur — *intéressant* ne faisait pas partie de sa liste de dix principaux mots. Pour une personne qui n'avait jamais assisté à une rencontre auparavant, il est vrai, il se dit que cela devait être le cas.

— J'espère que tu as été impressionnée.

— C'est vraiment un macho, plaisanta Kate en pressant ses biceps. Oh. Quel homme, ajouta-t-elle d'un ton pince-sans-rire.

— Tu vois? Elle est impressionnée, dit-il à Erika. Tu devrais être impressionnée, toi aussi.

— Je suis impressionnée.

Le sourire d'Erika se radoucit.

— Vraiment, ajouta-t-elle.

— Qui veut de la pizza? demanda-t-il.

Son ami Will, qui luttait dans la catégorie des poids lourds, choisit ce moment pour sortir des vestiaires.

— Moi! cria-t-il.

Quinze minutes plus tard, six d'entre eux étaient entassés autour d'une table chez Village Pizza et se partageaient une pizza sicilienne. Les filles amusèrent Ted quand elles demandèrent des couteaux et coupèrent avec soin un morceau rectangulaire et gluant en plus petits morceaux à se partager. Il leur fallut plus de temps pour décider qui prendrait quel morceau qu'il lui en fallut pour dévorer une pointe entière.

— Alors, dit Kate en mordant délicatement dans sa fine tranche. Je pense que nous devrions partager une limousine pour aller au bal de promo.

Ted grimaça. Le bal de promo n'aurait lieu que dans quelques mois. Personne ne voulait y penser. En tout cas, *lui* ne voulait pas. Chaque fois qu'il songeait à ce que ça allait coûter, il était pris de sueurs froides. Il devrait passer un nombre incroyable de samedis matin à porter des sacs au club de golf pour pouvoir acheter les billets d'entrée, louer un costume, acheter des fleurs et — merde, cracher beaucoup d'argent pour une limousine. Et tout ça pour quoi? Pour impressionner Kate? Pour lui offrir une soirée qu'elle n'oublierait jamais?

Pour une somme pareille, ne devrait-il pas aller au bal de promo avec la fille qui était au centre de ses pensées?

La fille en question n'avait aucune raison d'y aller avec lui, de toute façon, pensa-t-il en regardant Erika de l'autre côté de la table, qui était en train de tirer un long fil gluant de mozzarella fondue qui coulait de sa pointe de pizza.

— Faut-il avoir un petit ami pour aller au bal de promo? demanda-t-elle.

— Tu ne dois même pas être invitée par un garçon, la rassura Allyson.

— Parce qu'en ce moment, le seul mec dans ma vie, c'est Five Star.

Elle fit un grand sourire à Ted.

— C'est le cheval que je monte.

— Est-ce qu'il pourrait entrer dans une limousine? demanda Will.

— Nous pourrions attacher une remorque au pare-chocs arrière, dit-elle toujours en souriant. Je suis sortie avec quelques cons dans ma vie. Je ne vois pas pourquoi je ne pourrais pas aller au bal de promo avec un cheval.

— C'est un peu l'histoire de Catherine la Grande, risqua Ted.

Erika le regarda d'un air curieux.

Zut. Elle ne savait pas ce que l'on disait de Catherine la Grande?

— La tsarine de Russie. Il paraît qu'elle était insatiable. La rumeur prétend qu'elle a eu des relations sexuelles avec un cheval.

— Elle était excitée par le trot, littéralement, dit Will en jouant avec les mots tout en s'emparant d'une autre pointe de pizza.

— C'est tout ce dont je me souviens de l'histoire européenne, dit Ted en haussant les épaules d'un air confus. Cela ne faisait pas partie du programme scolaire. J'en ai juste entendu parler au moment où nous avons étudié la Russie.

— C'est dégoûtant, dit Kate en faisant une grimace.

Erika riait, pourtant. Il ne l'avait pas offensée — et il se rendit compte tardivement que cela aurait pu être le cas puisqu'elle adorait les chevaux. Mais elle semblait trouver la légende de Catherine la Grande hilarante, ce qui le fit l'aimer encore plus.

— Je ne veux pas penser au bal de promo, déclara Allyson. Je devrai probablement y aller avec un cousin, ou quelque chose comme ça.

— Je t'y emmènerai, offrit Will.

Allyson rejeta la tête en arrière et se mit à rire.

— J'irai avec mon cousin.

Will fit semblant d'être profondément blessé, mais il gloussa en prenant une troisième tranche de pizza. Les gars qui faisaient de la lutte dans la catégorie des poids lourds avaient l'habitude de manger beaucoup. Et Will devait savoir qu'Allyson Rhatican n'irait jamais au bal de promo avec lui. Elle était l'une des filles les plus populaires de l'école. D'ailleurs, Ted était certain qu'elle n'aurait pas à se résoudre à aller au bal de promo avec un cousin.

À moins qu'ils ne se disputent de manière incroyable, il irait avec Kate. Entre eux, ce n'était pas le grand amour. Ce n'était même pas son amour du secondaire. Mais elle était séduisante et plaisante, et il était convaincu qu'ils se sépareraient de façon naturelle lorsqu'elle partirait pour l'université à l'automne. Il ne savait pas ce qu'il ferait, à part gagner un peu d'argent et tenter de trouver ce qu'il aimerait faire une fois adulte. Mais Kate et lui prendraient des routes séparées, et personne ne pleurerait énormément lorsque tout serait fini.

Il ferait bien de commencer à enchaîner les petits boulots, cependant. Personne ne jouait au golf au début de mars, en tout cas pas dans le New Jersey, un État du nord. Mais s'il devait aller au bal de promo — la totale avec une monstrueuse limousine de location —, il aurait besoin d'argent. Dès l'instant où le club de golf ouvrirait, il serait là et se démènerait. Il ne voulait pas manquer l'événement le plus important de dernière année.

Après tout, si Erika se montrait au bal de promo en compagnie d'un cheval, il voulait absolument voir ça.

# Cinq

Erika finit par aller au bal de promo avec Peter, un garçon qu'elle avait connu par l'intermédiaire d'Allyson. Il était gentil, paraissait moins ridicule dans un costume que la plupart des garçons du secondaire et il lui avait acheté un joli petit bouquet d'orchidées. Ils se rendirent au bal de promo à bord d'une limousine partagée avec Allyson et son chevalier-servant, ainsi que quelques autres jeunes. Quant à Ted et Kate, s'ils se trouvaient dans une autre limousine, elle n'en avait aucune idée.

C'était aussi bien qu'ils ne se trouvent pas dans la limousine d'Erika. Depuis qu'elle avait assisté à cette compétition de lutte quelques mois plus tôt, elle avait eu davantage conscience de Ted Skala que ce qu'elle aurait dû. Elle était hantée par le souvenir, non seulement de sa grâce sur le tapis, mais aussi par la dure intensité qu'il avait eue dans les yeux au moment d'affronter son adversaire, l'inclinaison combative de son menton, la façon dont il avait battu son adversaire. Son attitude. Son corps, sa force, ses mouvements, sa posture, toutes ces choses semblaient dire : *Je vais gagner, je vais triompher. Je vais trouver le chemin qui mène au succès et je vais le prendre.*

Il avait eu une aura de détermination et de réflexion qu'elle n'avait pas l'habitude d'associer à Ted. La plupart du temps, il était amusant et plein d'énergie, le genre de garçon qui accueillait les côtés obscurs de la vie et les coins sombres avec un haussement d'épaules et un sourire. Dans une école aussi petite que l'école secondaire de Mendham, il ne pouvait cacher ses notes scolaires médiocres et il n'essayait même pas. Il ne pouvait éluder son record de retenues — jamais à cause de quelque chose de grave, mais il se retrouvait impliqué dans des ennuis mineurs de manière régulière et il semblait ne pas s'en soucier. Pour autant qu'Erika le sache, il ne prenait rien au sérieux. Il abordait la vie avec un esprit insouciant, ce qui, pour une personne comme elle, qui prenait l'équitation tellement au sérieux, paraissait enviable.

Toutefois, il *prenait* réellement la lutte au sérieux. Lorsqu'il faisait de la lutte, il devenait une autre personne. Une personne plus profonde, plus complexe. Une personne à qui elle pensait de la même façon qu'aucune fille ne devrait penser à un garçon lorsque le garçon en question sortait avec une autre fille.

C'était ridicule. Kate et lui formaient un couple depuis longtemps. D'ailleurs, Erika ne voulait pas de petit ami. Elle en avait presque fini avec le secondaire et, lorsqu'elle imaginait son futur, celui-ci incluait l'apprentissage de nouvelles choses, la vie dans des endroits nouveaux, la conquête de nouveaux talents — mais pas le fait de tomber amoureuse. Qui avait besoin de ça ? Cela ne ferait que la freiner.

Ce qu'elle ressentait en pensant à Ted n'était pas de l'amour. Cela ne s'en approchait même pas. Mais c'était... *quelque chose.*

Elle ressentit cette chose dès qu'elle pénétra avec Peter dans la salle de banquet de l'hôtel, où avait lieu le bal, et qu'elle remarqua Ted qui se tenait au milieu d'une bande d'amis près du bar. Il n'avait pas l'air ridicule dans son costume, lui non plus. Ses cheveux bouclaient et ondulaient de manière sauvage mais, depuis la porte d'entrée, il semblait tout à fait présentable. Son costume tombait parfaitement sur son corps longiligne, mettant en valeur ses longues jambes et ses épaules carrées. Son nœud papillon en satin reposait bien droit à la base de sa gorge. Ses yeux — des yeux qu'il pouvait transformer en glace lorsqu'il luttait — brillaient d'un air joyeux.

Kate était à ses côtés, splendide dans une élégante robe noire. Erika eut l'impression que sa robe dans les tons pastel était démodée et terne. Elle était assez jolie; d'ailleurs sa mère et sa sœur l'avaient assurée qu'elle la faisait paraître mince et élancée. Mais elle n'était pas élégante.

Erika ne s'était jamais comparée à d'autres filles auparavant, sauf si elles faisaient de l'équitation et qu'elle comparait sa performance à la leur en matière de saut d'obstacles. Elle ne voyait pas pourquoi elle devrait commencer à se comparer maintenant.

Dès que son groupe eut trouvé une table libre pour y laisser leurs sacs à main et leurs cotillons, Erika décida qu'elle avait incroyablement soif.

— Je vais me chercher quelque chose à boire.

— Je t'accompagne, offrit Peter.

Elle sourit et posa sa main au creux de son bras, se sentant un peu comme une débutante alors qu'ils traversaient la salle en direction du bar. Le comptoir en acajou était recouvert de rangées de bouteilles d'eau, de jus de fruits et d'un assortiment de sodas.

Elle se serait sentie tellement plus sophistiquée si elle avait pu demander un verre de vin au barman; cependant, cela n'allait vraisemblablement pas être possible à un événement organisé par une école secondaire.

— Ce sera un Coca Light, pour moi, commanda-t-elle.

Peter commanda un Canada Dry. Une fois leurs boissons en main, ils se détournèrent du bar. Les yeux de Ted rencontrèrent les siens, et le sourire de Ted s'élargit. Il leva son verre en signe de bienvenue silencieux.

Bon sang qu'il était mignon! Quelque chose dans le contraste entre sa coiffure négligée et son costume sophistiqué lui fit ressentir une boule de chaleur et des picotements dans le creux de son ventre.

— Il faut que j'aille dire bonjour à Ted, dit-elle en tirant Peter jusqu'au groupe dans lequel il se trouvait.

— Et Kate, ajouta-t-elle, comme si elle reconnaissait que la petite amie de Ted l'aiderait à le trouver moins séduisant.

— Hé, Fred, la salua Ted lorsqu'elle arriva à ses côtés. Waouh, tu es superbe!

— Tu t'es bien arrangé, aussi.

— Il paraîtrait qu'il a même pris une douche, plaisanta Kate, bien qu'il y ait eu un ton mordant dans sa voix.

Voulait-elle insinuer qu'il ne prenait pas souvent sa douche?

Bien sûr qu'il se lavait. Et Erika ne faisait probablement qu'imaginer le ton cassant et légèrement méprisant dans la voix de Kate.

— Eh bien, dit-elle aimablement. Nous sommes tous là.

— Adam a fait entrer un peu d'alcool en douce dans une flasque si tu veux corser ton soda, murmura Ted.

Peter les regarda un peu intrigué, mais Erika secoua la tête.

— Marcher avec ces talons hauts est déjà assez compliqué tout en étant sobre.

— Des talons hauts, hein? Montre, demanda Ted.

Erika remonta méticuleusement le bord de sa robe jusqu'à mi-mollet et montra ses sandales métallisées à lanières et leurs talons de sept centimètres. Sa mère lui avait payé une manucure et une pédicure cet après-midi, et ses orteils semblaient plus délicats et plus féminins que jamais auparavant.

Peter appréciait vraisemblablement ses pieds.

— C'est un peu comme à l'époque victorienne, dit-il. Ah, la vision fugitive d'une cheville.

Erika avait pensé qu'en raison des fines bretelles de sa robe et de son décolleté vertigineux, elle exposait suffisamment de peau, même si sa longue robe cachait ses pieds. Sa robe n'était pas du tout dans le style victorien.

De l'autre côté de la salle, un disc jockey se mit à enchaîner les morceaux de musique. Dans l'air flottaient des effluves de parfum et d'eau de Cologne, ainsi que l'odeur d'ozone de l'air conditionné. Le motif de la moquette sous les ongles soignés d'Erika était affreux, des rectangles marron et couleur moutarde imbriqués.

— Allons danser, dit-elle à Peter.

Près du disc jockey, la moquette laissait la place à une piste de danse recouverte de parquet. Elle préférait avoir ses jolis pieds sur celui-ci que sur la moquette.

Peter poussa un soupir plaintif et marmonna :

— D'accord.

Ce ne fut qu'une fois qu'ils eurent atteint la piste de danse, après s'être arrêtés en chemin à leur table pour y déposer leurs boissons et s'être joints aux dizaines de camarades de classe qui dansaient et chantaient sur du Bon Jovi, qu'elle se rendit compte que la moquette n'avait rien à voir avec son désir d'aller de l'autre côté de la pièce. Elle avait eu besoin de danser pour ne pas rester à proximité de Ted. Elle sentait trop sa présence. Il l'attirait trop. Lorsqu'elle lui avait montré ses pieds, il avait plissé les yeux avec la même intensité qu'elle avait perçue en lui lorsqu'elle l'avait vu faire de la lutte, l'intensité qui semblait éveiller quelque chose en elle.

Avait-il eu l'intention de la renverser sur le sol ? De lui faire un plaquage des épaules ? D'enrouler ses jambes autour de celles d'Erika tout comme il les avait enroulées autour de celles de son adversaire ?

Imaginer Ted Skala la plaquer au sol, lui presser les épaules contre le sol, se mettre à califourchon sur elle et la regarder fixement avec ses éblouissants yeux verts, tout cela éveilla à nouveau cette sensation de picotement dans le bas de son ventre.

La foule les enveloppa, elle et Peter, et la musique les emporta. Les guitares vibraient, les percussions cognaient et Jon Bon Jovi poussait des hurlements déchirants. Pendant le refrain, tout le monde entonna en chœur — *You were born to be my baby.*

*Nous ne sommes plus des bébés*, pensa Erika. Ils n'étaient plus qu'à quelques jours d'obtenir leur diplôme.

Quelqu'un la bouscula, et elle ouvrit les yeux. Il y avait encore plus de monde sur la piste de danse, ce qui lui plut assez, en fait. Elle avait toujours eu un peu la sensation d'être une étrangère au sein de l'école secondaire de Mendham, puisqu'elle n'avait emménagé dans la ville qu'à peine deux ans et demi plus tôt. Mais, en cet instant, entourée des autres élèves, elle n'avait pas l'impression d'être une étrangère. Elle dansait avec eux, elle appartenait au groupe, elle bougeait de manière synchronisée avec eux. Elle chantait les paroles de Bon Jovi avec eux.

Tant que personne ne piétinerait ses pieds sortant de la pédicure, elle se sentirait bien.

La chanson prit fin, et une autre prit le relais : Bruce Springsteen, *Human Touch*. Erika se demanda brièvement si le disc jockey avait uniquement l'intention de passer les chansons de rockers venant du New Jersey durant tout le bal. Elle se mit à rire et s'interrompit lorsqu'elle aperçut Ted sur la piste. Ils n'étaient séparés que par deux autres personnes.

Son regard rencontra le sien, et il sourit.

Elle lui rendit son sourire.

Ce n'était pas bien, pensa-t-elle. Elle ne devrait pas prendre autant de plaisir à recevoir un sourire de sa part, à voir de l'admiration dans ses yeux. Elle ne devrait pas essayer de trouver un moyen discret pour contourner les deux personnes qui se trouvaient entre Ted et elle, et qui dansaient à en perdre haleine. Cela ne devrait pas avoir d'importance pour elle qu'il soit mignon dans son costume. Après cette soirée, elle ne le reverrait plus jamais en tenue de soirée, à moins qu'ils ne soient, un jour, tous les deux invités au mariage d'un camarade de classe et qu'il soit un des garçons d'honneur.

Elle ne devrait pas s'intéresser à Ted Skala. Mais c'était le cas.

*Existait-il une loi qui nous obligeait à participer au bal de promo ? À dépenser beaucoup d'argent, à porter un stupide costume de pingouin avec un pantalon à ceinture ajustable qui ne serrait pas suffisamment la taille, de telle manière qu'on avait l'impression que le pantalon allait glisser le long de nos fesses ? À agir comme bon nous semblait afin de garder chaque moment de la soirée gravé dans la mémoire ? Est-ce qu'ils gardaient notre diplôme si on utilisait la mauvaise fourchette pour manger notre salade, à condition que l'on puisse appeler quelques feuilles molles de verdure, avec une seule tomate cerise baignant dans l'huile et le vinaigre, une salade ?*

*Bon sang. Le bal de promo était vraiment bien. Il n'y avait rien de mal. Rien de mal à poser pour une multitude de photos et à papoter avec les parents de Kate — et presque une centaine de leurs voisins les plus proches qui s'étaient tous rassemblés chez elle pour pousser des « oh ! » et des « ah ! » devant la belle allure de notre jeune couple. Rien de mal à verser en douce quelques gouttes de la vodka d'Adam dans mon Coca. Je ne conduisais pas. J'avais claqué une somme monstrueuse pour la limousine, après tout.*

*Non, le problème, ce n'était pas le bal de promo. Le problème, c'était qu'on se trouvait devant une porte qu'on était sur le point d'ouvrir, prêt à franchir le seuil d'une nouvelle étape de sa vie, et tout ce à quoi on pouvait penser : les occasions perdues, les choses laissées inachevées et la cruelle réalité qui voulait qu'une fois qu'on* serait sorti de cette pièce, on ne pourrait plus faire marche arrière et y revenir.

Il y avait, dans cette pièce, tellement de choses que j'étais sur le point de quitter et que je n'avais jamais pris la peine d'apprécier. Tant de bibelots que je n'avais jamais cessé d'admirer, tant de fuites autour de la fenêtre que j'aurais dû prendre le temps de colmater. Peut-être aurais-je dû apprendre à rester tranquillement assis plus souvent, à être attentif, et j'aurais pu prendre des notes au cours d'anglais au lieu de dessiner des caricatures du prof. C'étaient de sacrées bonnes caricatures, mais peut-être aurais-je pu apprendre des choses plus importantes que de savoir comment dessiner un nez sans que les narines ne ressemblent à des impacts de balle.

Il y avait des gens dans la salle que j'aurais pu apprendre à mieux connaître. Des amitiés qui auraient pu être plus profondes que le simple claquement dans la main et le « comment ça va ? ». Les professeurs que j'avais ignorés alors qu'ils me disaient que j'étais intelligent et que je devrais m'appliquer davantage.

Les filles que j'aurais pu inviter à sortir.

Une fille en particulier. Une fille avec de longs cheveux brun miel et un sourire qui était à la fois timide et malicieux, avec un visage de rêve et, d'après ce que j'avais pu voir, de jolis pieds.

Peut-être, après tout, ne serais-je pas sorti avec elle. Mais j'aurais essayé. J'aurais pu faire un pas en avant. J'aurais pu prendre le risque. Je n'avais jamais eu peur de me rendre ridicule — sauf avec elle.

Le bal de promo me rappelait que, dans quelques jours, j'allais passer cette porte et laisser les 18 premières années de ma vie derrière moi. Et même si je me retrouvais à aller de l'avant, voir de nouveaux endroits, essayer de nouvelles choses, vivre ma vie et passer du sacré bon temps en faisant tout cela, je continuerais à me *demander ce qui se serait passé si j'avais osé me ridiculiser devant Erika Fredell.*

Le bal de promo s'était bien passé, pensa Erika. De la nourriture insipide, de la musique trop forte, quelques discours mélancoliques qui provoquèrent à la fois des reniflements nostalgiques et des railleries bruyantes ; tout le monde en avait trop mis, et seules quelques filles avaient éclaté en sanglots dans les toilettes. La pédicure d'Erika avait survécu à beaucoup de pas de danse sur la piste bondée, et elle n'avait qu'un léger mal de tête, dû au vacarme incessant provoqué par les morceaux de rock et de hip-hop diffusés par les haut-parleurs du disc jockey, et par les personnes qui criaient afin de se faire entendre par-dessus la musique.

Elle espérait pourtant de tout cœur que le bal de promo n'ait pas été la meilleure soirée de sa vie. Parce que, honnêtement, il n'avait pas été si génial que ça.

En vérité, elle attendait impatiemment la soirée chez Jennifer, dont Laura lui avait parlé, bien plus qu'elle n'avait eu hâte d'aller au bal de promo. Un short kaki et un débardeur étaient bien plus son style qu'une robe de soirée, et des sandales Teva étaient bien plus confortables que des souliers avec des talons de sept centimètres. Peter serait à la fête, mais ils n'avaient jamais réellement formé un couple ; donc il ne s'attendait pas à ce qu'elle reste à ses côtés. Et, si la musique allait trop fort, elle demanderait à Jennifer de diminuer un peu le son, ou irait dans une autre pièce.

— Tu es si calme, lui dit Laura qui empruntait une route sinueuse dans l'obscurité du soir. Qu'est-ce qu'il y a ?

— Rien, soupira Erika.

Elle détestait mentir à son amie.

— Ce sera une belle fête, remarqua Laura. Tout le monde sera là. Et nous sommes tous libres maintenant! On a été libérés.

— Je sais, dit Erika, tentant de ne pas paraître mélancolique.

Laura lui adressa un coup d'œil rapide.

— Tu n'es pas inquiète de revoir Peter, n'est-ce pas?

— Non. Tout est clair entre nous.

Elle soupira une nouvelle fois.

— C'est que... je craque pour quelqu'un d'autre.

— Qui?

— Tu promets de ne pas rire?

Laura parut offensée par la question, puis revêtit un large sourire.

— Je rirai uniquement si c'est amusant.

— C'est amusant, la prévint Erika.

Un dernier soupir, et elle se confessa.

— Ted Skala.

— Ted!

Laura ne riait pas. En fait, elle fit presque une embardée et traversa la double ligne jaune qui coupait la route en deux, puis braqua pour se remettre sur la bonne voie et s'esclaffa :

— Ted, bien sûr.

— Qu'insinues-tu par *Ted, bien sûr*?

— Il est parfait pour toi. Je le sais depuis des mois.

— Vraiment?

— Pourquoi crois-tu que je te traîne dans les soirées où je sais qu'il ira? Pareil pour lui. Lorsque je savais que tu venais à une fête, je l'appelais et lui disais de venir.

— Mais il a déjà une petite amie.

— Et alors, dit Laura.

Elle conduisait d'une seule main et remuait la main droite dans l'air comme si elle chassait un moustique.

— Il est tellement parfait pour toi. Il était temps que tu t'en rendes compte.

— Tout d'abord, il n'est pas parfait, contesta calmement Erika.

Ted Skala pouvait être beau, il pouvait être intriguant, il pouvait avoir de fabuleux yeux verts tellement expressifs. Mais il était un peu sauvage, un peu dégrossi, et il ne partait pas pour l'université, et... et elle était sûre qu'elle pourrait dresser une longue liste de ses défauts si elle en avait le temps.

Ce n'est pas que cela avait de l'importance. Elle ne cherchait pas la perfection. Elle ne l'avait même pas cherché, *lui*. Elle avait simplement craqué pour lui, c'était tout.

— D'accord, ça c'est le tout d'abord, dit Laura. Qu'est-ce qui vient en second ?

— Deuxièmement, il a une petite amie...

— ... qui n'est pas faite pour lui. Je vais vous mettre ensemble, décida Laura.

Erika sentit le rouge lui monter aux joues.

— Comment ? Que vas-tu faire ? Vais-je mourir de honte ?

— La seule manière dont tu pourrais mourir, ce serait que je te tue à cause de ton entêtement et de ton manque de coopération. Fais-moi confiance, Erika. Je vais faire en sorte que cela se passe.

Erika poussa un grognement. Laura pouvait être l'une de ses meilleures amies ; pourtant, en cet instant, Erika ne lui faisait pas confiance.

Ted était allé chez Jennifer en voiture avec Will. Il y a une semaine, il y serait allé avec Kate, mais beaucoup de choses pouvaient se passer en une semaine. Kate pouvait piquer une crise d'hystérie pour mettre fin à une dispute, lui dire qu'elle pensait que c'était un connard parce qu'il avait voulu passer la soirée avant la remise des diplômes avec ses potes plutôt qu'avec elle, lui dire qu'il n'arriverait jamais à rien parce qu'il était un crétin et que les crétins n'arrivaient jamais à rien, et, pour conclure sa tirade de façon assez décevante, lui dire que, s'il comptait aller à la fête de Jennifer vendredi soir, elle n'irait pas parce qu'elle ne voulait pas se retrouver dans une fête en sa présence.

Après que Kate l'eut traité de connard et de crétin, et informé qu'il n'arriverait jamais à rien, il pouvait difficilement  se soucier de la façon dont elle pensait passer son vendredi soir. Elle était partie. Au revoir. Bon débarras. Dommage qu'elle n'ait pas décidé qu'il était un connard et un crétin avant qu'il ne dépense autant d'argent pour le bal de promo.

Donc, il était allé à la fête avec Will. Il y avait beaucoup de monde, et il était libre. Libéré de l'école, libéré de Kate, libéré de toute obligation sauf d'être présent demain matin sur le parcours de golf pour une journée de boulot consistant à porter les sacs de golf. Une bière et ses amis ce soir ; beaucoup de gros pourboires demain. Pas de quoi se plaindre.

Il était installé sur une chaise longue sur la terrasse en ardoise qui s'étendait à l'arrière de la maison de Jennifer. Il sirotait sa bière et respirait la fumée à l'odeur de bœuf qui s'élevait au-dessus du barbecue à gaz, sur lequel des hamburgers et des saucisses cuisaient en grésillant. À l'extrémité d'une longue table recouverte d'une nappe en papier, qui virevoltait et sur laquelle on pouvait lire «Félicitations aux diplômés» en lettres rouges criardes, un gros radiocassette crachait du Nirvana dans l'air chaud nocturne. Le reste de la table était couvert de bols de croustilles, de bretzels et d'autres choses à grignoter. Encore quelques gorgées de bière et Ted irait se chercher un hamburger. Mais, pour le moment, il se sentait bien en restant assis et en se vidant l'esprit pour n'y laisser entrer que la voix hurlante de Kurt Cobain.

Il ferma les yeux, renversa la tête et savoura le vide apaisant de son esprit. Cela l'ennuya presque lorsque quelqu'un donna un petit coup sur son bras. En ouvrant les yeux, il vit Laura se laisser tomber sur la chaise à côté de la sienne et décida de ne plus être ennuyé.

— Salut, l'accueillit-il.

— Je connais la fille parfaite pour toi, dit-elle incapable de réprimer un petit rire bête.

— Tu me l'as déjà dit. J'attends, depuis lors, de découvrir qui est cette Mademoiselle Perfection.

— Parfois, ces choses prennent du temps, dit Laura. Spécialement quand les gens sont têtus et stupides.

— Tu ne parles certainement pas de moi, dit-il avec un grand sourire.

— Eh bien, le truc, c'est que cette fille parfaite craque pour toi.

Tant que cette fille prétendument parfaite n'était pas Kate, cela convenait à Ted.

— Ah oui? Et qui est-ce?

Laura contempla le jardin arrière. Il y avait au moins 25 jeunes qui parlaient, mangeaient, faisaient les pitres. Qui donc avait craqué pour lui ? Quelqu'un qui se trouvait dans le jardin ? Quelqu'un qui se trouvait à l'intérieur de la maison ? Quelqu'un qui n'était pas encore arrivé ou qui n'avait pas été invité ?

Laura se tourna vers lui.

— Erika, murmura-t-elle.

Il se redressa d'un bond sur sa chaise.

— Fredell ?

— Combien d'Erika connais-tu ?

Laura lui donna un autre petit coup et se leva.

— Va la trouver, dit-elle avant de s'en aller d'un pas désinvolte.

Il se remémora le jour, quelques mois auparavant, au cours duquel Laura l'avait accosté, dans le stationnement devant le Country Coffee Shop, en lui disant qu'elle connaissait la fille parfaite pour lui, et était ensuite partie au volant de sa voiture sans qu'il n'ait eu le temps de lui demander qui était cette fille. Il était resté debout au milieu du stationnement, se sentant ridicule, d'accord, en pensant à Erika. Pas étonnant que Kate l'ait traité de connard et de crétin. Elle devait savoir que, lorsqu'il pensait à la fille parfaite pour lui, la fille à laquelle il pensait était Erika.

La fille parfaite était Erika et elle avait le béguin pour lui.

*Peut-être que cette porte ne s'est pas encore refermée sur toi d'un coup sec, Skala. Peut-être qu'il est temps de faire ce que tu as eu envie de faire pendant des années. Il est temps d'aller revendiquer ce droit. Temps de faire cette prise.*

# Six

Erika traînait près du barbecue. Elle n'avait pas particulièrement faim, et la forte odeur de viande grillée lui coupait encore plus l'appétit. Mais elle avait promis qu'elle attraperait un hamburger pour Laura, une fois qu'ils seraient cuits, et elle imaginait qu'elle devrait en prendre un pour elle aussi. Le jardin était plein d'adolescents affamés. Si elle ne prenait pas de hamburger maintenant, peut-être n'y en aurait-il pas d'autres avant longtemps.

Elle ne comprenait pas pourquoi Laura ne pouvait pas s'occuper elle-même de ce qu'elle voulait manger. Laura avait détalé dès leur arrivée dans le jardin, s'arrêtant à peine pour demander à Erika de lui prendre un hamburger avant de disparaître au milieu des gens.

Erika s'empara d'une assiette en carton dans la pile qui se trouvait sur la table, la retourna dans tous les sens et soupira, tentant d'évacuer son irritation. Que Laura l'ait simplement emmenée en voiture jusqu'à la fête ne voulait pas dire qu'Erika devait être son esclave, n'est-ce pas ?

Quelqu'un lui tapota l'épaule, et elle se retourna, s'attendant à voir celle qui se prenait pour sa maîtresse. À sa place, elle vit Ted Skala. Il arborait un sourire bizarre et perplexe, et ses yeux brillaient. Il enroula les doigts autour du poignet d'Erika et l'éloigna délicatement du barbecue.

— Il faut que je prenne un hamburger pour Laura, protesta-t-elle.

— Laura peut prendre elle-même son foutu hamburger, dit-il.

Qu'il partage son opinion concernant Laura et son hamburger plaisait à Erika. Qu'il continue à la tenir, ses doigts chauds et forts enroulés autour de son poignet, lui plaisait encore davantage. Il l'emmena sur le côté de la maison, loin de la cohue et de la musique et du crépitement du barbecue, et desserra enfin légèrement les doigts. Cependant, il ne la libéra pas complètement.

— Est-ce que c'est vrai ce que m'a dit Laura ? demanda-t-il.

La première pensée d'Erika fut : *Qu'est-ce que Laura lui a dit ?* La deuxième fut : *Si elle lui a raconté ce que je lui ai dit dans la voiture, je vais la tuer.* La troisième fut : *Si elle lui a raconté ce que je lui ai dit dans la voiture, cela ne semble pas le contrarier. Et il me tient encore le poignet.*

Sa quatrième et dernière pensée fut que, si elle était suffisamment courageuse pour sauter au-dessus d'obstacles sur le dos d'un cheval, elle était assez courageuse pour dire la vérité à Ted. Et, s'il se moquait d'elle, eh bien, le lycée était terminé. Après cette soirée, elle n'aurait plus à le revoir.

Elle respira profondément, s'ordonna d'arrêter de remuer l'assiette en carton qu'elle tenait toujours dans la main, se donna des nerfs d'acier, comme si elle s'apprêtait à sauter au-dessus d'un de ces obstacles, et dit :

— Si elle t'a dit que tu me plaisais, c'est la vérité.

Il rejeta la tête en arrière et regarda tout droit dans le ciel nocturne de plus en plus sombre. Ensuite, il se mit à rire. Puis, il se redressa et la regarda droit dans les yeux.

— Je craque pour toi depuis le premier jour que je t'ai vue.

— Ah.

La première fois qu'il l'avait vue, c'était, quoi, il y a deux ans et demi ? Sa famille avait emménagé à Mendham à temps pour qu'elle puisse commencer son secondaire 4, et, peu après son arrivée, Allyson l'avait prise sous son aile et l'avait présentée aux jeunes avec lesquels elle était amie. Puis, Laura avait fait de même, et Ted faisait partie de ces jeunes.

Donc, oui, depuis la deuxième année. Il craquait pour elle depuis aussi longtemps.

Et il n'avait jamais rien fait par rapport à cela. N'avait jamais rien dit. N'y avait même jamais fait allusion. Il avait passé les deux dernières années à sortir avec d'autres filles. Quel idiot !

Néanmoins, elle ne savait pas ce qu'elle aurait fait s'il lui avait fait part, il y a deux ans, de ses sentiments. À cette époque, elle était obsédée par l'équitation, par sa volonté de bien s'en sortir dans sa nouvelle école et de ne pas se ridiculiser devant les autres élèves. Elle avait fait la connaissance de Ted, mais n'avait pas pensé à lui en tant que petit ami éventuel. Elle n'avait pensé à *personne* en tant que petit ami éventuel, en fait. Elle était sortie avec ce garçon plus âgé, qu'Allyson lui avait présenté, et avec le garçon qui jouait à la crosse, mais, pour l'essentiel, cela la rendait aussi heureuse d'être simplement acceptée dans un groupe d'amis, de faire partie de la bande, sans complications, sans implications émotionnelles, sans risques d'avoir le cœur brisé. Elle avait ressenti une plus grande satisfaction à monter Five Star qu'à repousser ses petits amis qui faisaient pression sur elle pour avoir des relations sexuelles, et elle avait tiré plus de plaisir à parler à Five Star qu'à écouter son second petit ami passer en revue chaque jeu de chaque partie de crosse, en s'assurant de mettre l'accent sur le fait qu'il avait été vraiment indispensable à l'équipe.

Elle ne craquait pas pour Ted à l'époque. Elle ne l'avait pas encore vu faire de la lutte.

La raison pour laquelle il avait craqué pour elle était un mystère. Elle n'était pas mignonne ni charmeuse. Elle ne traînait pas avec les autres après les cours. Pour tout dire, elle était un peu coincée. Une fanatique d'équitation.

Mais il avait quand même craqué pour elle. Et tout ce qu'elle avait pu dire fut *Ah*.

— Tu veux boire quelque chose ? demanda-t-il, ce qui était presque aussi prosaïque que *Ah*.

Elle se dit que, s'il avait réellement eu un faible pour elle pendant toutes ces années, elle ne devait certainement pas se casser la tête pour l'impressionner avec son intelligence et son charme.

— D'accord, répondit-elle.

Dix minutes plus tard, munis de deux bouteilles de bière, ils étaient assis dans l'herbe sous les branches tombantes et feuillues d'un érable. Ted se pencha en arrière et s'appuya sur ses coudes, les jambes tendues. Le short de Ted lui arrivait aux genoux, et elle se surprit à fixer le duvet de poils qui couvrait ses mollets.

— Alors, que vas-tu faire cet été ? demanda-t-il.

— De l'équitation. Et partir pour le Colorado. Et toi ?

— J'ai décroché un boulot dans une station d'essence. Et je vais aussi travailler en tant que caddie au Sommerset Country Club. Demain matin, je dois déjà me rendre au club de golf. Pas de repos malgré la fatigue.

— Tu n'es pas fatigué, le taquina-t-elle.

Le fait qu'ils aient craqué l'un pour l'autre ne voulait pas dire qu'ils ne pouvaient plus plaisanter ensemble comme ils en avaient l'habitude.

— Pas maintenant. Demain matin, je le serai.

Il frappa un moustique sur son bras, puis prit une gorgée de bière. Elle l'avait vu à suffisamment de fêtes pour savoir qu'il n'était pas le genre de garçon à boire d'un trait bière après bière, au point de s'enivrer et d'agir comme un abruti.

— Tes orteils sont toujours très jolis, nota-t-il.

Elle baissa les yeux et glissa son regard le long de ses jambes jusqu'à ses pieds. Sa manucure s'était écaillée depuis longtemps, mais sa pédicure paraissait encore intacte.

— Tu n'aurais pas dû regarder mes pieds alors que tu étais avec Kate, le réprimanda-t-elle.

— Je n'étais pas avec Kate alors. Pas vraiment.

— Tu l'as emmenée au bal de promo.

— Qu'est-ce que je pouvais faire ? Rompre avec elle une semaine avant la remise des diplômes ? Tu étais au bal de promo avec quelqu'un d'autre, toi aussi.

— Parce que tu étais avec Kate. Et Peter m'a invitée.

Elle adressa à Ted un regard rusé.

— Et tu ne m'as *pas invitée.*

— Bon, c'est de l'histoire ancienne à présent, dit-il, refusant de la laisser l'asticoter. Alors, qu'y a-t-il au Colorado ?

— L'Université du Colorado, à Colorado Springs.

— Waouh, tu ne pouvais pas aller encore plus loin ? dit-il en riant. Aucune université de Californie ne voulait de toi ?

Elle lui donna un petit coup de coude taquin.

— J'ai envie de connaître la vie à la montagne.

— On a des montagnes ici, dit-il en balayant l'air de sa main comme s'ils étaient entourés de hautes montagnes.

— Des collines, le contredit Erika. Nous sommes beaucoup plus proches de l'océan que de quoi que ce soit que l'on pourrait considérer comme une montagne.

Elle haussa les épaules.

— Ce n'est pas que je voulais partir loin. Je veux juste connaître quelque chose de nouveau. J'adore voyager.

— Ah oui ? Et où as-tu déjà voyagé ?

— Ma mère vient de Colombie.

— Columbia ? Comme l'université ?

— Non, comme le pays en Amérique du Sud. Elle est née et a grandi là-bas. Elle a encore beaucoup de famille là-bas. Trois sœurs et un frère. J'y ai presque un million de cousins.

— Sans blague. Je ne savais pas.

— *Si, es cierto !* Cela veut dire : «Oui, c'est vrai. »

— Waouh. Donc, en fait, tu parles espagnol, et tout !

— C'est drôle ; quand je suis ici, dans le New Jersey, c'est comme si je ne comprenais pas l'espagnol. Mais nous avions l'habitude d'aller souvent en Colombie quand j'étais petite et, au bout d'un jour ou deux, je parlais espagnol comme une fille du pays. En fait, pas tout à fait, ajouta-t-elle modestement. Mais assez pour me débrouiller. Les gens me comprenaient. Ensuite, je revenais ici et j'oubliais tout. Maintenant, au cours d'espagnol, je dois me creuser la tête pour essayer de comprendre le professeur.

— Plus maintenant, lui rappela Ted qui poursuivit en chantant. Plus aucun professeur, plus aucun livre.

— Jusqu'à ce que j'arrive à l'université.

Elle arracha un long brin d'herbe qui avait poussé entre les racines protubérantes de l'arbre et où aucune tondeuse ne pouvait passer.

— Tu ne vas pas à l'université, n'est-ce pas ?

— Pas tout de suite. Je finirai par y aller. J'ai juste besoin de faire une pause.

Il lui fit un grand sourire.

— Nous ne pouvons pas tous être des élèves qui obtiennent des 100 % avec mention, tu sais.

— Non, c'est vrai, dit-elle, pensant à elle-même.

Elle avait beaucoup étudié et avait eu de bonnes notes à l'école, mais elle ne se considérait pas comme une grande intellectuelle, destinée au Phi Beta Kappa.

— Il paraît que Colorado Springs, c'est magnifique. Juste au pied de la montagne Pike's Peak.

— Le pic de Zébulon, murmura Ted. Je n'arrivais pas à retenir quoi que ce soit au cours d'histoire américaine que je trouvais ennuyeux, mais maintenant je me souviens de son nom.

— Zébulon est un nom difficile à oublier.

— Ses parents devaient triper sous une drogue quelconque lorsqu'ils lui ont donné son nom.

— C'est ce que je pense aussi, acquiesça-t-elle.

Ils se regardèrent et échangèrent un sourire. Et elle sentit de nouveau cette chaleur chatoyante et frémissante au creux de son ventre, cette vague de sensations qu'elle n'avait jamais ressentie avec personne avant lui. Lorsque les yeux verts et très expressifs de Ted la regardaient fixement, elle ressentait cela.

Elle était avide de nouvelles expériences et elle se dit que Ted Skala allait être une nouvelle expérience époustouflante pour elle.

À un certain moment, bien après minuit, Ted et elle se décidèrent à rentrer et à se trouver un endroit pour dormir. Elle était épuisée. Il paraissait en pleine forme, en dépit de l'heure tardive, mais il insista sur le fait qu'il devait se reposer un peu à cause de son travail au petit matin. Il se coucha sur le sol recouvert d'un tapis moelleux dans le salon, et Erika s'allongea sur une causeuse rembourrée qui aurait été bien plus confortable si elle avait eu 50 centimètres de plus. Il y avait un divan dans la pièce, mais quelqu'un s'en était déjà accaparé et ronflait doucement.

Même si Ted avait semblé en pleine forme, il plongea dans le sommeil presque instantanément.

Erika s'était mise en boule sur la causeuse. Son esprit désirait sombrer dans le sommeil, mais son cœur palpitait, ses émotions se bousculaient et refusaient de lui accorder quelques heures d'un sommeil vraiment nécessaire. Que Ted Skala l'aime bien — et que ce fût le cas depuis des *années* — était une chose trop stupéfiante. Trop bizarre. Complètement géniale.

*Ce n'est pas de l'amour*, se dit-elle. Ce n'était pas possible. Elle ne permettrait pas une telle chose. Elle ne pouvait pas tomber amoureuse alors que, dans quelques semaines, elle partirait à 3 000 kilomètres d'ici pour aller à l'université. Elle ne pouvait pas tomber amoureuse alors que tant d'aventures excitantes se trouvaient devant elle et l'attendaient. Elle voulait vivre à la montagne. Elle voulait apprendre à skier et à faire de la voile et à faire de l'escalade. Elle voulait obtenir un diplôme universitaire et gagner de l'argent. Elle voulait avoir de nombreuses aventures avec des hommes magnifiques. Elle voulait voir le monde, manger des plats exotiques, apprendre à différencier un bon vin d'un mauvais. Elle voulait *vivre*.

Elle voulait tomber amoureuse, évidemment. Mais pas encore.

Cependant, son cœur n'arrêtait pas de diffuser des vagues de chaleur dans sa poitrine, comme si son battement déchaîné était du morse qui épelait les lettres A-M-O-U-R. Elle pensait à Ted qui dormait sur le tapis à quelques pas d'où elle se trouvait, et un large sourire fendit son visage. Elle ne pouvait s'en empêcher. Penser à lui, ça lui faisait cet effet.

Elle devait finalement s'être assoupie car, lorsqu'elle ouvrit les yeux, la lueur lactée du petit jour s'infiltrait au travers des lattes des volets en bois qui couvraient les fenêtres. Laura était en train de la secouer doucement. Elle jeta un coup d'œil sur le sol et remarqua que Ted était parti.

— Réveille-toi, chuchota Laura.

Les ronflements du type qui dormait sur le divan couvraient la voix de Laura.

— On doit partir.

Erika avait envie de lui demander où était Ted mais, si ses premières paroles se rapportaient à Ted, Laura n'arrêterait pas de le lui rappeler.

— Quelle heure est-il ? demanda-t-elle au lieu de cela, en parlant aussi doucement que Laura.

— Sept heures et demie. J'ai dit à Ted qu'on le déposerait au club de golf. Il doit y travailler en tant que caddie aujourd'hui.

— Oh. D'accord.

Donc, il n'était pas parti. Il devait partir avec elle et Laura. Elle n'avait pas imaginé la nuit passée. Le sourire qui avait bercé ses rêves, tout au long de la nuit, refit surface sur ses lèvres.

— Tu ne devineras jamais qui est la personne dont il est censé porter le sac, poursuivit Laura.

Elle continuait à chuchoter tandis que Laura se forçait à s'asseoir et tentait d'assouplir ses articulations.

Dormir en position fœtale pouvait être confortable pour un fœtus, mais pas pour une personne adulte de 18 ans. Elle avait le cou raide, les muscles contractés. Elle se tortilla, s'étira et entendit d'affreux craquements dans ses genoux au moment de les déplier.

— Qui ? demanda-t-elle.

Laura revêtit un large sourire.

— Mon père.

Un rire étouffé échappa à Erika. *Le monde est petit*, pensa-t-elle, mais elle ne put s'empêcher de croire que le fait que Ted allait faire le caddie pour le père de son amie proche — l'amie qui les avait manipulés, Ted et elle, hier soir en révélant leurs sentiments — soit plus qu'une coïncidence. C'était un signe. Le signe que Ted et elle étaient faits l'un pour l'autre.

Bien entendu, dans son esprit encore endormi et empli d'un romantisme béat, *tout* pouvait ressembler à un signe. La bibliothèque encastrée le long du mur était un signe. Le bruit de cliquetis que faisait une personne dans la cuisine au bout du couloir était un signe. Le fait qu'Erika ait passé la nuit sur une *causeuse* était, sans aucun doute, un signe.

Elle se frotta les yeux avec les poings afin d'en effacer le sommeil, puis se leva et sortit de la pièce sur la pointe des pieds, derrière Laura. Le type sur le divan dormait si profondément qu'elles auraient certainement pu sortir de la pièce en tapant des pieds, en claquant dans les mains et en chantant l'hymne de l'école secondaire de Mendham, sans qu'il ne se réveille.

Après un court passage par la salle de bain, Erika suivit Laura dans la cuisine. Ted était là, en compagnie d'une femme plus âgée qui portait un polo et un short assorti d'un turquoise tellement voyant qu'Erika en eut mal aux yeux. La mère de Jennifer, se rappela Erika. Elle avait fait brièvement sa connaissance hier soir. Contrairement à Ted, qui semblait avoir autant envie de dormir qu'Erika, la mère de Jennifer semblait réveillée, pleine d'énergie et prête à entamer la journée.

Elle avait fait du café. Quelques boîtes, aux motifs rose et blanc de chez Dunkin Donuts, étaient ouvertes sur le comptoir, proposant un assortiment de beignets.

— Bonjour les filles ! les salua-t-elle avec entrain.

Erika parvint à la saluer à son tour, mais toute son attention était dirigée vers Ted. Ses cheveux étaient encore plus ébouriffés que d'habitude, mais il portait un polo et un pantalon kaki, la tenue appropriée d'un caddie au Sommerset Country Club. Il tenait une tasse entre les mains, la portant à sa bouche comme si elle contenait un précieux nectar. En raison de l'heure et du travail qui l'attendait, la boisson à base de caféine lui paraissait vraiment indispensable.

Même s'il semblait penser qu'Erika lui était bien plus indispensable que le café. Il arrêta de boire. Son regard se focalisa sur elle, et il sourit.

— Salut, dit-il d'une voix grave et rauque.

Cette rudesse séduisante de sa voix était probablement due au manque de sommeil, mais Erika eut envie de croire que c'était elle qui l'avait provoquée.

— Salut, lui dit-elle en retour.

Il sourit.

De toute évidence, inconsciente du courant qui passait entre Erika et Ted, la mère de Jennifer dit :

— Il y a amplement de beignets. Il y a du jus de fruits et du jus d'orange dans le frigo, et nous avons aussi des céréales de flocons de maïs…

— Merci, en tout cas, dit Laura en couvrant Erika et Ted qui se regardaient comme deux idiots éperdument amoureux. Du café, c'est parfait.

— Bien, servez-vous. Voici le lait et le sucre…, dit la mère de Jennifer en désignant un petit pichet en céramique et un sucrier assorti qui se trouvaient près de la cafetière. Et les tasses sont dans l'armoire.

Elle désigna l'armoire laquée de couleur rouge cerise qui se trouvait au-dessus de la cafetière. Une fois ses responsabilités d'hôtesse remplies, elle sourit et quitta la pièce, ses sandales claquant doucement contre la plante de ses pieds.

— Du café, dit Laura en donnant un petit coup de coude à Erika pour la sortir de son envoûtement.

— Très bien.

Elle regarda Ted et rit sans pouvoir s'en empêcher. Il sourit, posa les coudes sur le comptoir et but son café à petites gorgées.

— Tu devrais quand même manger quelque chose, conseilla Laura à Ted. Mon père va t'épuiser.

— Est-ce qu'il donne des bons pourboires? demanda Ted en s'emparant d'un beignet à la cannelle.

— Es-tu un bon caddie? lui renvoya Laura.

Elle attrapa deux tasses dans l'armoire et les remplit de café.

— Tu veux un beignet? demanda-t-elle à Erika.

Erika secoua la tête. Elle n'avait pas d'appétit. Elle manquait trop de sommeil, elle était trop étourdie. Ted lui paraissait aussi beau ce matin qu'hier soir. Tout comme au bal de promo la semaine dernière. Tout comme lorsqu'elle l'avait vu faire de la lutte.

Correction : il lui semblait encore plus beau qu'auparavant. À présent, elle savait qu'il l'aimait bien. Il l'*aimait bien*.

Elle aurait dû passer un peu plus de temps dans la salle de bain à parfaire son apparence avant de lui faire face. Elle avait démêlé ses cheveux avec ses doigts et lavé son visage, mais elle avait paru débraillée dans le miroir au-dessus du lavabo. S'affairer pendant quelques minutes supplémentaires n'aurait pas vraiment amélioré son apparence, et quelques minutes additionnelles auraient entraîné le retard de Ted à son boulot de caddie. Donc, elle avait laissé tomber et s'était dit que, si Ted avait tellement craqué pour elle, il devrait simplement l'accepter avec ses yeux légèrement injectés de sang et une légère trace du tissu texturé de la causeuse imprimée sur sa joue.

Peut-être était-il en train de regarder les marques rouges sur sa joue ou bien était-il simplement en train de la fixer, l'observant attentivement, se disant — tout comme elle — que la nuit dernière avait été un miracle, en quelque sorte.

— D'accord, dit-il tout à coup avant de vider son café d'un trait. On ferait mieux d'y aller.

Il se saisit d'un autre beignet dans la boîte, et ils quittèrent ensemble la cuisine, sortirent par la porte de derrière, puis contournèrent la maison jusqu'à l'avant de celle-ci, où était garée la voiture de Laura. Le soleil du petit matin était doux, et l'herbe couverte de rosée. Laura était en tête du groupe, et Ted s'empara de la main d'Erika.

Oh, mon Dieu, elle aimait tenir sa main. Sa paume était chaude et douce, et sa cadence s'accordait parfaitement à la sienne, et… bon sang, elle l'avait dans la peau.

Laura ne s'opposa pas à ce que Ted et Erika s'installent tous les deux sur le siège arrière. Si elle se sentait un peu comme leur chauffeur, eh bien, c'était par sa faute puisqu'elle les avait rapprochés ; elle avait tout mis en marche. Erika aperçut le reflet du visage de son amie dans le rétroviseur et vit que Laura arborait un large sourire. De toute évidence, elle était trop contente d'elle-même pour se soucier du problème des places dans la voiture.

— Comment joue ton père ? demanda Ted à Laura.

À ce moment, elle faufilait sa voiture entre celles qui étaient alignées dans l'allée pour aller emprunter la route déserte.

— Il joue assez bien. Et il ne t'arrachera pas la tête si tu lui donnes un mauvais bâton.

— Je ne lui donnerais jamais de mauvais bâton, jura Ted. Je suis un cadet parfait. Même quand je suis à moitié endormi, murmura-t-il en souriant malicieusement à Erika.

Elle fit la grimace.

— Tu as dormi comme une bûche.

— J'avais l'impression d'être une bûche. Le sol était vraiment dur.

— Il était recouvert d'un tapis épais.

— Facile à dire pour toi. Tu étais sur le canapé.

— La causeuse, et elle était beaucoup trop courte.

— Est-ce que c'est notre première dispute? demanda Ted qui souriait toujours, en lui secouant la main.

— Notre première et notre dernière, dit-elle solennellement.

Il se mit à rire. Elle aussi.

Trop tôt, Laura bifurqua dans l'allée du Sommerset Country Club.

— Comment comptes-tu rentrer chez toi? demanda-t-elle à Ted tout en ralentissant pour s'arrêter devant l'immense pavillon brun.

— Je dois faire le caddie toute la journée, répondit-il. L'un des autres caddies me déposera à la maison.

Il se tourna vers Erika.

— Es-tu libre ce soir?

Elle en était certaine — et, si ce n'était pas le cas, elle changerait ses plans, quels qu'ils soient. Elle ne voyait rien qui lui plaise davantage que de passer la soirée avec Ted.

— Appelle-moi, dit-elle.

Il ouvrit la porte, puis se retourna vers elle et posa ses lèvres sur les siennes. Très doucement, très tendrement. Il n'y avait rien de brûlant ou d'exigeant dans son baiser, rien d'entreprenant ou de trop sentimental. Juste le plus adorable des baisers qu'elle ait jamais connu.

Au milieu du chaud brouillard qui l'avait enveloppée, elle l'entendit remercier Laura de l'avoir déposé. Ensuite, il trottina jusqu'au pavillon, en enfonçant le bas de son polo dans son short. Il ouvrit une porte, entra et disparut.

Erika se laissa tomber en arrière contre le siège, les yeux clos, et repassa dans son esprit la douceur de sa bouche sur la sienne, tout en attendant que son cœur cesse de battre la chamade. Un long moment s'écoula, et elle finit par rouvrir les yeux.

— Oh, mon Dieu, dit Laura qui gloussa ensuite.

— Oh, mon Dieu.

— Tu es amoureuse ?

— Bien sûr que non, répondit Erika d'un air indigné.

Elle tentait alors de faire son possible pour agir normalement malgré le battement fou de son cœur.

Elle sortit de la voiture, claqua la porte et s'installa sur le siège du passager à côté de Laura, qui l'examinait minutieusement de la même manière qu'un scientifique examine un spécimen de laboratoire.

— Dis merci, Laura.

— Merci, Laura, dit vivement Erika. Rentrons.

— Merci, Laura, de nous avoir rapprochés, Ted et moi, l'aida Laura.

— Si tu jubiles, je ne te parlerai plus jamais.

— J'ai le droit de jubiler, déclara Laura en démarrant le moteur de la voiture. Je suis ta bonne fée. Un coup de ma baguette magique, et *voilà*!

— Ouais, dit Erika à contrecœur. Mais je ne te parlerai tout de même plus jamais. Et ne me regarde pas comme ça. Je ne suis pas amoureuse.

Laura se contenta d'arborer un large sourire et se mit en route. Erika observa, par la fenêtre, l'immense pelouse taillée avec soin, sur laquelle des gouttes de rosée scintillaient sous le soleil matinal, comme si quelqu'un avait semé de petits diamants entre les brins d'herbe. Au-delà de la pelouse, des pins se dressaient tels des flèches qui s'enfonçaient dans le ciel sans nuages. C'était une belle journée pour jouer au golf.

C'était une belle journée pour être amoureuse.

Ce qu'elle n'était pas, se jura-t-elle.

Elle passa la langue sur ses lèvres et y goûta la cannelle. Elle goûta la chaleur. Elle goûta Ted.

Vraiment. Il n'était pas possible qu'elle soit amoureuse de Ted.

# Sept

Ted avait 80 dollars dans son portefeuille en rentrant à la maison tard cet après-midi-là, après sa journée de travail sur le parcours de golf. *J'aime trop ces généreux clients qui donnent des pourboires*, pensa-t-il en souriant. Il avait travaillé sacrément dur aujourd'hui. Il avait transporté de lourds sacs de bâtons de golf tout au long de la journée, de plus en plus chaude et étouffante, avait fait quelques suggestions discrètes lorsqu'un cancre, pour qui il faisait le caddie, lui avait demandé le mauvais bâton, et avait dit « Oui, monsieur », et « Merci, monsieur » aux bons moments. Il avait mérité ces pourboires, même si on n'était jamais certain que le « monsieur », à qui on disait oui et qu'on remerciait, verrait les choses de la même manière que nous.

Néanmoins, 4 billets de 20 dollars pas trop froissés étaient maintenant planqués dans son portefeuille. Quatre-vingts dollars qu'il pouvait dépenser pour Erika Fredell. Qui l'aimait bien. Qui l'avait laissé l'embrasser. Qui était, sans aucun doute, la fille la plus agréable et la plus séduisante qu'il ait jamais connue.

Son père se trouvait devant la maison quand Ted remonta l'allée. Il analysa la scène — le seau, le tuyau d'arrosage, les vieilles serviettes usées, la boîte de cire Turtle Wax. La voiture brillait tellement que le soleil de fin d'après-midi se reflétait sur la carrosserie lustrée. Son père se pencha et essuya le flanc d'un pneu avec un chiffon humide.

— Elle est impeccable, dit Ted.

Son père se redressa et lui adressa un regard sévère.

— C'est beaucoup de travail de laver une voiture tout seul.

Ted ressentit une brusque pointe de culpabilité.

— J'ai fait le caddie toute la journée, dit-il en s'excusant, même s'il n'avait rien fait de mal. Si tu avais attendu jusqu'à demain, j'aurais pu t'aider.

Sa voix se fit plus faible. Il était sûr d'avoir dit à ses parents qu'il serait au club de golf toute la journée.

— Eh bien, dit son père en s'essuyant les mains. C'est fait.

— Il n'y avait personne d'autre pour t'aider ? Adam ou Josh ?

Son père haussa les épaules. Lorsque Ted, ses frères et sa sœur étaient petits, ils avaient l'habitude de se faire attribuer les corvées, chaque vendredi, à l'aide d'un tirage au sort. Si vous aviez choisi, dans le bol, le nom d'une pièce — si vous étiez chanceux, c'était le salon ; si vous étiez malchanceux, la salle de bain ou la cuisine —, le samedi matin, vous deviez nettoyer cette pièce, du plancher au plafond. Ou bien vous aviez gagné une autre corvée : tondre le gazon, ratisser les feuilles, laver la voiture. Le père de Ted travaillait très dur chez AT&T, et sa mère était débordée, car elle devait s'occuper des repas, emmener chacun à son entraînement de sport ou chez le dentiste, ou à plus d'un million d'endroits différents. Un ménage avec cinq enfants, sans parler d'une grange pleine d'animaux, était une chose difficile à gérer. Pour que la famille fonctionne convenablement, cela demandait beaucoup d'organisation de la part de ses parents.

Mais maintenant, les frères de Ted étaient plus âgés, avec un pied déjà hors de la maison. Cela voulait dire moins de désordre, mais aussi moins de personnes qui pouvaient donner un coup de main quand la voiture devait être lavée.

Pourtant, sa jeune sœur aurait pu aider à laver la voiture, non?

Son père devait avoir lu dans ses pensées.

— Nancy a pris soin des animaux aujourd'hui, dit-il en faisant un geste en direction de l'étable. Tu n'es jamais rentré.

D'accord. Nourrir les animaux le matin était normalement le boulot de Ted. Mais voyons. Pour une fois, ne pouvait-il avoir un jour de libre? Il venait juste de recevoir son diplôme du secondaire, après tout. Il méritait de faire une pause.

— Il y avait une fête chez Jennifer pour fêter nos diplômes, rappela-t-il à son père.

Il mit l'accent sur le mot *diplôme*, juste au cas où cet événement important dans la vie de Ted aurait échappé à l'esprit de l'homme âgé, et au cas où il continuerait de penser que Ted était toujours le même petit garçon qu'il y a une semaine.

Il était contrarié, plein de ressentiments. Il avait envie de hurler, de répondre sèchement à son père, de laisser tomber le caractère obséquieux du «Oui, monsieur» qu'il avait gardé toute la journée.

Il ne parlerait jamais sèchement à son père, même s'il était fraîchement diplômé, qu'il était un *homme* que l'on devrait autoriser à faire un peu la fête et à gagner un peu d'argent pour pouvoir sortir avec la fille dont il était fou. Il méritait de se détendre un peu — mais son père méritait son respect. Ted ravala son indignation, même si elle était assez grande pour l'étouffer.

Le vieil homme le regarda pendant une longue minute, tout en se séchant les mains.

— Alors, que comptes-tu faire, porter des sacs de golf pour le reste de ta vie?

Ted sentit que son père parlait d'autre chose que du simple fait de travailler en tant que caddie, d'autre chose que le simple fait de ne pas faire ses corvées. Méfiant, il tenta de plaisanter.

— C'est plutôt difficile de faire le caddie pendant l'hiver.

— Tu ne vas pas à l'université, Ted. Tu auras besoin de trouver un travail plus important que de trimballer les sacs de golf d'autres personnes.

— J'ai ce travail à la station-service.

— La station-service, dit son père en secouant la tête. Tu es un garçon intelligent. Tu as du talent. Tu devrais faire quelque chose de mieux que d'être pompiste.

— J'ai juste reporté l'université d'un an, dit Ted qui sentait la colère refaire surface au fond de sa gorge.

Il tenta désespérément de ne pas la laisser transparaître dans sa voix.

Il avait déjà eu cette discussion avec son père, plusieurs fois. Ses parents voulaient qu'il aille à l'université, et il supposait qu'il finirait par y aller. Mais il avait passé les 12 dernières années de sa vie — 13, si l'on comptait l'école maternelle — à essayer de rester tranquillement assis en classe, cours après cours, un banc après l'autre, à étudier des matières qui ne lui disaient rien, alors que tout ce qu'il désirait faire, c'était dessiner, rêvasser et faire de la lutte.

Il avait besoin d'un peu de temps libre. Beaucoup de jeunes le faisaient. Interrompre ses études pendant une année entre le secondaire et l'université était une chose habituelle maintenant ; il y avait une expression pour cela : « Je prends une année sabbatique. »

— D'accord. Et, pendant cette année sabbatique, tu vas faire quoi ? Travailler comme caddie jusqu'à ce qu'il commence à neiger ?

— Et travailler à la station-service. Ou bien, je trouverai un autre boulot, dit-il. Tu sais que je le ferai.

Un autre long regard, évaluateur et vaguement déçu, de son père.

— Bien, finit-il par dire, se séchant une dernière fois les mains avant de jeter le chiffon dans un seau vide. La voiture est faite, de toute façon.

Ted hocha la tête et entra dans la maison, tentant d'enfouir sa colère. Après avoir monté l'escalier et être arrivé dans sa chambre, la colère qui bouillonnait en lui s'était réduite à un petit feu. Il se vautra sur son lit, la couchette supérieure d'un lit superposé qui s'élevait jusqu'à quelques centimètres du plafond, et il grogna.

Son père n'avait pas été tellement dur avec lui, en fait. Ted aurait dû prendre des dispositions pour les animaux avant de partir à la fête de Jennifer la nuit précédente. Comme ses parents aimaient le rappeler à leurs enfants, nettoyer le sol et récurer pouvaient attendre, mais les animaux ne le pouvaient pas. Ils devaient être nourris tous les jours, quoi qu'il arrive.

Il ne devait pas oublier de remercier sa sœur qui l'avait couvert.

Il jeta un coup d'œil sur la charpente en pin du lit superposé. Au fil des années, il y avait gravé des lignes avec l'ongle de son pouce. Au début, les dessins avait été faits au hasard, des marques abstraites, mais, petit à petit, il avait commencé à voir des motifs dans ces égratignures. Il en avait fait des images. Des bandes dessinées. La chronologie de sa vie.

Maintenant, elles représentaient des références. Cela lui permettait de se rappeler que, bien qu'il ait obtenu son diplôme du secondaire, il était également l'enfant qui avait gravé ces dessins dans le bois. Il fixa les lignes et tenta de définir ce qu'il ressentait. Sa colère s'estompait, laissant un vide derrière elle. De l'appréhension s'y infiltra rapidement.

Il n'était pas inquiet à propos de son père. Il l'était à propos d'Erika. Elle partait pour l'université. Pas d'année sabbatique pour elle.

Elle était intelligente. Érudite. Universitaire. Toutes les choses qu'il n'était pas.

*Tu es intelligent, Skala,* se dit Ted avec certitude. Mais il n'avait pas les notes adéquates pour pouvoir le prouver et il n'avait pas de lettre d'acceptation d'une université, ni de bourse d'études. Un jour, cette vérité allait sauter aux yeux d'Erika. Elle le regarderait et penserait : *Pourquoi suis-je avec ce raté qui n'ira même pas à l'université ?*

*Tu es encore loin de ce moment-là,* se dit-il. Elle ne partirait pour l'université que dans quelques mois. Il avait tout l'été pour lui prouver qu'il était intelligent, même s'il ne suivait pas le chemin attendu. Il avait jusqu'à la fin du mois d'août pour démontrer que l'université n'était pas le seul chemin qui menait à la réussite, ou bien que, si c'était le seul chemin, il l'emprunterait l'année suivante.

Ou bien, il avait jusqu'à la fin du mois d'août pour découvrir qu'Erika n'était pas faite pour lui, après tout. Qu'il ait été amoureux d'elle pendant plus de deux ans ne voulait pas dire qu'elle serait à la hauteur de ses fantasmes. Peut-être allaient-ils sortir ensemble quelques fois et qu'il se rendrait compte que la seule chose qui avait de l'importance pour elle, c'étaient les chevaux. Ou qu'elle était méchante, ou égoïste, ou garce. Il ne pouvait croire qu'elle soit comme ça ; depuis qu'il la connaissait, depuis plus de deux ans, il aurait déjà entendu parler de ses mauvais côtés. Elle ne serait pas l'amie de filles comme Laura et Allyson si elle était une garce. Elles ne supporteraient pas ça.

Erika était une bonne personne. Quelqu'un de remarquable. Une personne mûre pour son âge. Elle l'accepterait pour la personne qu'il était et tel qu'il était. Son père, qui lui rebattait les oreilles avec son manque de projets universitaires, ne pourrait saper la confiance qu'il avait en lui, et en Erika. Il ne le permettrait pas.

Elle l'avait embrassé. Elle savait qu'il n'allait pas à l'université. Elle n'avait pas fait marche arrière et elle l'avait quand même embrassé. Il ferma les yeux, se remémora ce moment sur le siège arrière de la voiture de Laura, le contact de ses lèvres sur les siennes, et il savait que, quoi qu'il arrive, peu importe ce qu'ils ressentiraient après avoir passé davantage de temps ensemble, il allait encore l'embrasser.

Et encore.

Ce n'était pas qu'une question d'université. C'était aussi le fait qu'elle avait une voiture et pas lui, et, s'il ne pouvait conduire la voiture de ses parents, cela voulait dire que ce serait Erika qui devrait conduire lors de leurs sorties.

Il savait qu'elle était plus privilégiée que lui. Les vacances familiales, de son côté, pouvaient comporter une fin de semaine sur la côte, et celles d'Erika impliquaient de prendre l'avion pour la Colombie, en Amérique du Sud. Il travaillait en tant que caddie au club de golf ; sa famille était probablement membre du club de golf.

Néanmoins, il l'avait appelée entre sa troisième et quatrième partie de golf cet après-midi. Il lui avait demandé de sortir ce soir, et elle avait accepté ; donc, apparemment, rien de tout cela ne l'ennuyait. Et il avait tout cet argent provenant de ses pourboires qu'il mourait d'envie de dépenser.

Elle allait peut-être conduire, mais il comptait bien l'impressionner. Il l'emmènerait dans un endroit élégant. Il rentrerait même sa chemise dans son pantalon. S'il pouvait le faire pour son travail de caddie, il pouvait le faire pour Erika Fredell.

— La Taverne du Cheval Noir ? lui demanda-t-elle en le regardant fixement. Tu veux vraiment aller là-bas ?

Il venait de monter dans sa Jeep Wagoneer, après en avoir fait le tour et inspecté tous les autocollants que son père avait collés sur les vitres et les pare-chocs : une décalcomanie de l'Université de Trinity qui indiquait l'université de sa sœur et des dizaines d'autocollants de l'USET.

— C'est quoi l'USET ? avait-il demandé en ouvrant la portière.

— United States Equestrian Team[3], lui raconta-t-elle. Mon père prend l'autocollant de pratiquement toutes les compétitions équestres.

— Il doit être très fier de toi.

Erika haussa les épaules. Son père était très fier, sans aucun doute. Il était fier de ses filles, mais il était également fier de ce à quoi il était parvenu dans la vie. Il était parti d'une enfance dans le Bronx dans un milieu ouvrier et avait maintenant une brillante carrière d'agent de change à Wall Street. Et il était fier de tout ce qu'il faisait pour ses filles — les envoyer dans de prestigieuses universités privées, leur offrir des cours d'équitation et un entraîneur, grâce à quoi Erika était devenue une championne. La Wagoneer était maintenant assez vieille, cabossée, couverte d'éclaboussures de boue, avec un revêtement en bois démodé. Mais elle l'emmenait là où elle le voulait, et elle n'allait pas s'en plaindre.

Ted avait envie d'aller à la Taverne du Cheval Noir qui était l'un des restaurants les plus chics de la ville. C'était le genre d'endroit où les parents allaient pour y fêter leur anniversaire ou bien l'endroit où ils emmenaient la famille lorsque les grands-parents étaient en visite. Quand Ted l'avait appelée et qu'elle lui avait dit qu'elle était, en effet, libre pour le dîner, elle avait imaginé qu'ils iraient dans un endroit habituel, une des chaînes de restaurants, comme Olive Garden ou TGI Friday's, ou dans un endroit du coin. Le Country Coffee Shop ou le Village Pizza lui auraient parfaitement convenu.

Elle ne portait même pas de robe. Juste un joli pantalon en coton et un chemisier en lin ample.

---

3. N.d.T. : L'équipe équestre des États-Unis.

— Tu veux vraiment dîner à la Taverne du Cheval Noir ? lui demanda-t-elle.

— C'est un bel endroit, dit-il.

— Je sais que c'est beau. Ce que je demandais, c'était si tu voulais vraiment aller manger là-bas.

— Je peux me le permettre.

Elle refusa de tourner la clé de contact avant qu'ils n'aient résolu ce point.

— Je n'ai jamais pensé que tu veuilles aller dans un endroit que tu ne puisses pas te permettre, dit-elle. J'ai juste…

— Quoi ?

Elle lutta afin de dire cela avec tact, puis abandonna.

— Je ne veux pas que tu penses devoir sortir de tes habitudes pour m'impressionner, Ted. Je veux dire, tu m'impressionnes juste en étant toi-même.

Il tourna la tête pour la regarder. Dans la lumière lavande de la nuit qui tombait, elle était parfaitement consciente des ombres qui jouaient sur son visage anguleux. Le regard d'Erika glissa le long de son cou jusqu'à la parcelle de son torse qui était visible là où son col n'était pas boutonné, et elle se rendit compte qu'elle voulait l'embrasser à cet endroit, juste dans le creux à la base de sa gorge.

Elle ne s'était jamais sentie attirée par un garçon de la façon dont elle était attirée par Ted. Elle n'avait jamais senti cette chaleur chatoyante avec personne d'autre. Cela l'effrayait un peu et l'excitait énormément.

Pourtant elle était là, en train de le défier. Elle argumentait avec lui, non seulement à propos de l'endroit où ils devaient aller dîner, mais aussi *de la raison pour laquelle* ils devaient y aller. Ils étaient à peine ensemble et ils avaient déjà une réelle dispute.

Sauf que ce n'était pas une dispute. Le visage de Ted se relâcha, et un sourire y apparut.

— Je ne pense pas être quelqu'un de tellement impressionnant, dit-il. Mais, si tu es impressionnée, nous pouvons aller où tu le souhaites.

Ils atterrirent dans un bistrot sur la route 510 et commandèrent d'épais hamburgers juteux et de la limonade. Le bar se trouvait à l'avant de la taverne, bondée d'adultes qui y parlaient fort et riaient encore plus fort. Mais à l'arrière, où se trouvaient les tables et où l'objectif était plutôt de manger que de picoler, l'endroit était vraiment agréable. Des haut-parleurs au plafond diffusaient du vieux rock, et la lumière était tamisée et rehaussée par des bougies allumées dans des bougeoirs en verre sur les tables en bois abîmées. C'était le genre de petit resto qui se distinguait par des napperons en papier et des salières contenant des grains de riz pour empêcher le sel de durcir. La portion de frites que Ted et elle avaient décidé de partager arriva dans un petit panier en plastique doublé d'une serviette en papier, et la portion était tellement grosse que des frites tombaient continuellement hors du panier et laissaient des taches de graisse sur les napperons.

Ce n'était pas la Taverne du Cheval Noir, ce dont Erika était reconnaissante.

— Alors, que devrions-nous faire au sujet de Laura ? demanda Ted après avoir mordu de manière vorace dans son hamburger.

— Devons-nous faire quelque chose à son sujet ?

— Elle nous a poussés dans les bras l'un de l'autre. Elle nous a manipulés.

— Ah !

Erika vit la lueur moqueuse dans ses yeux et fit un grand sourire.

— Toute l'année, elle m'a appelé et m'a harcelé pour que j'aille à telle ou telle fête, dit-il. Tu étais à toutes ces fêtes. Je pense qu'elle essayait peut-être de jouer à l'entremetteuse.

— Peut-être.

Erika déposa son hamburger. Elle en avait mangé un peu plus de la moitié et se sentait rassasiée.

— Peut-être n'était-ce qu'une coïncidence. Je veux dire, tu sortais avec Kate, et tout ça.

— Ça n'a pas empêché Laura de comploter pour nous pousser dans les bras l'un de l'autre. Pourquoi se serait-elle souciée de savoir si j'allais ou non à telle ou telle fête ? Elle ne me forçait la main que pour des fêtes où tu allais.

— Te forçait la main, se moqua Erika. Comme si l'on devait te forcer à aller à toutes ces fêtes.

Elle fit un rapide examen de ses souvenirs et se mit à rire.

— Elle a dû *me* forcer la main, pourtant. Je ne suis pas branchée sur les fêtes.

— Tu es un peu timide, dit Ted.

Qu'il la décrive, sans mâcher ses mots, l'intrigua, d'autant plus qu'il avait raison. Les gens qui la voyaient — en particulier, lors de fêtes — ne devineraient jamais qu'elle était réservée. Mais Ted avait remarqué cela à son sujet.

— Le fait est que je n'aurais jamais pensé à toi de *cette* manière…

Elle fit un geste de la main au-dessus de la table pour faire comprendre que ce qu'elle voulait dire par *cette manière*, c'était un couple, le fait de sortir ensemble.

— ... parce que tu étais avec Kate.

— Je ne suis plus avec Kate.

Elle se rappela qu'il lui avait dit hier soir qu'il craquait pour elle depuis la première fois qu'il l'avait vue. Cela voulait dire qu'il avait craqué pour elle bien avant d'avoir commencé à sortir avec Kate et aussi pendant qu'il sortait avec celle-ci.

— Pourquoi ne m'as-tu pas demandé de sortir avec toi ?

— Je l'ai fait.

Ce fut à son tour de faire un geste en désignant ce qui les entourait.

— *Regarde !* Je t'ai invitée à sortir.

— Je veux dire avant. Puisque tu craquais pour moi depuis tout ce temps.

— Tu étais occupée, dit-il, comme si cela expliquait tout. Tu étais accaparée par tes chevaux. Et tu avais un côté exotique. Peut-être est-ce dû à tes origines d'Amérique centrale.

— Amérique du Sud, le corrigea-t-elle. Il y a une différence.

— Ouais. Je n'étais pas très fort en histoire du monde.

— Je ne sais pas pourquoi ils ont appelé ce cours «histoire du monde». On a étudié l'Europe, l'Asie et un petit peu l'Afrique. On n'a même pas vu du tout l'Amérique du Sud.

Elle but une petite gorgée de limonade et soupira.

— Tu ne peux pas vraiment apprendre à connaître des pays seulement en lisant des livres à leur sujet. Je veux visiter tous les endroits que nous avons vus dans les livres. L'Europe, l'Asie, l'Afrique. Je veux voyager dans le monde entier.

— Cela ne me dérangerait pas de voir le monde, dit Ted. Mais j'aimerais également voir l'Amérique. Je n'ai presque jamais voyagé.

Erika fut frappée par une image d'eux voyageant ensemble. Ils parcouraient le continent à bord de sa fidèle vieille Wagoneer. À bord d'un bateau sur l'océan, en direction de l'Europe. À bord d'un train mystérieux en route pour le Moyen-Orient, et parcourant l'Afrique du Nord. Montant à cheval et galopant au milieu du Sahara, soulevant du sable sous un soleil implacable. Ensuite, se dirigeant vers l'Asie, faisant escale en Inde, en Chine, au Japon et puis en Australie. Terminant par une île dans les mers du Sud, s'allongeant sur une plage de sable blanc, entourés par l'eau turquoise et des palmiers balayés par le vent.

C'était un fantasme agréable et absurde. Elle devait d'abord aller à l'université. Ensuite, elle devrait trouver un moyen de payer ce voyage autour du monde. Et, si Ted commençait l'université l'année prochaine, il aurait une année de retard sur elle, et il lui faudrait quelques années avant de gagner suffisamment d'argent pour payer sa part du voyage… et pourquoi donc était-elle en train de penser à lui en le projetant dans le futur? C'était leur premier rendez-vous, pour l'amour du ciel!

— Tiens, dit-elle en poussant son assiette contenant son hamburger à moitié entamé, contournant le panier de frites jusqu'à son napperon. Je suis rassasiée. Tu peux le finir.

— Merci, dit-il.

Apparemment, il avait encore faim. Et apparemment, il ne voyait rien de mal à manger ses restes, comme s'ils formaient déjà un couple stable. Comme s'ils étaient ensemble depuis assez longtemps et qu'ils se connaissaient suffisamment pour partager leurs plats. Comme s'il avait compris que le fait de partager son hamburger était quelque chose d'intime et qu'il ne voyait pas d'inconvénient à cette intimité.

Peut-être *feraient*-ils un jour ce voyage autour du monde. Aujourd'hui, son hamburger. Demain, l'Europe.

Pour la première fois de sa vie, elle faisait un rêve à propos de son futur, qui ne concernait pas une prochaine victoire à une compétition équestre et un autre trophée à rapporter à la maison. Il concernait Ted.

# Huit

〜◦〜

*Je connaissais cette expression, « poésie en mouvement », mais je n'avais jamais vraiment compris ce que cela signifiait avant d'avoir vu Erika monter à cheval.*

Ted se trouvait près d'une clôture peinte en blanc, les bras posés sur la planche supérieure, une espadrille appuyée sur une planche inférieure et les yeux plissés à cause des rayons du soleil de la fin d'après-midi. De l'autre côté de la clôture, se trouvait une grande piste ovale couverte de sable et de sciure de bois, encadrant une pelouse parsemée de structures en bois qui ressemblaient aux barres de saut en hauteur d'une compétition d'athlétisme. Elles étaient peintes en rouge et blanc, et, après avoir observé la structure, il pouvait dire que, si l'un des sabots du cheval d'Erika touchait la barre, la barrière entière s'écroulerait sans s'enchevêtrer dans les pattes du cheval ou mettre en danger l'animal ou le cavalier.

Les sabots du cheval d'Erika ne touchèrent aucune barre horizontale. Elle l'incitait à prendre un peu de vitesse avant chaque obstacle, et ensuite, avec la grâce d'un danseur classique, le cheval s'élevait dans les airs, sautait au-dessus de l'obstacle et atterrissait de l'autre côté sans bruit sourd ni mouvement brusque, sans trébucher.

Le cheval était superbe, mais Erika était encore plus magnifique. En dépit de la vitesse et de la puissance de l'animal, le haut de son corps paraissait parfaitement immobile, la posture droite, les bras pliés de manière symétrique au niveau des coudes, les yeux et le menton dirigés vers l'avant. Un casque noir étroit avec une petite visière couvrait son crâne, mais ses cheveux rassemblés en queue de cheval flottaient derrière elle comme un drapeau brun et or ondulant au vent.

Il avait envie de la dessiner.

Il avait déjà réalisé une multitude de dessins pour elle. Il en avait fait quelques-uns avant qu'ils ne forment un couple, alors qu'il nourrissait en secret son amour pour elle. Mais, maintenant qu'ils étaient ensemble depuis plusieurs semaines, il avait commencé à lui donner ses dessins. Pas des dessins qui la représentaient ; il n'arrivait pas à saisir tout ce qu'il aimait chez elle. Mais des dessins de Greta et Garfield, les oies qui partageaient la grange avec Ba Ba et Bunky. Et des canards, Donald et Donna. Il avait dessiné une grande caricature de Spot, son golden retriever libidineux, la langue pendant hors de sa gueule et les yeux embués par la concupiscence. Ted avait un peu hésité à présenter Erika à Spot. Il avait eu peur que le chien essaie de sauter sur sa jambe, ou un truc du genre. Mais Spot s'était bien comporté, frottant son museau contre ses genoux et l'utilisant pour diriger la main d'Erika là où il voulait qu'elle le gratte. Spot pouvait être autoritaire, mais cela n'avait pas semblé déranger Erika.

Aujourd'hui, c'était au tour de Ted de rencontrer l'animal d'Erika, Five Star.

— Ce n'est pas vraiment mon cheval, mais son propriétaire aime me laisser le monter, avait-elle expliqué lorsqu'elle avait escorté Ted jusqu'aux écuries et jusqu'au box de Five Star. C'est bon pour le cheval. C'est un cheval sauteur, et il a besoin de faire de l'exercice. Et c'est bon pour le propriétaire parce que, chaque fois que je remporte une compétition, ça augmente la valeur de Five Star.

— Donc, tu ne possèdes pas ton propre cheval ?

— J'aimerais bien, admit-elle, mais c'est plus sensé de cette manière. Posséder un cheval, ça coûte très cher. Tu dois payer pour sa pension, sa nourriture, les services de toilettage et le maréchal-ferrant… et les factures du vétérinaire peuvent être stupéfiantes. De toute façon, je n'ai pas besoin d'être la propriétaire de Five Star pour avoir l'impression qu'il m'appartient. Je dépends de lui, et il dépend de moi. Nous nous aimons tous les deux, n'est-ce pas ? roucoula-t-elle à l'attention du cheval.

Elle caressa le museau de l'animal et la surface lisse de sa joue avant d'installer un mors entre ses dents.

Elle avait laissé Ted tenir les rênes de Five Star au moment d'installer une selle sur celui-ci. Le cheval était très grand. Pas aussi *immense* que les Clydesdales qui tiraient le wagon de bière dans les publicités de Budweiser, mais quand Ted pensa à Erika installée sur le dos de Five Star, à une hauteur aussi élevée au-dessus du sol, cela lui donna la nausée. Il savait qu'elle était une cavalière hors pair mais, si quelque chose se passait mal, elle tomberait de haut avant de heurter le sol.

Il portait encore les vêtements qu'il avait mis pour son travail en tant que caddie un peu plus tôt dans la journée. Il avait sorti la chemise de son pantalon dès qu'Erika était venue le chercher avec sa Wagoneer, mais il avait gardé la casquette du Sommerset Country Club, car le bord le protégeait de la lumière aveuglante du soleil de fin de journée qui se couchait. Même avec la casquette, il devait mettre les mains en visière pour regarder Erika galoper vers l'autre extrémité de l'enclos clôturé. Elle portait un pantalon gris moulant et un débardeur, un casque en velours noir et une paire de bottes en cuir noir lui arrivant sous les genoux, qu'il trouvait incroyablement excitantes, même si elles avaient été dessinées pour le sport et non pour le plaisir.

Tout en elle était séduisant lorsqu'elle montait à cheval : la vitesse, le risque inhérent, la fluidité de son corps. La façon dont elle se penchait en avant à chaque saut, son torse parallèle au cou du cheval et son joli petit derrière qui se soulevait de la selle. Il n'avait pu voir son visage quand elle avait avancé jusqu'à l'extrémité de l'enclos mais, quand elle revint dans sa direction, il ne put manquer son expression ; c'était un mélange compliqué de concentration intense et de bonheur mystique.

C'était cela qu'il voulait dessiner : son visage lorsqu'elle faisait du cheval.

Elle avança au petit trot jusqu'à la clôture d'où il était en train de l'observer. Les sabots du cheval grondèrent sur la piste, et il se surprit à penser une nouvelle fois qu'elle se trouvait bien loin du sol et que les sabots étaient bien grands ; il se demanda combien pesait le cheval et ce qui se passerait si elle glissait de la selle et se faisait piétiner. Mais, bien sûr, cela n'était pas arrivé. Elle avait un très bon équilibre et elle se tenait solidement. La confiance — c'était un autre élément visible dans son expression. La confiance, la concentration et une pure joie.

Elle lui avait dit qu'elle aimait Five Star et dépendait de lui. Ted voulait qu'elle l'aime, *lui*, et qu'elle dépende de *lui*. Autant qu'elle aimait et dépendait de son cheval. Plus encore.

— J'espère que ça ne t'a pas ennuyé.

Erika s'adressa ainsi à Ted, une fois qu'ils eurent rejoint la Wagoneer, quittant l'enceinte recouverte de terre de l'écurie pour rejoindre la route.

— M'ennuyer ? Tu plaisantes ?

Elle conduisait, ce qui l'empêchait de regarder Ted. Mais elle pouvait sentir son regard posé sur elle. Il ne semblait pas s'ennuyer en cet instant — en fait, il semblait plus énergique que d'habitude ; il agitait une jambe, et sa voix était pleine d'entrain. Mais ça, c'était maintenant. La regarder faire quelques tours d'obstacles ne pouvait avoir été aussi excitant que *cela*. L'excitation se ressentait sur le cheval. Elle-même ne pouvait pas rester en place lorsqu'elle regardait les autres monter. Elle évaluait leur forme, leur donnait une note pour elle-même — mais, pendant tout ce temps, elle souhaitait se trouver sur le dos du cheval et non sur le côté, à regarder.

— Tu as été géniale, dit-il. Au début, j'ai pensé, merde, à ce qui se passerait si tu tombais. Mais ensuite je t'ai observée et j'ai compris que tu ne tomberais pas.

— Je suis tombée quelques fois, lui raconta-t-elle.

Elle put le sentir tressaillir à ses côtés, et elle rit.

— Rien de sérieux. Je suis toujours là. Mais parfois, on a un cheval grincheux, et il ne veut personne sur son dos ; alors il nous balance. Five Star ne ferait jamais ça, ajouta-t-elle. C'est mon amour.

— Je croyais que c'était *moi* ton amour, ronchonna Ted, bien qu'elle puisse entendre le rire dans sa voix.

— Tu es mon autre amour, le rassura-t-elle.

Ensuite, elle se moqua de lui en ajoutant :

— N'oublie pas, je suis avec Five Star depuis bien plus longtemps que je ne suis avec toi.

Elle roulait tranquillement dans la lumière du jour décroissante. Les vitres de la Wagoneer étaient ouvertes, laissant entrer une petite brise chaude et sèche qui sentait le pin, l'herbe fraîchement coupée et l'été.

— Il va tellement me manquer lorsque je partirai pour l'université.

Elle sentit de nouveau Ted bouger à côté d'elle. Elle regarda dans sa direction et vit qu'il regardait vers l'extérieur, par la vitre de côté.

— Tu vas me manquer, toi aussi, dit-elle en réalisant qu'elle n'aurait peut-être pas dû le taquiner.

Peut-être aurait-elle dû lui dire qu'une fois qu'ils avaient commencé à sortir ensemble, elle avait posé à nouveau sa candidature à l'Université du Colorado en disant qu'elle renonçait au programme d'études, démarrant en été, et qu'elle souhaitait commencer les cours à l'automne, afin de pouvoir passer l'été avec lui. Si elle le lui avait dit, de toute façon, il aurait probablement uniquement entendu la partie qui disait qu'elle commençait l'université à l'automne, et non la partie qui parlait de sa démarche à l'effet de faire traiter à nouveau sa demande, parce qu'elle voulait être avec lui durant tout l'été.

Son départ pour l'université était un sujet dont ils parlaient rarement mais, quand c'était le cas, Ted devenait silencieux, mélancolique. Il *allait* lui manquer. Ils s'étaient vus presque tous les jours, depuis la fête de remise des diplômes chez Jennifer, et ils s'étaient parlé au téléphone quand ils n'avaient pas pu se voir. Elle s'était sentie de plus en plus à l'aise en compagnie de Ted, aussi à l'aise qu'avec Five Star. Elle pouvait sentir ses gestes, son humeur. Elle pouvait lui faire confiance.

Pourtant, ils ne sortaient ensemble que depuis quelques semaines. Et elle savait que, même si l'université acceptait de l'inscrire comme élève de première année à l'automne — ce que, grâce à Dieu, l'établissement avait fait —, elle finirait par quitter Mendham. Elle se rappelait cela de manière régulière. Elle quitterait Ted. S'ils étaient faits pour être ensemble, ils arriveraient à faire en sorte de rester ensemble même pendant qu'elle serait partie. Cependant, l'idée qu'elle se faisait de la vie universitaire n'incluait pas de rester seule, les samedis soir, à se languir de son petit ami resté dans le New Jersey.

— N'y pensons pas, dit-elle.

Ted savait de quoi elle parlait.

— Ouais, d'accord.

— Tu pourrais aller à l'université, toi aussi, suggéra-t-elle.

Pas la meilleure chose à dire. Elle le sentit se hérisser.

— La seule raison qui me pousserait à aller à l'université, ce serait pour me retrouver à l'Université du Colorado afin d'être avec toi. Et je ne pense pas que cette raison ferait bonne impression sur ma lettre de demande d'inscription. «Chère Université du Colorado, je vous en prie, acceptez-moi malgré mes notes médiocres à l'école secondaire, car je désire être auprès d'Erika Fredell. Oh, et veillez à m'offrir une bourse d'études complète. Merci. »

Même si le sujet était délicat et un peu déprimant, elle se retrouva en train de rire. Ted riait, lui aussi.

Elle ne l'aimait pas. Elle continuait à s'en convaincre. Elle adorait sa compagnie, adorait son esprit, adorait admirer son beau visage, ses yeux envoûtants. Elle adorait l'embrasser, embuer les vitres du Wagoneer en sa compagnie. Elle l'aimait plus que tout autre garçon qu'elle avait connu, et plus encore. Et lorsqu'ils avaient tous les deux le moral à zéro à cause de quelque chose — en général, la seule chose qui les déprimait tous les deux, c'étaient les discussions à propos de son départ imminent pour l'université —, elle adorait la façon dont il arrivait à les faire rire tous les deux.

Mais elle ne l'aimait pas. Elle ne pouvait pas. Si elle l'aimait, elle ne serait jamais capable de le quitter à la fin de l'été.

Et elle était déterminée à partir.

— Je ne crois toujours pas que ta maison soit hantée, dit-elle.

Ils étaient garés devant la maison de Ted. Il était passé minuit, et les fenêtres étaient toutes dans l'obscurité. Ses parents avaient laissé la lumière sur le porche allumée pour lui, mais ils étaient probablement allés se coucher il y a quelques heures.

Erika les avait conduits jusque chez elle après qu'ils eurent quitté l'écurie, et avait troqué son pantalon d'équitation et ses bottes contre un jean coupé et un petit haut aguichant sans manches qui laissait entrevoir les bretelles de son soutien-gorge. Les bretelles de son soutien-gorge *noir*. Un garçon ne pouvait s'empêcher de le remarquer.

De là, elle les avait conduits jusque chez Ted pour qu'il puisse échanger sa tenue de caddie contre une tenue habituelle. Ils avaient jeté des serviettes et des maillots de bain sur le siège arrière, et étaient allés chez Will où ils avaient nagé dans la piscine avec quelques amis et commandé des pizzas. Puis, finalement, l'ambiance s'était calmée, et Erika avait ramené Ted chez lui.

— Comment est-ce qu'une maison pourrait ne pas être hantée alors qu'elle a été construite sur un ancien cimetière ?

— En autant que tu aies raison à ce sujet…

— J'ai raison, argumenta-t-il.

— Ta maison a été construite il y a quoi ? Deux cents ans ?

— Pas tout à fait.

— Et pourtant tu affirmes qu'elle a été construite sur un cimetière.

— Ils ont déplacé le cimetière, lui rappela-t-il. Ils ont réenterré tous les corps dans le cimetière de Pleasant Hill en bas de la rue.

— Eh bien, cela me paraîtrait plus censé que les fantômes aient suivi les corps. Je veux dire, les fantômes ne préféreraient-ils pas rester auprès de leurs corps ?

Il aimait quand elle avait un raisonnement logique. Comment pouvait-on être logique à propos de quelque chose d'aussi ridicule que les fantômes ?

— Je te le dis, Erika, je m'y connais dans ce domaine. Je suis né à l'Halloween.

— Et cela fait de toi un expert en fantômes ?

— Cela fait de moi un expert dans le fait de recevoir des bonbons à mon anniversaire, dit-il en riant avant de tenter de retrouver son sérieux. Toute ma vie, j'ai entendu des fantômes faire des bruits sourds partout dans la maison. J'étais couché dans mon lit et je les entendais marcher dans le grenier.

Erika, sceptique, fronça les sourcils, ce qui poussa Ted à pousser son imagination encore plus loin.

— Je les entends murmurer.

— C'est le vent qui passe à travers les fissures autour de tes fenêtres. Je parie qu'il y a beaucoup de courants d'air dans une vieille maison comme la tienne.

— Il n'y a pas de courants d'air. Ce que certaines personnes pensent être des courants d'air, ce sont, en fait, les mains des fantômes qui t'effleurent. Les mains des fantômes sont très froides, dit-il en faisant légèrement vibrer sa voix. Très, très froides.

Il tendit le bras et laissa courir, avec légèreté, sa main sur la jambe nue d'Erika.

La main de Ted n'était pas froide. Sa jambe n'était pas froide.

Elle ne repoussa pas sa main.

— Alors, que disent ces fantômes lorsqu'ils murmurent? demanda-t-elle, sa voix semblant un peu plus rauque que d'habitude.

— Ils disent : «Fais en sorte qu'Erika croie.»

Il murmura, lui aussi, parce que l'air dans la voiture était plus chaud et plus pesant. Ted devenait plus brûlant et il s'approcha d'Erika.

Elle se pencha vers lui quand il se pencha vers elle. Il passa sa main libre derrière le cou d'Erika, l'attira à lui et l'embrassa.

Ils s'étaient beaucoup embrassés au cours des dernières semaines. Des baisers légers et mignons. Des baisers profonds et insistants. Pourtant, chaque baiser semblait quelque chose de nouveau pour Ted. Il était étonné de découvrir à quel point il pouvait se sentir bien. Chaque fois que les lèvres d'Erika touchaient les siennes, son corps entier était secoué de sensations. Pas de l'excitation, ni du désir, mais quelque chose en plus, quelque chose qui avait le goût de la vie elle-même.

Même si on lui avait demandé avec insistance, il n'aurait pas été capable de décrire cela. Les mots, ce n'était pas son truc. Les images, oui, et, chaque fois qu'il l'embrassait, c'était comme découvrir une nouvelle couleur dont il n'avait jamais connu l'existence auparavant. Certains de ses baisers dévoilaient un vert clair et frais, pas tout à fait un vert menthe, ni un vert émeraude, mais une nuance entre les deux. Certains de ses baisers dévoilaient une variante d'un rose vif, d'autres d'un brun métallisé.

Ce soir, son baiser était bleu foncé, bleu nuit, un bleu qui déteignait sur le noir. Le baiser d'Erika était voilé, fluide, rond et sombre. Les doigts de Ted s'enfoncèrent instinctivement dans la cuisse d'Erika quand la langue d'Erika rencontra la sienne et l'attira dans sa bouche.

Oh, mon Dieu. C'était cela l'amour. Ce devait être de l'amour. Il avait embrassé d'autres filles. Il avait eu des rapports sexuels avant elle. Mais rien, rien n'avait paru aussi bon que ceci.

Erika ne se souvenait pas d'être passée du siège avant au siège arrière mais, d'une façon ou d'une autre, c'est là qu'ils se trouvaient à présent, allongés sur la banquette en cuir, Ted au-dessus d'elle, prenant soin de trouver un équilibre afin de ne pas l'écraser.

Elle ne s'en souciait pas. S'il voulait l'écraser, elle mourrait avec le sourire.

Elle était une fille sage. Elle n'était pas allée beaucoup plus loin que les baisers avec les garçons jusqu'alors mais, avec Ted, elle voulait tout, appréciait tout. Quand il embrassa sa gorge, elle eut envie de ronronner comme un chat. Quand il caressa sa poitrine par-dessus son tee-shirt, elle eut envie de se cambrer. Quand il pressa ses hanches contre les siennes et qu'elle le sentit à travers les couches de vêtements qui séparaient leurs corps, elle eut envie d'arracher ses vêtements, de voir son corps, de le toucher.

Elle n'osa pas.

Peut-être, un jour. Éventuellement. Après y avoir réfléchi, avoir analysé la situation, s'être assurée que c'était la bonne chose à faire, le bon moment. Le bon garçon. En fait, elle en était déjà tout à fait certaine.

Elle était une personne prudente par nature. Elle planifiait les choses. Elle pensait au futur. Elle portait un casque lorsqu'elle faisait de l'équitation et elle voulait la même protection pour son cœur. Ted avait eu raison de s'inquiéter de ce qui pourrait arriver si elle tombait ; un cavalier pouvait être grièvement blessé, garder des séquelles à vie, même mourir.

Un cœur brisé pouvait être aussi douloureux qu'un crâne brisé.

Et elle n'aimait pas Ted. Elle ne le pouvait pas. Pas alors qu'elle savait qu'elle devrait le quitter bientôt.

Pourtant, quand il l'embrassait comme ceci, lorsqu'il couvrait son corps de sa chaleur, qu'elle inhalait son parfum ensoleillé, que le monde au-delà des vitres embuées de sa voiture disparaissait, elle avait confiance en lui. Elle pouvait ne pas avoir confiance en elle, mais elle avait confiance en Ted, du plus profond de son âme.

— Je ne crois toujours pas que ta maison soit hantée, murmura-t-elle lorsqu'il releva la tête après un très long baiser insistant.

— Il y a, par exemple, ce fantôme-ci, dit-il avant de déposer un léger baiser sur le bout de son nez. Le fantôme d'un jeune gars qui est mort alors qu'il devait avoir 20 ans, dit-il en posant les lèvres sur son front. Il est mort vierge. Il se faufile dans ma chambre et chuchote : « Ne fais pas comme moi. »

Elle rit.

— Je suis contente d'apprendre que tu ne vas pas mourir à 20 ans.

— Il murmure : « Fais l'amour autant que tu le peux. Tu ne peux pas savoir de quoi demain sera fait. »

— C'est la chose la plus absurde que j'aie entendue, dit-elle tout en remuant les hanches de manière involontaire contre celles de Ted.

Il gémit doucement.

— Je pense qu'il est très sensé.

— Je pense qu'il est aussi réel que tous les autres fantômes. C'est ta tête qui est hantée.

— Tu me hantes, murmura-t-il avant de plonger pour un autre baiser, long et profond.

— Je ne peux pas, gémit-elle quand il interrompit le baiser. J'en ai envie, Ted, mais… je ne suis pas prête.

La respiration de Ted était saccadée. Il était appuyé contre le creux entre les jambes d'Erika. Il gémit, lui aussi.

— D'accord, dit-il, fermant les yeux comme si faire marche arrière était une épreuve pour lui.

Une épreuve pour elle aussi. Une épreuve parce qu'elle le désirait. Une épreuve parce que, dès l'instant qu'elle avait dit non, il avait dit « d'accord ». Fantômes ou non, il ne la forcerait jamais, ne lui mettrait jamais de pression.

Ce qui faisait qu'elle avait encore plus envie de lui. Ce qui lui faisait se demander si *elle l'aimait*.

Ce qui l'effrayait au plus haut point.

# Neuf

Travailler à la station-service, c'était réellement ennuyant. J'étais assis derrière le comptoir du magasin qui, Dieu merci, possédait l'air climatisé, et j'attendais que des gens viennent faire le plein à la pompe. Alors, je sortais dans la chaleur torride de l'été et je remplissais le réservoir de leur voiture. Parfois, ils me payaient à l'extérieur, et parfois, ils me suivaient à l'intérieur parce que, en plus de l'essence, ils voulaient acheter des confiseries ou un paquet de porc séché. Peut-être quelque chose pour leur voiture — une bouteille d'huile à moteur ou un désodorisant en forme de sapin qui peut s'accrocher au rétroviseur. À l'occasion, quelqu'un me demandait le chemin, et j'étais obligé d'être amical et serviable. Si le client était une vieille femme, je pouvais faire un petit effort et nettoyer le pare-brise pour en enlever les insectes morts — spécialement si le patron était dans le coin. Et si la station-service était vraiment vide, je pouvais donner un coup de main au garage et réparer des pneus crevés ou transporter le liquide boueux provenant du changement d'huile jusqu'à la citerne, à l'arrière.

*Oh, et parfois, je devais remettre du papier hygiénique dans les distributeurs des toilettes.*

*On m'avait promis des formations et de me permettre de m'attaquer à des défis plus importants — ayant prouvé mon habilité à changer des balais d'essuie-glace et des fusibles, les mécaniciens avaient laissé entendre que je pourrais avoir envie d'apprendre à réaliser des contrôles. Mais ce n'était pas cela que j'attendais de la vie. Ce n'était pas ce pour quoi j'étais né. Ce n'était pas ma vocation.*

*Parfois, tout de même, avec un peu de chance, une jolie fille avançait sa voiture jusqu'à la pompe. Avant qu'elle n'ait pu sortir de son véhicule, j'étais déjà dehors, courant sur l'asphalte brûlant jusqu'à la portière du côté du conducteur, tandis qu'elle baissait sa vitre. « Puis-je faire le plein ? » demandais-je, et elle me faisait un sourire entendu et séduisant, et me disait qu'elle serait ravie si je pouvais faire cela, ou quelque chose du genre. Et je faisais le plein d'essence dans son Jeep Wagoneer sur lequel étaient collés un autocollant de l'Université Trinity et des décalcomanies de chevaux, et, quand j'entendais le déclic du pistolet, je retournais à sa fenêtre, et son sourire était encore plus large, et elle paraissait encore plus séduisante qu'auparavant, et je n'avais qu'une seule envie, celle de sauter dans sa voiture et de partir avec elle. Pour aller n'importe où. Payer l'essence, garder mon boulot abrutissant ou dire au revoir à mes parents ou même à mon chien, tout cela, je ne m'en souciais pas. Je voulais seulement partir. Avec elle. Là où elle m'emmènerait, c'est là que je voulais être.*

C'était trop tôt pour commencer à emballer ses affaires pour l'université, mais Erika aimait être organisée et avoir les choses en main. Elle ne voulait pas attendre jusqu'à la fin du mois d'août, frénétique et effrénée au point de se demander quoi expédier, quoi emporter avec elle, quoi laisser derrière. Certaines choses — son ordinateur, ses CD — ne pouvaient pas encore être emballées. Mais ses habits d'hiver pouvaient l'être. Elle n'avait pas besoin de chandails dans le New Jersey au mois de juillet, mais elle en aurait absolument besoin dans le Colorado au mois de décembre.

Donc, elle avait soigneusement mis tous ses chandails dans une boîte en carton pour les expédier. Ils prenaient trop de place pour tous les emporter dans une valise. Elle avait également emballé les livres dont elle aurait besoin à l'université : dictionnaire, dictionnaire des synonymes, quelques romans de littérature classique, son manuel de mathématiques, même si Dieu seul savait qu'elle ne comptait pas prendre beaucoup de cours de maths.

Même si la plus grande partie de sa chambre était restée telle quelle, elle lui semblait différente. Elle savait que plusieurs cintres étaient maintenant vides dans son armoire, car elle avait emballé les chemises en flanelle et les cardigans qui y pendaient normalement. Elle savait que le tiroir de son bureau, où elle avait l'habitude de ranger du papier pour l'imprimante et des cartouches d'encre, était vide.

Elle savait que, dans un futur pas très lointain, elle partirait. Et sa chambre semblait le savoir aussi. Son couvre-lit, les rideaux assortis qui encadraient la fenêtre, le téléphone sans fil sur sa table de nuit, le réveil qui avait l'habitude de la réveiller pour aller à l'école ou aux entraînements d'équitation, ou pour ses compétitions équestres, les éta-gères remplies de trophées et de rubans — de toutes ces choses familières semblait émaner un frisson, comme si elles ressentaient sa décision de les abandonner.

— Je reviendrai, chuchota-t-elle, se sentant idiote de parler à des objets inanimés. Je rentrerai à la maison pen-dant les vacances scolaires. Ce n'est pas comme si je partais pour toujours.

Pourtant, une partie d'elle-même savait qu'elle *partait* pour toujours. Elle ne quittait pas seulement le téléphone et les rideaux, mais aussi l'enfance. La fille qu'elle avait été un jour.

Pendant des mois, elle avait rêvé de quitter cette chambre, de passer à autre chose, d'entamer cette grande aventure au Colorado. Rien ne se mettrait en travers de ces rêves. Elle ne pouvait pas attendre avant de commencer la prochaine étape de sa vie. C'était ce qu'elle voulait. Même si cela entraînait de devoir dire au revoir à l'équitation, dire au revoir à Five Star.

Dire au revoir à Ted.

Un petit gémissement lui échappa. Ceci — l'incapacité à dire au revoir — n'était pas censé arriver. Ted était son petit ami de l'été et, oui, elle était folle de lui. Dingue de lui. Fana de lui. Mais Erika n'était pas le genre de fille à être folle-dingue-fana. Elle partirait, il lui manquerait — et elle venait de dire à sa chambre qu'elle reviendrait.

Lorsqu'elle reviendrait à Mendham, il serait probable-ment parti, lui aussi. Tout comme elle-même était en train de grandir, de changer, de passer à autre chose, ce serait le cas pour lui aussi. Combien de temps encore travaillerait-il à la station-service ? Il en aurait probablement marre assez vite et trouverait quelque chose d'autre à faire, un autre endroit où aller.

Son téléphone sonna, et elle se précipita de l'autre côté de la pièce pour répondre. Elle espérait que ce soit Laura, quelqu'un auprès de qui elle pourrait se lamenter, même si elle n'était pas sûre de savoir de quoi elle voulait se plaindre.

— Allo ?

— Salut, dit Ted.

Au lieu d'être déçue que l'interlocuteur ne soit pas Laura, elle sentit sa bouche former un sourire radieux et retint son souffle. Après toutes ces semaines, après tant de temps passé en sa compagnie, après avoir passé les dernières minutes à se persuader qu'elle n'était pas réellement amoureuse de lui, elle réagissait pourtant au son de sa voix comme une personne malade d'amour.

— Salut, lui dit-elle en retour.

— Je suis sur le point d'avoir fini de travailler.

— Tu veux que je vienne te chercher ? proposa-t-elle.

— Non. Je sens le cambouis. Je dois prendre une douche avant de te laisser m'approcher.

— Je suis sûre que tu sens bon.

— Je sentirai bon après avoir pris ma douche. Tu veux passer un peu plus tard ?

— Bien sûr.

— Je pensais qu'on pourrait peut-être aller voir un film ?

— Ils passent quelque chose de bien ?

Il ne répondit pas immédiatement. Ils avaient déjà vu tous les films plus ou moins corrects qui étaient sortis durant l'été.

— *L'Homme d'Encino* ? suggéra-t-il.

— Beurk.

Il se mit à rire.

— Bon, qu'as-tu envie de faire ?

— On pourrait juste traîner un peu, dit-elle. Rouler ou n'importe quoi.

— D'accord. Pourquoi ne viens-tu pas chez moi dans une heure. Je devrais moins sentir la graisse d'ici là.

— Parfait.

— J'aurais voulu…, dit-il avec hésitation.

— Quoi ?

— J'aurais voulu que tu ne sois pas obligée de conduire tout le temps.

— Il n'y a pas de problème, dit-elle. Ça ne me dérange pas.

Honnêtement, c'était la vérité. Peut-être que, dans le futur, cela pourrait la lasser, mais la nouveauté ne s'était pas encore estompée.

Malgré tout, elle savait ce que Ted tentait de dire : il aurait voulu avoir une voiture. Elle avait envie de le rassurer, de lui dire que cela n'avait pas d'importance pour elle si elle avait une voiture et pas lui. Mais il ne voulait probablement pas entendre cela. Les garçons voulaient avoir une voiture. Ils voulaient d'un boulot qui ne leur laisse pas une odeur de cambouis. Ils aimaient impressionner les filles.

Ted l'impressionnait déjà tellement — par son talent artistique, son dévouement envers les animaux que sa famille élevait, son sens du devoir envers sa famille. Il n'avait pas besoin d'une voiture pour que son cœur se pâme d'admiration devant lui.

— Va prendre ta douche, dit-elle. Je viens te chercher dans une heure.

— Mes parents pensent déménager dans le Maine, lui raconta-t-il.

Leur grande virée en voiture ne les avait, pour l'instant, pas emmenés plus loin que le Country Coffee House, où ils avaient commandé des sandwichs et des sodas. Sous la table, Erika avait fait glisser ses tongs et installé ses pieds sur les genoux de Ted. De temps en temps, il passait une main sous la table et pressait ses orteils.

— Le Maine? Pourquoi?

— L'argent? dit-il sur le ton d'une réponse et d'une question dans un même temps. Le New Jersey est horriblement cher. Tu sais, ils sont contents de partir là-bas. Mon père pense à en faire quelque chose de permanent.

— Waouh.

Elle mordilla le coin de son sandwich au poulet d'un air pensif.

— Que comptes-tu faire s'ils partent là-bas?

— Je ne veux pas vivre dans le Maine, dit-il. Trop froid. Je vais trouver un autre endroit où aller vivre.

Il fit un grand sourire.

— J'ai entendu dire que le Colorado, c'est joli.

Il semblait plaisanter, et elle répondit poliment avec un rire. Mais s'il était sérieux? Que se passerait-il s'il partait avec elle à Colorado Springs?

D'un côté, cela ne faisait pas partie de ses projets. Elle voulait se concentrer sur l'université, pas sur Ted. Elle voulait essayer de nouvelles choses, ne pas continuer avec les anciennes. Elle voulait être ouverte, sans entrave, passer à autre chose.

D'un autre côté... c'était Ted. Le Ted doux, amusant, passionné, intelligent, séduisant. Celui dont elle n'était *pas* amoureuse, se rappela-t-elle fermement. Folle-dingue-fana de lui, peut-être, mais elle *ne l'aimait pas*.

Elle ne voulait pas y penser. Elle ne voulait pas penser à Ted la suivant dans le Colorado, ne voulait pas penser qu'elle allait devoir dire au revoir à Ted. Ses chandails étaient peut-être emballés, mais elle n'était pas encore prête à quitter la ville. Cette étape importante n'aurait lieu que dans quelques semaines. Elle passait beaucoup trop de temps à penser au futur; en cet instant, elle ne voulait penser qu'au présent.

Une fois leurs sandwichs terminés, elle remit ses sandales, et ils partirent en voiture. Elle passa devant l'école secondaire, devant le parc India Brook, devant le Village Pizza. Ils ne virent nulle part une des voitures de leurs amis, si bien qu'ils continuèrent à rouler, un vent chaud soufflant sur eux à travers les fenêtres ouvertes de la Wagoneer.

Les réflexes d'Erika devaient avoir pris le dessus car, même sans y penser consciemment, elle se retrouva en train de conduire en direction de l'écurie où Five Star était en pension.

— Allons dire bonjour à mon chéri, dit-elle.

Ted parut satisfait de ce choix. Dès qu'elle arrêta la voiture dans l'enceinte près de l'écurie, il sortit de la voiture et la rejoignit près du pare-chocs avant. Le ciel était encore éclairé par les dernières lueurs du jour, mais des lumières avaient été allumées près de l'entrée de l'écurie et dans le corral, où quelques personnes prenaient un cours d'équitation et tournaient en rond pour travailler leur posture.

Erika prit immédiatement la direction de l'écurie. Ted lui emboita le pas. À l'intérieur, les néons au plafond diffusaient une lumière jaune dans les stalles, certaines vides, d'autres occupées par des chevaux qui s'ébrouaient et mastiquaient bruyamment. Erika connaissait quelques-uns des autres chevaux et les aimait bien. Mais Five Star était le seul et l'unique. Elle continua tout droit vers son box.

Dès qu'il la vit approcher, il sortit la tête et poussa un hennissement joyeux.

— Salut, bébé, roucoula-t-elle en lui frottant le museau.

Il expira un souffle chaud et humide sur sa main.

— Tu te souviens de Ted, n'est-ce pas, mon chéri?

Ted lui fit un petit signe de tête détaché. Erika savait qu'il se prêtait au jeu pour elle et elle appréciait son effort.

— Est-ce que tu as été sage aujourd'hui? demanda-t-elle à Five Star, tout en continuant à lui frotter le museau et en posant sa tête contre sa joue. Tu es mon amour, n'est-ce pas?

Five Star agita la tête, sa crinière s'affalant le long de son cou.

— Tu vas me manquer lorsque je partirai pour l'université, confia-t-elle au cheval. Je pleurerai lorsque je devrai te dire au revoir.

— Est-ce que tu pleureras lorsque tu devras me dire au revoir? demanda Ted.

Son ton était léger, mais elle sentit de la gravité dans ses mots. Il posait sérieusement la question. Il voulait savoir s'il lui manquerait tout autant que Five Star.

— Je serai une épave, promit-elle.

Ce n'était pas un mensonge. Ted allait lui manquer — si l'on supposait qu'il ne ferait pas quelque chose de complètement dingue comme de la suivre dans le Colorado. Et ce n'était pas seulement Five Star qui allait lui manquer. C'était l'équitation. C'était la vie entière qu'elle avait menée depuis le premier jour où elle était montée sur le dos d'un poney à l'âge de six ans.

Mais elle avait décidé de se concentrer uniquement sur le présent. Et le présent, cela voulait dire Ted et elle par une tranquille soirée d'été, en compagnie du chant des crickets, d'une brise légère remuant l'air et de quelques étoiles qui commençaient à pointer le bout de leur nez dans le ciel de plus en plus sombre.

Elle tapota une dernière fois Five Star; ensuite Ted et elle quittèrent l'écurie et remontèrent dans la Jeep. *Vis dans le présent,* se dit-elle avant de lui sourire. Elle trouvait qu'il était beau, que ses yeux étaient tellement séduisants, que son doux sourire était un léger voile qui cachait à peine sa détermination et son désir — et il sentait tellement bon, il n'avait pas du tout l'odeur du cambouis.

Demain n'existait pas encore. Le Colorado se trouvait bien loin, dans le temps comme dans l'espace. *Maintenant,* il y avait Ted et elle, ainsi qu'une nuit pleine de possibilités.

*Je rêvais de ce moment depuis des semaines. Depuis des années. Peut-être en avais-je rêvé toute ma vie. Je l'avais visualisé comme des lignes, des angles, des boucles dans des couleurs vives. Des ombres éblouissantes et des lumières aveuglantes. Je l'avais imaginé. Je l'avais vécu intérieurement, dans mon âme.*

*Erika Fredell était la fille de mon cœur, et je la désirais tant.*

*Elle était la fille parfaite pour moi, et je voulais que ceci soit aussi parfait qu'elle.*

*J'étais effrayé que cela ne soit pas le cas. J'étais mort de trouille.*

Ils repartirent vers la maison de Ted sur Pleasant Hill Road et se retrouvèrent sur le siège arrière de la Wagoneer où la plupart de leurs soirées se terminaient. Cette fois-ci, il se trouvait sous elle. Elle était à califourchon sur lui, ses genoux légèrement enfoncés de chaque côté de Ted. Les mains de Ted moulaient les courbes douces et fermes des fesses d'Erika, la caressant à travers le tissu léger de son short.

Il était aussi dur que du granite, allongé sous elle. Il savait qu'elle devait sentir son érection, étant donné l'endroit où elle était assise, mais elle l'avait déjà sentie au cours de soirées précédentes lorsqu'ils s'étaient blottis l'un contre l'autre sur le siège arrière en cuir.

Quelques fois, elle l'avait *réellement* sentie en glissant sa main dans son short et en le rendant fou.

Ce soir, ses mains se trouvaient sur les épaules de Ted. Elle se penchait pour l'embrasser, et ensuite levait la tête pour plonger de nouveau sur lui et l'embrasser une nouvelle fois.

Oui. Il était complètement fou, grâce à elle.

— Ted ? chuchota-t-elle.

— Mmm.

Tellement fou que grogner fut la seule chose dont il fut capable.

— Ted, dit-elle à nouveau en dépliant ses coudes et en se relevant.

Sacré moment pour décider d'entamer une conversation.

— Quoi?

— J'ai envie de toi.

— Moi aussi, j'ai envie de toi.

Il pressa gentiment sur ses fesses, la guidant afin qu'elle puisse sentir à quel point il avait envie d'elle. Ce n'est pas qu'il la poussait ou qu'il lui mettait de la pression. Il ne ferait pas cela, et elle en était consciente. Elle savait qu'elle pouvait l'emmener jusqu'à un point extrême, et qu'ensuite il rentrerait en chancelant dans la maison sombre et endormie de ses parents, et qu'il irait se soulager dans la salle de bain. Si c'était ce qu'elle voulait, c'est ce qu'il ferait. Même si on n'aimait pas une fille, on ne pouvait pas la forcer à recevoir davantage que ce qu'elle était prête à accepter. Ce n'était tout simplement pas correct.

Et si on l'aimait, ne pas la forcer allait plus loin que le simple fait que ce soit correct ou non. Cela concernait l'amour. C'était lui faire savoir qu'elle était en sécurité avec nous. C'était lui faire savoir qu'elle pouvait nous faire confiance, quoi qu'il en soit.

— Je le pense, dit-elle avant de l'embrasser une nouvelle fois, d'un baiser chaud et humide. Ce soir. Maintenant.

Son esprit était tellement embué par le désir qu'il lui fallut une minute pour comprendre ce qu'elle était réellement en train de dire. Elle avait envie de lui. Ce soir. Maintenant.

— Tu en es sûre?

— Tu as un préservatif?

Il se mit à rire. Il n'était pas vraiment un boy-scout, mais il savait tout de même qu'il valait mieux être prévoyant. Évidemment qu'il avait un préservatif.

Elle ne riait pas. Elle souriait, plutôt un sourire mysté-rieux qui faisait briller une lueur dans ses yeux. Une ques-tion. Peut-être un soupçon de doute.

— Tu en es sûre ? demanda-t-il une nouvelle fois, sur un ton sérieux cette fois-ci.

Elle répondit en se soulevant, en attrapant le bas de son tee-shirt, en le soulevant, en le passant au-dessus de sa tête pour finir par l'enlever.

Il avait déjà vu ses seins auparavant — ils s'étaient beau-coup pelotés cet été —, mais leur beauté ne cessait jamais de l'émouvoir. Son sang à moitié latin lui permettait de bronzer facilement, mais ses seins étaient pâles, ils avaient la cou-leur de la lune et étaient tout aussi ronds. Il tendit la main pour les caresser, et elle ferma les yeux, puis soupira. Ensuite, comme elle remua légèrement les hanches, l'érec-tion de Ted se fit encore plus intense.

Elle se pencha en avant et embrassa son cou. Il soupira et glissa les mains le long de son dos puis sous la ceinture du short d'Erika. Elle tira sur le polo de Ted, tentant de le soulever. Cependant, puisqu'elle se trouvait sur lui, que son corps pesait sur lui, il lui fut impossible de l'enlever.

Un peu de réorganisation était nécessaire. Il détestait l'idée de devoir se détacher d'elle, mais il lui serait impos-sible de se déshabiller tant qu'elle le maintiendrait plaqué au siège.

Plaqué. Oh, bon sang, elle lui avait fait un plaquage. Aucun arbitre n'était nécessaire. Pas besoin de compter jusqu'à trois. Il était perdu, et la défaite ne lui avait jamais paru aussi agréable.

Il se déplaça sur le siège, se tortilla pour émerger de sous elle et s'assit. Il déchira pratiquement son polo en l'enlevant, mais il était pressé de sentir les mains d'Erika sur son torse. Il voulait qu'elle touche chaque centimètre carré de son corps.

Elle se remit à genoux. Dans le silence de la voiture, il entendait la respiration d'Erika ainsi que la sienne, un peu saccadée. Il résista au besoin urgent de la pousser en arrière et d'enfouir son visage dans le creux de ses seins, mais, au lieu de cela, il scruta son visage, cherchant une dernière fois toute trace d'hésitation, de peur.

Ce qu'il y vit, c'était la confiance. La passion. Une pure preuve de confiance.

Plus tôt ce soir-là, lorsqu'elle avait dit combien son cheval lui manquerait, il avait été — d'accord, c'était stupide — jaloux. Il avait eu la certitude, alors qu'ils se trouvaient à côté du box de Five Star, que ce foutu cheval lui manquerait plus que lui-même allait lui manquer. Mais, à présent, en voyant le désir illuminer son visage, il sut qu'il n'y avait pas de compétition. Elle aimait Five Star, mais elle *aimait* Ted. Elle l'aimait suffisamment pour se donner complètement à lui, lui offrir ce cadeau incroyable, la preuve indispensable de son amour.

Erika avait une mèche de cheveux collée sur la joue, et il la balaya.

— Erika, murmura-t-il.

Il était plus facile de parler quand elle ne se trouvait pas au-dessus de lui. Plus facile de réfléchir.

Elle hocha la tête.

— C'est… je veux dire, c'est ta première fois.

Elle hocha encore la tête.

— Je ne veux pas te faire de mal. Mais il se peut que tu aies mal.

Elle fit un grand sourire.

— Ça va aller.

Il sourit à son tour. Cela allait réellement avoir lieu. Elle ne faisait pas marche-arrière. Elle était, si c'était possible, encore plus enthousiaste que lui. Ce n'est pas qu'elle l'aimait davantage que lui en cet instant précis. C'était impossible.

Il plongea la main dans la poche de son short, sortit son portefeuille et en retira un petit sachet en aluminium qu'il y avait planqué. Puis, il fourra de nouveau son portefeuille dans sa poche et se débarrassa de son short et de son caleçon. Le regard d'Erika se dirigea brièvement vers le bas, et ensuite remonta de nouveau jusqu'au visage de Ted.

Toujours aucune hésitation. Aucun doute. Toujours ce sourire adorable et malicieux.

Elle se souleva un peu et abaissa son short, juste assez pour céder aux demandes impatientes du corps de Ted. Néanmoins, il ferma les yeux pendant un instant, juste pour retrouver son sang-froid. Sa beauté était presque insupportable, et il pouvait perdre sa maîtrise rien qu'en la regardant.

Quelques respirations profondes. Quelques messages frénétiques adressés mentalement à son corps afin de garder un semblant de contrôle de soi, afin que cela dure suffisamment de temps pour que ce soit bon pour elle.

Les vêtements d'Erika s'entassèrent sur le plancher de la Wagoneer. Elle se rallongea et tendit les jambes autant que le siège le lui permettait, puis l'enlaça. Il se pencha pour se lover dans ses bras accueillants, entre ses cuisses accueillantes. Des couleurs tournoyèrent dans sa tête, les couleurs d'Erika. Le brun miel de ses cheveux, le miel doré de sa peau, mis à part ces endroits crémeux où le soleil ne l'avait jamais touchée. Le rose fauve de ses lèvres. Les ombres couleur nuit entre ses seins, le long des proéminences de ses clavicules, de ses hanches. Le blanc de ses dents, le rouge de sa langue quand elle ouvrait la bouche pour accueillir ses baisers. Le noir interminable et sans fond de son corps quand il la sentit se crisper légèrement, fermer les yeux en les serrant et enrouler ses jambes autour de lui.

Il ne voulait rien de plus qu'obéir à son besoin impatient et instinctif ; cependant il fit son possible pour se contenir. Il embrassa son front, entortilla ses doigts dans ses cheveux, lutta afin de rester immobile, afin de continuer à respirer jusqu'à ce qu'il soit certain qu'elle était avec lui. Au bout d'un moment, elle ouvrit les yeux et inclina la tête de manière presque imperceptible.

— Je t'aime, Erika, chuchota-t-il.

Il n'avait jamais rien dit d'aussi vrai.

— Je t'aime.

Elle enroula les bras autour de ses épaules et les jambes autour de ses hanches. Ensuite, il se mit à bouger, balancer, s'enflammer. Son existence était réduite au feu, à une douleur lancinante et sensuelle. Il n'y avait plus que sensation, peau, chair et souffle. Et amour.

*Je connais la fille parfaite pour toi…*

Et elle était là. Sous son corps. Elle l'enveloppait. Elle lui donnait tout ce qu'elle avait et prenait tout ce qu'il avait à lui donner.

Dans son esprit, la lumière explosa dans la nuit. Dans son cœur, le monde fut inondé d'amour.

# Dix

— Tu vas bien ?

La voix de Ted atteignit Erika comme si elle venait de loin, qu'elle traversait plusieurs couches de brume. Elle était allongée sous lui, couverte de sueur et épuisée physiquement.

Et heureuse. Euphorique. Plongée dans un bonheur parfait.

— Je vais bien, dit-elle.

Ensuite, elle rassembla le peu d'énergie qui lui restait pour lever la tête et l'embrasser.

Elle aimait le voir ainsi, à la fois assouvi et inquiet. Elle n'avait pas eu conscience de ce qu'elle faisait, sauf que ce qu'elle faisait était bien. Mais il semblait vraiment heureux, somme toute. Et s'ils le refaisaient — *quand* ils le referaient —, il pourrait lui dire quoi faire, comment faire pour que ce soit meilleur pour lui.

Judith Arnold

Elle était absolument certaine d'avoir envie de le refaire. Pas ce soir, tout de même. Cela ne lui avait pas vraiment fait mal, mais elle ressentait une légère irritation.

Elle aimait le sentir blotti dans ses bras. Ils s'embrassèrent encore un peu, des baisers confortables et engourdis. Elle n'avait pas la force de faire quoi que ce soit de plus ardent que cela et, apparemment, il n'en était pas capable non plus. Ses cheveux, à cause de la sueur, s'étaient transformés en une pagaille de boucles, ce qui lui donnait un air encore plus enfantin et innocent.

Il avait un corps splendide. Ce n'est pas qu'Erika avait vu de nombreux hommes nus dans sa vie pour pouvoir faire la comparaison, mais elle avait vu des œuvres d'art. Des sculptures. Elle avait vu ces lutteurs professionnels à la télévision dans leurs speedos étriqués avec des motifs de peau de bête. Ted était moins musclé que les statues grecques aux muscles ondoyants et que les catcheurs professionnels qui faisaient les pitres. Il était plus longiligne, plus anguleux, plus naturel. Et absolument splendide.

Trop splendide pour se lamenter de la douleur qu'elle ressentait après ce qu'ils venaient de faire.

— Tu n'as pas…

— Ted.

Elle passa les doigts sur les lèvres de Ted, comme si elle était capable d'y faire naître un sourire.

Il bougea légèrement, tentant de se reposer contre le dos du siège sans la faire tomber au sol. Il cala un bras en dessous d'elle et autour d'elle, et la tint contre lui.

— Est-ce que tu serais d'accord si, tout simplement, je… je veux dire, je ne veux pas te faire de mal.

Elle savait d'instinct qu'il ne pourrait jamais lui faire de mal.

— D'accord pour quoi? demanda-t-elle.

Il glissa sa main libre plus bas. Plus bas.

— Dis-moi si cela te fait mal.

— Cela ne fait pas mal.

Loin de là, elle sentit une chaleur renouvelée grandir en elle, une tension brûlante et tournoyante. Ses hanches frémirent, son bas-ventre se contracta.

— Ted, haleta-t-elle.

Son corps se figea et se relâcha dans une cascade de sensations incendiaires.

Elle haleta et enroula ses doigts autour de sa main qui l'avait faite se sentir aussi bien.

Il s'interrompit, se contentant de la tenir, de laisser sa paume contre elle et d'attendre que les pulsations se calment. Elle tourna la tête et la posa contre son épaule. Elle avait envie de plonger dans sa peau, de devenir une partie de lui.

Il avait dit qu'il l'aimait. Elle savait qu'elle l'aimait.

Elle n'arrivait pas à prononcer les mots. Si elle les prononçait, tout changerait. Elle devrait revoir la trajectoire de vie qu'elle avait prévue. Si elle l'aimait, comment serait-elle capable de le quitter? Comment pourrait-elle aller dans le Colorado sans lui? Comment serait-elle capable d'aller à l'université et de faire tout ce dont elle avait envie?

Si elle ne prononçait pas ces mots, si elle ne reconnaissait pas ce sentiment, peut-être s'en irait-il. Elle pourrait continuer à voir Ted comme son petit ami merveilleux, amusant et beau jusqu'à ce qu'il soit l'heure de partir. Et alors, elle partirait.

Ils n'avaient que 18 ans. Trop jeunes pour aimer.

Si elle se répétait cela suffisamment, peut-être arrive-rait-elle à se convaincre que c'était la vérité.

Ils firent l'amour presque tous les soirs après cela. Ted tra-vaillait à la station-service. Erika passait soit la journée à l'écurie, soit préparait d'autres boîtes et valises pour l'uni-versité, ou encore rendait visite à Laura, et Allyson, et ses autres amies et, le soir, Ted et elle se voyaient. Quoi qu'ils fassent — manger, aller au cinéma, regarder la télévision, rouler jusqu'à la côte pour y passer l'après-midi —, ils finis-saient toujours leur rendez-vous sur le siège arrière de la Wagoneer, nus, essoufflés. Ils découvraient le corps de l'autre et se donnaient, l'un l'autre, du plaisir.

C'était toujours meilleur que la fois précédente. Chaque fois que Ted et elle faisaient l'amour, elle apprenait de quelle façon détecter et réagir à ses gestes, comment s'y ajuster, comment prendre des risques et être certaine qu'il ne la laisserait pas tomber. Comment s'envoler et comment atterrir en sécurité, bercée dans ses bras.

À chaque fois, elle restait allongée à côté de lui après cela, les pieds calés sur la poignée de la portière et la tête posée confortablement sur le bras de Ted, et elle se deman-dait : *Comment vais-je le quitter ? Comment puis-je ?*

Elle ne prononçait jamais cette question à voix haute, et lui non plus ne soulevait jamais le problème — jusqu'à une certaine nuit à la mi-août, alors que la date de son départ approchait. Elle était blottie contre lui, les yeux clos. Le bat-tement de son cœur se calmait peu à peu à mesure que leurs corps se refroidissaient, quand il dit :

— Épouse-moi.

Elle sursauta et ouvrit brusquement les yeux.

— Est-ce que tu es fou ?

Il ne semblait pas fou. Il semblait sérieux et pensif.

— Je t'aime, Erika. Je veux que nous restions ensemble. Tu n'es pas obligée de partir dans le Colorado. Tu pourrais rester ici et aller à Rutgers ou à Princeton... ou, je ne sais pas, il y a tant d'universités dans le coin. Nous pourrions nous marier, et tu pourrais quand même...

— Je ne peux pas, l'interrompit-elle.

Bien sûr qu'elle *pouvait* aller à Rutgers ou à Princeton... mais cela ne faisait pas partie de ses plans. Le mariage ne faisait pas partie de ses plans.

— Nous ne sommes que des enfants, Ted. Nous sommes trop jeunes pour nous marier.

— Je n'aimerai jamais personne comme je t'aime, dit-il, semblant encore plus sérieux.

Sa certitude l'effraya un peu.

— Nous sommes trop jeunes, répéta-t-elle. Je ne peux même pas penser au mariage en cet instant. Tu ne devrais pas y penser toi non plus.

Il semblait tellement blessé qu'elle ajouta :

— Si cela doit arriver, nous finirons ensemble.

— Je sais qu'il doit en être ainsi, dit-il.

— Dans ce cas, le fait que je parte dans le Colorado ne détruira rien. On restera en contact, on se verra pendant les vacances scolaires et on grandira un peu.

Elle posa la main sur la joue de Ted, tentant de lui arracher un sourire.

— Allez, Ted. Tu sais que nous sommes trop jeunes pour parler de mariage.

Il ne semblait pas convaincu mais, au moins, il ne continua pas à débattre.

Elle aurait dû être soulagée. Elle *était* soulagée. Cependant, dès qu'il cessa de parler de mariage, elle se surprit à se préoccuper de cette idée comme une blessure qu'on ne peut s'empêcher de toucher. Bien sûr, le mariage était une idée absurde, mais... et si ? Et si elle pouvait dormir dans ses bras tous les soirs et se réveiller au son de son rire tous les matins ? Et s'ils pouvaient préparer le dîner côte à côte dans une petite cuisine confortable et s'asseoir côte à côte dans le divan tout en regardant *La Loi et l'Ordre* sur MTV, et ensuite aller se coucher et faire l'amour dans un vrai lit, pas sur la banquette arrière d'une voiture ?

Ce n'était pas ce qu'elle désirait. Cela ne marcherait pas. Ils étaient trop jeunes.

Mais pourtant... elle ne pouvait échapper à une pointe de mélancolie quand elle y pensait. C'était une idée tellement adorable. Et Ted...

*Ne le dis pas*, s'avertit-elle. *Ne dis pas que tu l'aimes. Si tu ne le reconnais pas, peut-être que cela ne sera pas la vérité.*

— Le mariage ? dit Laura d'une voix aiguë. Oh, mon Dieu, c'est si romantique.

Ce n'était pas ce qu'Erika avait besoin d'entendre de la part de son amie. Elles étaient assises à terre dans sa chambre qui paraissait décimée ; tant de choses avaient été emballées, quelques boîtes déjà expédiées vers l'ouest. Ted avait pris quelques jours de congé à la station-service et était parti dans le Maine avec ses parents qui, apparemment, envisageaient sérieusement de s'installer à East Machias. Il lui avait montré où cela se trouvait sur une carte — un petit point, non loin de l'océan et non loin de la frontière canadienne. Se loger là-bas était moins cher — sacrément meilleur marché que se loger dans le nord du New Jersey, ce qui ne voulait pas dire grand-chose. Quatre-vingt-quinze pour cent du pays avait probablement des logements moins chers que dans le nord du New Jersey.

Elle était contente que Ted soit parti pour quelques jours. Elle avait besoin de pouvoir s'éclaircir les idées, de penser à sa proposition. De parler à Laura.

Laura monopolisait le bol de bretzels, et Erika tendit la main, en prit une poignée, puis s'adossa à son lit.

— Je sais que tu penses qu'il est fait pour moi, dit-elle entre deux bouchées de bretzels. Mais nous n'avons que 18 ans.

— Alors, dis oui et choisis une date dans quatre ans. Pourrais-je être ta demoiselle d'honneur ?

— Il est *sérieux*, Laura, la réprimanda Erika.

Laura semblait bien trop séduite par l'idée.

— Il veut se marier avec moi pour que je n'aille pas dans le Colorado.

Laura mangeait bruyamment d'un air pensif et remua les fesses sur le tapis. Il ne devait pas être aussi confortable de s'adosser au bureau d'Erika qu'à son lit mais, si elles avaient été assises l'une à côté de l'autre, elles n'auraient pas pu se voir. Et Laura n'aurait pas pu se goinfrer d'autant de bretzels. Elle finit par demander :

— As-tu envie d'aller au Colorado ?

— Bien sûr que j'en ai envie.

— Plus que tu as envie d'être avec Ted ?

Elle ne pouvait pas répondre à cette question par un *bien sûr*.

— C'est le moment qui cloche, répondit-elle. Si je venais d'obtenir mon diplôme universitaire au lieu de celui du secondaire, il n'y aurait pas de quoi se prendre la tête.

— Vraiment?

Erika joua avec le dernier bretzel qu'elle tenait dans la main. Elle glissa un doigt dans une boucle salée, puis se rendit compte que c'était son annulaire qu'elle y avait glissé. Elle était certaine de ne pas être prête à mettre une alliance à ce doigt. Mais dans quatre ans...

Dans quatre ans, elle aurait un diplôme universitaire et pas Ted. Dans quatre ans, elle aurait hâte de voyager, de partir à la découverte du monde, de s'attaquer à des défis encore plus grands. Dans quatre ans, elle serait une autre personne. Et Ted également.

Dans quatre ans, elle rencontrerait peut-être quelqu'un d'autre. Et lui aussi.

Rien de tout cela n'était une partie de plaisir.

— Tu peux faire en sorte que votre relation continue pendant que tu seras partie, si tu veux, lui rappela Laura. Tu peux lui écrire des lettres, vous pouvez vous appeler. Je veux dire, ce n'est pas parce que tu pars que cela t'oblige à rompre.

— Tu as raison.

Erika aurait voulu avoir la même certitude que Laura.

— Tu vas rester en contact avec moi, non? Tu peux garder le contact avec lui aussi.

Erika grogna. Bien sûr qu'elle pouvait garder le contact avec Laura, Allyson et toutes ses autres amies. Mais elle ne couchait avec aucune d'entre elles. Elle ne rêvait d'aucune d'elles. Aucune d'elles ne l'avait jamais prise dans ses bras ou n'avait jamais scruté son visage avec des yeux tellement splendides que son cœur se serrait, et aucune ne lui avait dit : « Je t'aime. »

— Je ne veux pas lui faire de mal, dit-elle.

Laura l'observa d'un air pensif.

— On dirait que tu as déjà une idée de ce qui va se passer.

— Que je vais le quitter ? supposa Erika. Que je vais rompre avec lui ?

— On dirait.

Erika laissa échapper quelques larmes qui glissèrent le long de ses joues et atterrirent sur sa lèvre, ajoutant encore un peu de sel à celui des bretzels qu'elle avait grignotés.

— Et si personne ne m'aimait plus jamais autant qu'il ne m'aime ?

— Et si *tu* n'aimais plus jamais personne autant que tu l'aimes ? lui rétorqua Laura.

*Je ne l'aime pas*, eut envie de dire Erika, mais elle ne pouvait mentir à Laura. Elle aimait Ted. Et elle allait le quitter.

*Voilà. Elle était partie.*

*Je faisais continuellement tout défiler dans ma tête, une boucle continue de torture. Je rejouais le dernier moment, juste avant qu'elle ne parte, quand elle avait dit : « Nous allons être séparés par 3 000 kilomètres, Ted ; donc nous devrions vraiment être tous les deux libres de voir d'autres personnes. » Je lui avais dit que je ne voulais pas voir d'autres personnes, et elle m'avait embrassé sur la joue et dit : « Nous resterons amis. »*

*Je me repassais cet instant en boucle, cette scène horrible, cette rupture fatale. Je me la repassais en boucle jusqu'à ce que mon cerveau ait envie de bondir hors de mon crâne.*

*J'écoutais la cassette qu'elle m'avait donnée juste avant de partir. Phish, Spin Doctors, Helen Reddy, une belle chanson d'amour mélancolique de Fleetwood Mac. Les chansons que j'avais écoutées avec elle tout l'été, les chansons qu'on avait chantées en chœur. Les chansons sur lesquelles on s'était roulé des pelles. Les chansons sur lesquelles on avait fait l'amour. J'écoutais la cassette en boucle, je me repassais l'été sans cesse. Je me torturais avec les sons, les souvenirs, la solitude à cause de tout ce que j'avais perdu quand elle était partie.*

*J'étais allongé sur le vieux divan bleu du salon. La pièce était sombre, les arbres devant les fenêtres bloquaient les derniers rayons de soleil de l'été, et cela me convenait. Je n'avais pas envie de lumière. Je voulais l'obscurité tranquille d'une salle de cinéma afin de pouvoir me repasser en boucle le film d'Erika et moi.*

*Je ne mangeais pas. Je ne parlais pas. Je restais allongé là, me complaisant dans le souvenir de chaque moment passé avec elle. Spécialement les derniers instants.*

*— Nous resterons en contact, m'avait-elle dit. Je tiendrai toujours à toi. Mais restons juste amis.*

*Non. Ne soyons pas que des amis.*

*— Je ne te demanderai plus jamais de sortir avec moi, lui avais-je dit.*

*Et je le pensais. Je le pensais de tout mon cœur.*

*Mon cœur complètement ratatiné.*

*— Tu as 18 ans, m'avait dit mon père. Tu as toute la vie devant toi. Le monde est rempli de filles. Tu trouveras quelqu'un d'autre.*

*Non. Je ne trouverai jamais.*

— *Tu devrais peut-être voir un médecin, avait dit ma mère. Je pense que tu couves quelque chose.*

*Oui, je sombrais. Dans le monde. Dans l'obscurité de la fin de l'amour.*

*Après quelques jours, je trouvai, d'une manière ou d'une autre, la force d'aller travailler. J'étais assis dans la station-service, je regardais, par-dessus les étagères de confiseries et les piles de journaux, les pompes de l'autre côté du mur de vitres, et j'attendais l'arrivée d'une voiture afin d'avoir quelque chose à faire. Je me disais que peut-être une vieille Wagoneer, décorée d'autocollants de compétitions équestres, allait arriver et qu'Erika en sortirait et courrait vers le bâtiment, ouvrirait la porte et dirait : « J'ai eu tort de te quitter ! Je t'aime ! Je suis revenue. »*

*Des Volvo familiales s'arrêtaient à la pompe. Des Dodge Caravan remplies de petits enfants en tenue de soccer. Des coupés Mercedes. Des camions portant les logos de peintres en bâtiment, de services de jardinerie, de plombiers. Des voitures de la ville de Lincoln aux vitres teintées.*

*Jamais de Jeep Wagoneer avec un revêtement en bois et des autocollants de compétitions équestres.*

*Ma mère avait raison. J'étais malade. Je mourais.*

La première lettre d'Erika arriva environ deux semaines après son départ pour l'université. Quand il vit la lettre l'attendre sur la table de la cuisine en rentrant à la maison après son travail à la station-service — vit l'adresse de l'expéditrice, le cachet de la poste de Colorado Springs, son écriture familière —, il se dit qu'il n'allait peut-être pas mourir, après tout.

Il réfréna l'envie pressante d'ouvrir brusquement l'enveloppe dans la cuisine même, avec Spot qui reniflait ses pieds et sa mère qui épluchait des carottes devant l'évier. Au lieu de cela, il emporta le lettre avec lui en haut dans sa chambre, grimpa sur sa couchette et la tint dans ses mains. Il l'observa. La laissa posée sur sa poitrine dans l'espoir qu'elle puisse insuffler un peu de pouvoir magique, à travers sa chemise et sa cage thoracique, jusque dans son cœur.

Il écouta le silence qui l'entourait, ensuite entendit un craquement au-dessus de lui dans le grenier. L'un des fantômes, pensa-t-il avec un sourire. Les fantômes dont Erika niait l'existence avec insistance.

Merde, il était, lui-même, pratiquement devenu un fantôme, ces deux dernières semaines. Si elle ne croyait pas aux fantômes, elle aurait dû revenir dans le New Jersey et regarder Ted Skala, le type hanté, le mort-vivant.

Finalement, quand il fut assez calme pour ouvrir l'enveloppe sans la déchiqueter et sans endommager son contenu, il glissa les doigts sous le rabat, en retira la lettre, la déplia et lut.

Elle allait bien, disait-elle. Colorado Springs était grandiose. Il ne pourrait croire à quel point les montagnes étaient belles. Certains jeunes de son dortoir lui avaient dit qu'ils lui apprendraient à skier. Apparemment, il n'était pas possible de vivre à Colorado Springs sans savoir skier. Cela défiait les lois de la nature, ou quelque chose comme ça. En plus, selon Erika, si elle ne pouvait plus participer à des compétitions équestres, elle devait se trouver un autre sport qui lui donnerait l'impression de voler.

Ses cours étaient intéressants. Elle appréciait particulièrement ses cours de psychologie et elle pensait qu'elle pourrait prendre la psychologie comme matière principale, même si elle ne devait pas en choisir une avant la fin de sa deuxième année. Elle suivait également un cours d'arts plastiques et elle avait une admiration nouvelle pour les talents de Ted en matière de dessin. Elle aurait aimé avoir la moitié de son talent.

Sa compagne de chambre était sympathique, et elle s'était fait beaucoup d'amis. Le ciel était plus vaste dans le Colorado, lui rapporta-t-elle. Elle ne pouvait l'expliquer ; elle savait pertinemment que le ciel au Colorado était le même que celui qui surplombait le New Jersey ; cependant, tout semblait plus vaste là-bas, plus sauvage, plus lumineux. Plus ouvert.

Elle semblait sacrément heureuse, tellement qu'il en eut envie de pleurer.

Il ne le fit pas. Il sentit seulement son cœur se ratatiner un peu plus, jusqu'à devenir un raisin noir et froissé dans sa poitrine.

Elle lui *avait* écrit, se rappela-t-il. Elle pensait à lui, apparemment. Elle avait envie de partager ses expériences avec lui. La lettre était une *bonne* chose.

Que pourrait-il lui écrire en retour ? «Salut, Fred — je travaille encore à la station-service dans le New Jersey.»

Il relut la lettre une nouvelle fois, puis une troisième. Il l'analysa, à la recherche d'indices prouvant qu'il lui manquait, de preuves qu'elle l'aimait encore, d'insinuations reflétant qu'elle n'avait pas complètement écarté l'idée de se marier avec lui.

Merde. Elle s'amusait trop pour se marier avec lui. Elle grandissait, apprenait… Nom de Dieu, elle allait se spécialiser en psychologie. Une fois qu'elle serait devenue experte en la matière, elle le regarderait et penserait : *Quel fou !*

Il devait lui écrire à son tour. Pas simplement lui écrire — il devait la convaincre que sa vie était aussi fabuleuse que la sienne. Mais écrire n'était pas une chose facile pour lui. Il était beaucoup plus visuel que verbal.

Il allait lui faire un dessin.

Il entendit un autre craquement là-haut dans le grenier. Peut-être que le vent s'était levé, peut-être que la maison s'affaissait — c'était une chose qui arrivait aux maisons vieilles de 200 ans — ou peut-être que le fantôme essayait simplement de dire à Ted qu'il aimait cette idée. Un dessin pour elle, coloré, avec des détails, de l'éclat et de l'émotion. Un dessin qui exprimerait tout ce qu'il ne pouvait dire avec des mots. Il le lui enverrait, et elle saurait que ses sentiments pour elle étaient bigrement plus forts que les sentiments qu'elle avait pour les montagnes, le vaste ciel et son cours de psychologie.

Il commença à imaginer le dessin le lendemain au travail. Il passait de longs moments, chaque jour, assis derrière le comptoir de la station-service, à ne rien faire, à simplement être présent au cas où quelqu'un se présenterait à la pompe ou entrerait pour acheter un billet à gratter ou un paquet de cigarettes. S'il était inoccupé et que les mécaniciens avaient besoin de son aide au garage, il les accompagnait, mais ils ne lui demandaient pas trop souvent de les aider parce que, s'ils le faisaient, ils devraient le payer diablement plus cher. Il ne touchait pas le salaire d'un mécanicien; donc ils ne pouvaient pas réellement lui demander d'être un mécanicien.

Pour un gars qui était turbulent de nature, rester assis derrière un comptoir n'était pas vraiment amusant. Il passait le temps en lisant le journal, en écoutant de la musique, en redressant les sacs de croustilles sur les étagères chromées. Cependant, il aurait préféré dessiner. Penser. Créer.

Son dessin devait être spectaculaire. Il devait exprimer tout ce qu'il ressentait pour Erika. Il devait l'éblouir.

Eux deux. Bien sûr, il les représenterait. Au lit. En train de faire l'amour. Leurs corps enlacés. Rien de pornographique, rien de mauvais goût, mais quelque chose de beau. Au cours des jours qui suivirent, il vola quelques minutes quand c'était possible, mania ses crayons de couleur et se plongea dans le dessin.

Pas uniquement Erika et lui. Des animaux également. Il dessinait toujours des animaux. Elle aimait les chevaux. Il avait grandi avec des moutons et des oies, des canards et des lapins. Il ajouta des ânes à son dessin. Ils étaient, en quelque sorte, semblables à des chevaux, mais aussi aux animaux dont il avait pris soin tout au long de sa jeunesse. Les ânes avaient de l'esprit. Ils étaient forts, énergiques, têtus. Comme lui. Comme sa passion pour elle.

D'une certaine manière, il arriva à les entrelacer aux amants dans le lit. Il ajouta des couleurs, des ombres. Des lignes, des formes, des subtilités. Pas d'empressement, pas de raccourcis. C'était là son chef-d'œuvre, pour la femme qu'il aimait.

Au bout d'une semaine, il fut satisfait de ce qu'il avait créé. Plus que satisfait — il était fier. Son dessin était stupéfiant. Elle aimerait le dessin et elle l'aimerait, lui.

Il avait travaillé tôt et put partir de la station-service en milieu d'après-midi, avant la fermeture du bureau de poste.

Il n'avait aucune idée de la manière dont il allait envoyer le dessin; il ne pouvait le plier pour l'insérer dans une enveloppe. Il espérait que le bureau de poste sache comment l'emballer.

L'employée de la poste, une femme d'un âge moyen avec des cheveux blond platine et un double menton, eut le souffle coupé en voyant le dessin.

— C'est magnifique, dit-elle.

— Je dois l'envoyer au Colorado, lui raconta-t-il. Je ne sais pas de quelle manière l'emballer. Je ne veux pas le plier.

— Absolument. Vous ne pouvez pas le plier.

Elle contourna le comptoir et se dirigea dans un coin de la pièce où étaient exposées des fournitures d'emballage et s'empara d'un tube en carton solide sur une étagère.

— Voici ce dont vous avez besoin pour un dessin aussi beau, dit-elle en l'emportant avec elle derrière le comptoir.

Ted l'observa rouler le dessin de façon méticuleuse, s'assurant de ne pas le plier, de ne pas le déchirer et de ne pas tordre les coins. Avec sa chemise bleu pâle du bureau de poste et la fausse cravate à son cou, elle ressemblait à tout le contraire d'Erika. Ses goûts différaient certainement de ceux d'Erika. Si elle trouvait que le dessin était splendide, peut-être qu'Erika le détesterait.

Ted absorba quand même le compliment de l'employée de la même façon que du papier buvard éponge une petite flaque.

— C'est pour l'amour de ma vie, lui confia-t-il.

Puis il sourit lorsqu'il se rendit compte combien ces mots devaient sembler mielleux.

Il ne lui devait aucune explication ; il ne devait pas se justifier devant elle. Mais elle trouvait que son dessin était magnifique et, une fois qu'elle l'eut roulé pour lui, elle l'inséra dans le tube avec les précautions d'une mère qui couche son bébé dans son berceau. Elle était sa complice, sa partenaire dans cet acte indispensable. Elle comprenait sa signification et elle faisait honneur à son dessin, à lui et à son amour.

Il espérait qu'Erika lui fasse honneur, elle aussi. Il espérait qu'elle le regarde et comprenne qu'il n'était pas qu'un raté qui travaille dans une station-service. Il était un artiste. Elle lui avait insufflé l'envie de créer ce chef-d'œuvre qui illustrait à quel point il l'aimait. Il espérait qu'elle sorte le dessin du tube, ait le souffle coupé et murmure :

— C'est magnifique.

Puis, elle prendrait un avion jusqu'à Newark, conduirait jusqu'à Mendham et entrerait dans la station-service en disant :

— Moi aussi, je t'aime.

L'attente était insoutenable. Soit Ted était couché sur son lit et écoutait la cassette de musique qu'Erika lui avait donnée, soit il était allongé sur le divan bleu dans le salon, soit il plongeait dans une humeur sombre et dépressive. Quand il était d'humeur dépressive, il n'avait pas d'appétit et il perdait du poids qu'il ne pouvait pas se permettre de perdre. Quand il écoutait la cassette, il se sentait tout de même proche d'Erika. Elle avait certainement choisi les chansons pour lui faire passer un message, tout comme il utilisait ses talents artistiques pour lui faire passer un message.

Il écoutait Christine McVie chanter avec sa voix flûtée « Je t'aime, je t'aime comme jamais auparavant », et il pensa : *C'est le message d'Erika pour moi. Je ne l'ai pas perdue.*

Une semaine après avoir envoyé le dessin, elle l'appela. Entendre sa voix lui fit l'effet d'une drogue forte injectée dans ses veines. Cela lui fit un choc, réchauffa son corps entier, le propulsa ailleurs.

— Salut, Ted, dit-elle.

— Salut, Fred.

Il était tellement perturbé qu'il dut faire un effort pour paraître détendu et nonchalant.

— Comment ça va ?

— Je viens de recevoir le dessin que tu m'as envoyé. C'est tellement gentil de ta part.

*Tellement gentil ? Tellement gentil ?* Il avait mis toute son âme dans ce dessin. Son cœur. Chaque dernière once d'émotion. Le moindre soupçon d'amour, de passion et de désir. Il s'était tué à la tâche pour réaliser ce dessin, et elle trouvait que c'était *gentil* ?

Il avait envie de pleurer. Ou de taper le téléphone contre le mur jusqu'à ce qu'il se casse, jusqu'à ce qu'il se brise en petits morceaux, tout comme lui.

*Gentil.* Pour l'amour de Dieu.

— Ouais, eh bien…, dit-il d'une voix calme et déçue. Alors, comment vas-tu ?

Elle lui raconta comment elle allait avec précision : génial. Super. Jamais sentie aussi bien. Elle lui parla de ses cours, de sa compagne de chambre et de la fête d'étudiants à laquelle elle était allée samedi dernier. Elle lui raconta que ses merveilleux nouveaux amis et elle étaient allés faire de la randonnée et qu'ils allaient lui apprendre à skier, et qu'elle était tellement heureuse d'apprendre de nouvelles choses. Elle lui dit que, même si elle avait adoré faire de l'équitation, elle appréciait les changements dans sa vie, les défis que représentaient ces différentes activités.

Ted comprit le message qu'elle essayait de faire passer : non pas les sentiments dont parlait la chanson de Fleetwood Mac, ni qu'elle l'aimait comme jamais auparavant, mais qu'elle était contente d'être partie, contente de s'attaquer à tout ce qui était nouveau et différent pour elle dans le Colorado. Contente de ne pas être restée chez elle dans le New Jersey à poursuivre la vie qu'elle menait depuis 18 ans. Contente de ne pas être restée avec Ted.

— C'est vraiment formidable, dit Becky.

Quelques autres filles et elle s'étaient réunies dans la chambre d'Erika pour admirer le dessin de Ted. Il n'y avait eu personne quand Erika était allée retirer le mystérieux envoi cylindrique au service postal du campus. Elle avait vu l'adresse de l'expéditeur et avait un peu paniqué ; qu'est-ce que Ted pouvait bien lui avoir envoyé dans un emballage en forme de tube ?

Elle avait voulu l'ouvrir immédiatement, mais elle l'avait emporté jusqu'à sa chambre avant d'en ouvrir un des côtés et d'en sortir le dessin. Et puis, elle avait paniqué encore un peu plus, car c'était le dessin le plus époustouflant que Ted ait jamais fait. Éclatant, viscéral, une explosion de lignes et de couleurs — et de passion. Deux amants dans un lit, entourés de toute une imagerie.

Il l'avait dessiné pour elle. Il avait déployé un tel effort, pour elle.

Est-ce qu'un autre garçon ferait cela pour elle, un jour ? Rencontrerait-elle, un jour, un autre garçon qui lui soit aussi dévoué que Ted ?

Quelqu'un d'aussi obsédé par elle ? Quelqu'un de déterminé à s'accrocher au passé plutôt qu'à s'ouvrir à ce qu'il avait devant lui ? Quelqu'un qui refusait de sortir de sa zone de sécurité et de voir ce que le monde avait d'autre à offrir ?

Elle avait regardé le dessin, et des larmes s'étaient mises à couler sur ses joues. Pleurer pour Ted lui venait facilement. Il avait la clé qui délivrait toutes ses émotions, et le pouvoir qu'il avait sur elle l'effrayait. Elle avait bien fait de le quitter. Si elle était restée avec lui, elle lui aurait laissé le contrôle de ses espoirs et de ses rêves. Elle serait devenue la femme de Ted, plutôt qu'elle-même. Elle se serait perdue.

Elle avait étendu le dessin sur son lit, avait traversé précipitamment le couloir jusqu'à la salle de bain et aspergé son visage. Une fois son sang-froid retrouvé, elle était retournée dans sa chambre et l'avait appelé.

— Je viens de recevoir le dessin que tu m'as envoyé, lui avait-elle dit quand il avait répondu. C'est tellement gentil de ta part.

Il n'avait pas vraiment paru ravi d'entendre sa voix. Elle s'était demandé pourquoi. Elle ne pouvait croire qu'il la détestait après avoir dessiné une chose aussi magnifique et la lui avoir envoyée. Peut-être aurait-il voulu qu'elle lui dise autre chose.

Elle avait dit ce qu'elle avait dans le cœur : c'était tellement gentil d'avoir fait ça.

Et elle s'était rendu compte, pendant qu'ils parlaient au téléphone, que rester en contact, tout en étant séparés par 3 000 kilomètres, était une chose impossible. Elle avait parlé honnêtement même si elle avait senti qu'elle n'avait pas dit ce qu'il fallait. Il avait paru sec et froid. Elle ne pouvait le voir, ne pouvait jauger ce qu'il pensait. Elle ne pouvait lire ses sentiments dans ses yeux, comme elle le faisait quand ils étaient ensemble.

Plus elle avait parlé, plus il avait paru froid. Il n'avait pas voulu entendre parler de la randonnée qu'elle avait faite avec quelques camarades de classe à Pike's Peak. Il paraissait se sentir clairement aussi loin d'elle, qu'elle de lui.

— Qui te l'a envoyé ? demanda Adrienne.

Erika repoussa le souvenir de sa conversation téléphonique avec Ted et savoura les « Oh ! » et les « Ah ! » de ses amies qui admiraient le dessin.

— Mon… un de mes amis, répondit-elle.

Ted n'était pas son petit ami. Il n'était pas son amour. Elle lui avait dit, en partant pour le Colorado, qu'elle voulait qu'ils ne soient que des amis.

Après lui avoir parlé, elle doutait qu'ils soient même cela.

# Onze

Le Maine ressemblait au New Jersey, en plus froid, plus rude, avec plus de forêts, moins d'embouteillages, et les habitants avaient des accents yankees prononcés.

D'accord, cela n'avait rien à voir avec le New Jersey, sauf en ce qui concernait la seule chose qui comptait pour moi : Erika n'était pas là.

J'aidais mes parents à déménager dans le Maine, en imaginant que le changement de cadre me ferait du bien. Je voulais partir loin de tous les endroits qui me faisaient penser à elle : l'école secondaire, les maisons de mes amis, l'écurie où son précieux Five Star était en pension. Les fantômes pouvaient être capables de remonter la rue depuis le cimetière jusqu'à la maison où j'avais grandi mais, si j'avais de la chance, le fantôme de mon histoire d'amour ne pourrait faire tout le voyage menant à East Machias.

Je continuerais à lui écrire, bien sûr. Parfois, je lui enverrais un dessin. Elle et moi, nous étions toujours « amis », quoi que cela veuille bien dire. Je savais ce que cela signifiait pour moi : j'étais toujours tellement malade d'amour pour elle que j'acceptais la moindre miette qu'elle me jetait. Ce que cela signifiait pour elle, c'était qu'elle m'envoyait à l'occasion quelques lignes et qu'elle ne me raccrochait pas au nez quand je l'appelais.

Je m'inscrivis à quelques cours à l'université. Peut-être cela l'impressionnerait-il. Peut-être que, tout ce qu'elle attendait de moi, c'était un peu d'ambition, une preuve que je ne m'attendais pas à passer le reste de ma vie à remplir d'essence les réservoirs des voitures et à nettoyer les pare-brise tachés d'insectes. J'avais toujours eu de l'ambition — si je n'étais pas ambitieux, je n'aurais pas eu de visées sur une fille avec autant de classe qu'Erika Fredell. Je ne savais simplement pas ce que je voulais faire de ma vie.

À part l'aimer.

Il y avait, à East Machias, une faculté de l'Université du Maine; donc je m'y inscrivis et remis un chèque. J'errais sur le campus, assistais à quelques cours et je me demandais : Qu'est-ce que je suis en train de faire ? Pourquoi suis-je ici ? Comment puis-je rester assis pendant 90 minutes alors que cette baudruche en tweed met 20 minutes à définir la macroéconomie. Ouais, c'est l'étude des systèmes économiques à un niveau global ; je le sais déjà. Comment étais-je censé attendre patiemment alors que cette femme militante au look funky passait la moitié du cours d'art à parler des dégradés ? Je connaissais déjà ça.

Ce n'était pas un endroit fait pour moi. Aller à l'université, pour qu'Erika m'aime, n'y changerait rien.

Elle m'avait aimé pour ce que j'étais. Elle pensait que le fait que je sois assez intelligent et amusant, et que je lui sois complètement dévoué, était suffisant.

Quand cela avait-il cessé d'être suffisant ?

L'hiver arrivait plus tôt dans le Colorado que dans le New Jersey. Même si l'équitation manquait énormément à

Erika, elle était contente de ne plus avoir à suivre l'horaire d'entraînement draconien qu'elle suivait à la maison. Elle aurait dû commencer à suivre les entraînements à l'intérieur depuis le début du mois de novembre.

Au lieu de cela, plusieurs semaines avant l'Action de grâce, elle se retrouvait sur une piste de ski pour débutants, portant des bottines, des skis et des bâtons loués. Elle se sentait comme un bébé à qui l'on apprenait à faire ses premiers pas incertains.

— Dis-moi simplement ce que je dois faire, dit-elle à Becky.

Celle-ci possédait son propre équipement — pas seulement les skis, les bottines, les bâtons et un casque, mais aussi des gants chics protégeant du froid et une veste ajustée au corps, qui la faisait paraître élégante et mince, au contraire de la parka matelassée d'Erika.

— J'ai fait de l'équitation. J'ai participé à des compétitions nationales. Je suis certaine de pouvoir y arriver.

— Ce n'est pas réellement la même chose, fit remarquer Becky.

— Cette colline n'offre même pas une vraie pente !

— C'est exactement ça. La première chose que tu dois apprendre, c'est savoir comment tomber.

— Je ne veux pas tomber.

— Pas d'importance. Tu *vas* tomber et tu dois apprendre à tomber sans te faire mal.

Deux minutes plus tard, Erika tomba. La pente était peut-être seulement aussi raide qu'une bretelle typique d'accès à l'autoroute ; cependant la neige était affreusement glissante, et les skis étaient peu maniables. En tout cas, *ses* skis l'étaient. Les skis de Becky semblaient manifestement largement meilleurs. Ils semblaient rester alignés sous elle et ne jamais glisser de côté, même lorsqu'elle zigzaguait, faisait des virages étroits et se recroquevillait en position accroupie.

Elle recommanda à Erika d'orienter ses skis de manière à ce qu'ils se touchent presque devant elle. Becky appelait cela « le chasse-neige ». Pour Erika, il s'agissait de « skis atteints de strabisme ».

— Cela te ralentira, expliqua Becky.

Erika voulut débattre en disant qu'elle ne voulait pas aller lentement. Elle avait l'habitude de monter à cheval, de galoper sur leur dos, de voler au-dessus d'obstacles.

Mais ici, elle était novice, la nana de la côte Est au pays des montagnes rocheuses, et elle obéissait à Becky, Adrienne et les autres jeunes de son dortoir qui l'avaient emmenée à la montagne pour son premier essai sur des skis.

Ses années d'équitation lui avaient au moins appris une chose ou deux concernant l'équilibre. Elle avait la chance d'être dotée de courage. Si elle devait tomber, elle tomberait. Tôt ou tard, elle arriverait à descendre la pente sans tomber. Et sans croiser ses skis pour la ralentir.

Erika et ses amis passèrent tout le samedi sur la piste de ski, ce qui semblait justifié puisque leurs billets leur donnaient accès aux pistes toute la journée. En début d'après-midi, Erika était capable d'utiliser le télésiège plutôt que le câble de remorquage de la piste de ski pour débutants. Elle était encore loin d'être prête pour les pistes à double losange noir, mais elle s'attaqua à la piste verte, accompagnée de deux de ses amis, et elle ne tomba que deux fois. Une fois en bas, elle se dirigea immédiatement vers le télésiège pour recommencer. Elle deviendrait experte en ski de la même manière qu'elle était devenue experte en équitation.

Elle ne tomba pas une seule fois au cours de sa dernière descente de la journée. Elle commençait à se sentir suffisamment à l'aise pour redresser ses skis et prendre un peu plus de vitesse dans la descente. Le vent sec de la montagne brûlait ses joues et remuait ses cheveux fraîchement coupés — elle avait décidé d'adopter un nouveau style et elle aimait la liberté de ne plus avoir de longues et lourdes tresses qui lui tombaient dans le dos.

Une nouvelle coupe de cheveux. Un nouveau sport. Une nouvelle vie.

Exactement ce qu'elle avait désiré en quittant Mendham.

Et pourtant.

Comme une braise qui refusait de mourir et qui continuait à rougeoyer et à envoyer un peu de fumée dans l'air alors que le reste du feu avait été réduit en cendres grises et froides, il y avait une partie d'elle-même qui refusait de laisser partir sa vie passée. Cela n'avait rien à voir avec les chevaux, rien à voir avec ses parents et leur maison confortable, et la salle de bain qu'elle avait pour elle toute seule depuis que sa sœur était partie à l'université. Rien à voir avec Allyson, et Laura, et toutes ses autres copines, qui étaient dispersées dans d'autres universités, mais avec qui elle restait en contact grâce au téléphone et aux courriels.

C'était Ted. Elle semblait ne pas pouvoir se détacher de lui. Il était cette braise, cette étincelle qui brillait encore, qui était encore brûlante. Encore capable de la réchauffer ou de la brûler.

Comme les épais et longs cheveux qu'elle avait auparavant, il était un poids sur elle, la retenant en arrière. Elle désirait avancer. Elle voulait être Erika, la reine de ski du Colorado au lieu d'Erika, la reine des compétitions équestres du New Jersey.

Elle ne voulait pas penser constamment à lui, se demander ce qu'il faisait, comment il se sentait, s'il continuait à croire qu'ils auraient dû se marier. Il voulait épouser l'ancienne Erika, et elle n'était plus cette personne.

Ses amis insistèrent pour lever leur verre à son succès au ski, lors de la fête d'une fraternité à laquelle ils se rendirent ce soir-là, buvant de la bière bon marché dans des gobelets en plastique.

— Regarde-toi, dit un des garçons en levant son gobelet dans sa direction. Une journée entière sur des skis, et tu n'es pas entièrement recouverte de plâtre. J'appelle ça un véritable succès.

— Pas même une jambe cassée, fit remarquer une des filles.

— Ou un genou en mauvais état. Je me suis endommagé le genou la troisième fois que je suis allée skier.

— C'est vraiment pour me donner davantage de confiance, plaisanta Erika. À présent, je ne peux plus attendre avant de remonter sur des skis.

En vérité, elle ne pouvait pas. Plus elle buvait de bière, plus elle avait envie de retourner sur les pistes de ski. Elle était déterminée à être capable de descendre une piste à losange noir avant la fin de l'année scolaire.

Ted ne comprendrait jamais cela, se dit-elle. Il était devenu très bon en lutte, mais c'était complètement différent. La lutte, c'était un combat, mais ce n'était pas défier la mort ni célébrer la vie. Il s'agissait de gagner, pas de s'élever dans les airs.

Il ne comprendrait plus rien la concernant. Ni son enthousiasme envers ses études — la psychologie introspective la captivait complètement, et le niveau d'analyse de son cours de littérature était bien plus poussé que ces discussions superficielles au secondaire à propos de *Jules César* et *Silas Marner*.

Il ne comprendrait pas. Il ne la reconnaîtrait plus.

Penser à cette braise tenace et rougeoyante lui donnait envie de pleurer. Elle devait l'éteindre.

— Salut, dit-elle le lendemain matin.

Elle avait mal à la tête, peut-être à cause de la bière qu'elle avait bue la veille, mais plus probablement à cause de son état nerveux. Cela n'allait pas être une conversation facile.

— Hé, Fred, la salua Ted. Comment ça va?

*Fais-le. Éteins cette braise avant qu'elle ne s'enflamme et qu'elle ne réduise ton monde en cendres.*

— Ted, il faut qu'on arrête de se téléphoner.

Il ne dit rien.

— Tu es là?

— Je suis là.

Sa voix était basse, dure.

— Je suis désolée, Ted. Vraiment. Mais je ne peux pas gérer ça à distance. C'est de la folie.

*Je fais du ski à présent*, avait-elle envie de dire, comme si cela expliquait tout. *J'ai les cheveux courts. Je suis une nouvelle personne.*

— Tu es quelqu'un de bien, et je ne veux pas te blesser. Mais je ne peux simplement plus continuer comme ça.

Un autre long silence tendu s'installa entre eux. Fermant les yeux, elle pouvait visualiser les câbles se tendre d'un côté à l'autre du continent, passer par les Grandes Plaines, traverser les Appalaches, au nord, longer la côte jusque dans le Maine où il avait déménagé avec ses parents. De brillants inventeurs avaient créé le téléphone, des ingénieurs avaient dessiné le réseau électrique, des ouvriers avaient sué et travaillé dur pour tendre les lignes électriques et installer les câbles qui la connectaient à Ted en ce moment. Et tout cet effort, tout ce dur labeur menait à ceci : le silence.

Il finit par parler.

— Ouah, Fred. C'est vraiment courageux de ta part.

Ce n'était pas ce à quoi elle s'était attendue. Elle avait pensé qu'il la supplierait, qu'il argumenterait, lui dirait avec insistance qu'elle commettait une erreur, lui rappellerait combien il l'aimait. Mais pas qu'il la traiterait de « courageuse ».

— Pourquoi ? demanda-t-elle.

— Parce que je suis quelque chose de sûr. Et tu me laisses partir. Je ne serai plus jamais avec toi. Je ne souffrirai plus jamais à ce point de nouveau.

Puis, à nouveau le silence, et elle se rendit compte que la ligne était coupée. Elle ne visualisa plus les câbles ; au lieu de cela, elle observa la pile de dessins sur son bureau, les dessins que Ted lui avait envoyés depuis qu'elle était partie pour l'université. De splendides dessins, des dessins hilarants, des dessins obscurs, et chacun d'eux représentait une part de son âme, couchée sur le papier et dévoilée devant elle. Tous étaient des cadeaux du garçon qui avait été une chose sûre. La chose sûre qu'elle venait de chasser de sa vie. La braise qu'elle avait éteinte en la noyant.

Elle raccrocha le combiné, se frotta les yeux avant que les larmes ne puissent couler et glissa les dessins dans une chemise qu'elle plaça avec soin dans un tiroir de son bureau afin de les conserver.

Elle pouvait avoir rompu avec Ted, le premier garçon à qui elle s'était réellement attachée, le garçon aux beaux yeux verts et aux baisers brûlants et doux, le garçon qui lui avait appris ce qu'était la lutte, le sexe et l'amour. Elle pouvait avoir rompu avec lui — mais elle n'était pas prête à se séparer de ses dessins.

— Hé, Skala, lui dit son ami Dave. Que penses-tu de Tempe ?

Ted ne pensait pas grand-chose à propos de quoi que ce soit ces derniers jours. Il ne se laissait même pas penser à Erika ; cela faisait trop mal. Et à quoi d'autre pouvait-il penser ? Son futur ? Ouais, d'accord. Sa vie à Jonesboro, dans le Maine, avec une population de 50 habitants, à quelques kilomètres sur la route 1 de la maison de ses parents à East Machias ? Oh, il y avait beaucoup de choses auxquelles penser là-bas. L'amour, le sexe, le travail, le sens de la vie ? Penser à ces choses faisait trop souffrir.

En ce moment, la seule chose sur laquelle il pouvait diriger son esprit, c'était la caisse de six bières Budweiser que Dave et lui étaient en train d'attaquer. Dave avait quelques années de plus que Ted. Maintenant que Ted avait quitté l'université et qu'il n'était plus étudiant, Dave et lui étaient pratiquement sur un pied d'égalité — à part le fait que Dave pouvait entrer dans un magasin et acheter une caisse de six bières Bud et que Ted ne le pouvait pas.

— C'est quoi Tempe ? demanda-t-il. Une sorte de sushi ?

— C'est une ville dans l'Arizona. Je pars là-bas. Il est temps de changer de décor. Qu'est-ce que tu en penses ?

— L'Arizona ? Cela sonne comme l'autre bout du monde.

— Il y a du soleil là-bas, tout le temps. Et il y a du travail aussi. Pourquoi ne viens-tu pas avec moi ?

Ted fit basculer la canette de bière contre ses lèvres et laissa la boisson gazeuse au goût amer glisser sur sa langue. Qu'est-ce qu'il irait foutre à Tempe, en Arizona ? En plus de profiter du soleil ?

Travailler paraissait intéressant.

Et qu'est-ce qui le retenait dans l'Est ? Ses parents allaient bien, installés et heureux dans le Maine, et, s'ils avaient besoin de quoi que ce soit, ses frères et sa sœur étaient dans les parages. Rien qui le retienne ici, rien qui l'attire. Rien qui signifie quoi que ce soit.

— Est-ce qu'ils ont de la bière dans cette ville nommée Tempe ? demanda-t-il à Dave avec un large sourire.

— Ils ont tout.

— C'est à combien d'heures de route ?

— Pas de route. Je peux nous avoir des billets d'avion. On peut y aller en avion, jeter un coup d'œil et tenter notre chance dans le monde du travail. Il y a une université là-bas aussi, celle de l'État d'Arizona.

— J'en ai fini avec l'université, protesta Ted.

— Ouais, mais il y a plusieurs milliers d'étudiantes qui n'en ont pas fini avec l'université.

Des filles. Comme s'il voulait fréquenter quelqu'un.

Il *voulait* fréquenter quelqu'un. *N'importe qui.* N'importe qui, du moment que ce ne soit pas Erika Fredell, quelqu'un qui puisse lui faire oublier Erika, quelqu'un qui puisse guérir la blessure purulente qu'elle avait laissée dans son cœur.

— Des billets d'avion, hein.

— Gratuits, promit Dave.

— Alors, le vol dure combien de temps ?

— Je ne sais pas. Il n'y a pas de vol direct. Avec les billets que je peux nous avoir, on devra changer d'avion à Denver.

Ted pouvait ne pas savoir où se trouvait Tempe, mais il savait sacrément bien où se trouvait Denver. Dans le Colorado. Dans l'État où se trouvait Colorado Springs, ainsi que l'Université du Colorado, et Erika.

*Ne fais pas le con*, se réprimanda-t-il. *C'est fini. Elle fait partie du passé. Tu as tourné la page.*

Même si c'était fini, ils pouvaient quand même se voir. Comme d'anciens camarades de classe, non ? En souvenir du bon vieux temps.

Et, quand elle le verrait, elle se rendrait peut-être compte qu'elle avait eu tort. Peut-être qu'en le voyant, elle se dirait : *Quelle idiote j'ai été. Ted est le seul homme que j'aie jamais aimé, ou que j'aimerai jamais.*

C'est connu, des choses étranges peuvent se passer.

— Vraiment ? dit-il à Dave. Tu peux nous avoir des billets gratuits ?

— Pourquoi as-tu accepté de faire ça ? demanda Becky quand elles rejoignirent l'autoroute Nord 1-85, en direction de l'aéroport de Denver.

Assise à côté d'elle, sur le siège du passager, Erika soupira. *Bonne question*, pensa-t-elle. Becky et les filles sur la banquette arrière méritaient une bonne réponse.

Le fait que ce soit une journée ensoleillée d'hiver et qu'elles n'aient rien de mieux à faire que de passer plus d'une heure de route pour rejoindre l'aéroport de Denver *n'était pas* une bonne réponse.

Qu'elle ait passé plusieurs heures, hier soir, à feuilleter les dessins de Ted, à tenter de se convaincre qu'elle avait vraiment tourné la page, et qu'elle pense que le fait de le voir la conforterait dans cette conviction, ce n'était pas une bonne réponse.

Mais c'était fini. Et il avait tourné la page. Il avait dit qu'il ne voudrait plus jamais d'elle. Quand il l'avait appelée un soir, il y a plusieurs jours de cela, et lui avait dit qu'il faisait une escale de deux heures à l'aéroport de Denver, elle s'était remémoré qu'il lui avait dit ne plus jamais vouloir d'elle. Elle avait alors imaginé qu'il voulait la voir, juste pour en être certain.

Elle voulait être certaine, elle aussi.

— Nous sommes amis, dit-elle.

— Je suis ton amie, commenta Adrienne sur la banquette arrière. Est-ce que tu ferais une heure de route pour me voir ?

— Sans hésiter, dit Erika qui le pensait.

— D'accord ; alors tu veux voir cet ami, dit Anna d'un ton serein. Ça me convient.

— Oh, allez. C'était plus qu'un ami, n'est-ce pas ? demanda Becky. Tu nous as montré le dessin qu'il t'a envoyé, avec le couple qui le faisait.

Erika eut envie d'engueuler Becky pour son ton moqueur. Ce dessin était splendide; toutes les filles qui l'avaient vu étaient d'accord sur ce fait. Ted et elle n'avaient jamais été «un couple qui le faisait». Ils étaient amoureux. Cet amour était fini mais, par respect pour ce qui avait existé un jour, elle devait faire la route jusqu'à Denver pour voir Ted.

Donc, c'était une sortie avec ses amies. Elles iraient à l'aéroport de Denver, et puis une fois que Ted aurait pris son avion pour aller Dieu sait où — elle se souvint qu'il avait mentionné une ville en Arizona —, les filles et elle se rendraient au centre de Denver et repèreraient un club ou deux. Ou bien, elles retourneraient au campus et s'arrêteraient dans une des fraternités. Ou peu importe.

C'était important pour elle de voir Ted. Important pour elle de s'assurer qu'il allait bien après qu'elle eut rompu avec lui. Important pour elle de s'assurer qu'*elle* allait bien, même si c'était elle qui avait été l'investigatrice de la rupture.

L'Aéroport international de Denver était un dédale de routes, d'embranchements et de stationnements qui serpentaient autour d'un bâtiment qui ressemblait à une tente de cirque conçu par Dr Seuss.

— Ces points sont censés représenter les montagnes, expliqua Anna, en désignant les pointes et les pentes du bâtiment principal.

Erika trouvait que cela ne lui faisait pas penser aux montagnes, mais elle n'était pas dans un état d'esprit qui lui permettait de juger l'architecture audacieuse du bâtiment.

Ce n'était plus qu'une question de minutes avant qu'elle ne voie Ted. Pour la première fois depuis qu'elle avait rompu avec lui — pour la première fois depuis qu'elle lui avait dit au revoir avant de partir pour le Colorado —, elle reverrait le garçon qui avait été son premier amour. Elle avait les paumes des mains moites, et son cœur battait plus fort que lorsqu'elle était sur le point de participer à une compétition équestre, de descendre une piste de ski ou de passer un examen.

Tout comme ses examens scolaires, ceci était un test. Mais, au contraire de ses examens, elle n'avait aucune idée de la matière sur laquelle elle serait testée, aucune idée de la façon de s'y préparer et aucune certitude quant à sa réussite.

Becky se dirigea vers le stationnement de courte durée, prit un ticket et parcourut les allées jusqu'à trouver une place. *Tu vas réussir*, se dit Erika, rassemblant le même calme et la même constance qu'elle avait toujours connus au cours des nombreuses compétitions de sa jeunesse. *Tu vas exceller.*

— Est-ce qu'ils vendent des margaritas à l'aéroport? s'interrogea Adrienne tout haut.

Elles traversaient alors nonchalamment le passage piétonnier et entraient dans le terminal.

— Pas à des gens de 19 ans, lui dit Becky.

Erika ne voulait pas de verre. Elle avait juste envie d'en finir avec cette rencontre, afin qu'elle puisse être certaine qu'elle avait bien fait de rompre avec Ted. Afin qu'elle puisse aller de l'avant dans sa vie.

— Il est sur un vol de quelle compagnie? lui demanda Becky.

Elles étudièrent l'écran et trouvèrent la porte à laquelle il se trouvait. Passer le poste de sécurité fut facile, et elles dévalèrent le couloir sans fin menant à son terminal. Erika passa la main dans ses cheveux, de manière désinvolte, pour que ses amies ne remarquent pas qu'elle se pomponnait. Si elle avait été seule, elle se serait éclipsée dans les toilettes afin de vérifier son reflet dans un miroir. Mais elle n'était pas seule. Et c'était une bonne chose. Elle avait besoin du soutien de ses amies.

Quinze minutes de kiosques à journaux, de boutiques de souvenirs et d'aires de restauration plus tard, elles atteignirent la porte où Ted allait arriver.

— Je ne peux plus attendre avant de voir ce gars, confia Becky à Anna et Adrienne.

Elle chuchotait assez fort pour être entendue par Erika.

— Ouais, je parie que tu vas aimer ce dont Erika ne veut plus, plaisanta Anna.

— Je veux seulement voir s'il est séduisant.

— Arrêtez ça, les filles, leur dit sèchement Erika.

Fermant les yeux, elle prit une grande inspiration.

*Tu vas sauter au-dessus de la barrière*, se rassura-t-elle. *Tu vas t'envoler dans les airs.*

Puis, elle ouvrit les yeux et le vit, passant la porte avec les autres passagers qui venaient de descendre de l'avion.

Il avait l'air... en forme. Il était vêtu d'un chandail à col roulé bleu qui moulait son torse, laissant deviner une poitrine qui avait un peu gagné en muscles et en poids. Un beau jean délavé — ses jambes avaient également gagné en muscles. Ses cheveux étaient relativement soignés, son sourire modéré. Il n'était plus le jeune lycéen dégingandé pour qui elle avait craqué. Il paraissait...

*Vraiment beau.*

Dans sa main, il tenait un adorable ours en peluche.

Oh, bon sang. Un ours en peluche. Les amis ne donnaient pas d'ours en peluche à leurs amis, n'est-ce pas ?

Becky, Adrienne et Anna devaient avoir remarqué l'ours en peluche en même temps qu'elle. Anna lui donna un petit coup de coude dans les côtes et Becky chuchota :

— Oh oh. Je crois qu'il pense que c'est la Saint-Valentin.

— Ce n'est pas *ordinaire*, ajouta Adrienne.

Erika s'autorisa un sourire crispé, reconnaissant la justesse du jugement narquois de ses amies même si elle se sentait… partagée. Déchirée. Un peu déloyale. L'ours en peluche *était* spécial — il semblait avoir coûté cher. Et il était adorable. Et un peu désespéré.

Elle n'aurait pas dû venir à l'aéroport. Elle avait rompu avec Ted et elle aurait dû laisser les choses là où elles étaient : finies. Terminées. *No más.*

Mais maintenant, elle était là, flanquée de ses amies comme si elles devaient lui apporter leur soutien lors d'un duel. Regarder Ted, c'était comme perdre un duel. Les souvenirs lui donnaient des coups de couteau, la transperçaient, lui déchiraient le cœur. Si le regard de Ted avait été encore plus perçant, elle se serait littéralement mise à saigner.

Il s'éloigna de la file des passagers et s'approcha d'elle, qui se tenait debout au milieu des rangées de chaises de la salle d'attente de la porte d'embarquement.

— Salut, Fred, dit-il.

— Salut.

Son estomac se contracta à cause de la nervosité. À cause du chagrin. Lui demander d'arrêter de l'appeler avait été assez facile alors qu'il se trouvait à 3 000 kilomètres.

Maintenant, il ne se trouvait qu'à quelques centimètres. Assez proche pour lui faire une brève accolade, ce qu'il fit. Assez proche pour l'embrasser, ce qu'il ne fit pas.

— Voici mes amies, Anna, Adrienne et Becky, lui dit-elle pour les présenter. Et voici…

Elle s'adressa à ses amies :

— … Ted.

Il les regarda à peine. Il ne la quitta pas des yeux, et ses sourcils s'inclinèrent légèrement.

— Tu t'es coupé les cheveux.

Derrière elle, ses amies riaient.

Elle secoua la tête. Elle aimait se sentir tellement légère sans cette longue chevelure qui cascadait dans son dos, ainsi que la façon dont les mèches bien taillées et soyeuses entouraient son visage.

— Est-ce que tu aimes ?

Question stupide. Son expression lui fit comprendre qu'il n'aimait pas.

Et elle s'en fichait. Elle ne s'habillait ou ne se coiffait pas pour l'impressionner. Ce qu'il pensait de sa nouvelle coiffure était non pertinent.

Elle n'avait jamais eu à lutter pour parler à Ted auparavant. Mais, à présent, les mots ne venaient pas. Sa vie avait autant changé que sa coupe de cheveux, et il n'en faisait pas partie.

— Alors, dit-elle gaiement. Tu déménages à… Où donc tu as dit ? Tucson ?

— Tempe. Mon ami Dave y a loué un appartement pour nous…

Il plongea la main dans la poche de son jean et en sortit un bout de papier.

— Voilà le numéro de téléphone de l'endroit où je vivrai.

Erika prit le morceau de papier. Un si petit morceau de papier ; pourtant elle faillit chanceler à cause de la tristesse qu'elle ressentit en regardant les chiffres alignés. Pourquoi devrait-elle avoir besoin de son numéro de téléphone ? Ils arrivaient à peine à se parler alors qu'ils étaient face à face.

Elle glissa le bout de papier dans son sac à main et se força à sourire.

— Alors, que comptes-tu faire là-bas ?

— Je ne sais pas. Il y a beaucoup d'opportunités de travail. Je trouverai quelque chose.

— Ce sera agréable.

Mon Dieu, quelle agonie. Elle pensait ce qu'elle avait dit. Elle voulait que Ted trouve un bon boulot, quelque chose de plus stimulant — et avec un meilleur salaire — que de travailler en tant que modeste pompiste dans une station-service. Elle voulait qu'il réussisse, qu'il soit heureux, qu'il découvre ce pour quoi il était fait et puis, de le faire.

Mais *agréable* ? Ted et elle ne partageaient pas une petite conversation. Ils partageaient une conversation microscopique.

Ses amies devaient avoir senti combien elle se sentait mal à l'aise.

— On doit vraiment y aller, Erika, dit Becky. Je suis garée dans le stationnement de courte durée. Je ne veux pas avoir de contravention.

Erika savait qu'elle n'aurait pas de contravention puisqu'elle avait payé le montant maximal au préposé du stationnement. Mais Becky lui fournissait une excuse pour s'en aller, et elle la saisit avec gratitude.

— Tu dois prendre ton autre vol, aussi, dit-elle à Ted.

— Oui.

Il n'avait pas encore souri. Pas une seule fois.

— OK. Tu ferais mieux d'y aller.

Il parut se souvenir, tardivement, de l'ours en peluche qu'il tenait dans la main.

— C'est pour toi, dit-il.

Il le lui tendit comme s'il s'agissait d'une patate chaude dont il voulait se débarrasser.

L'ours en peluche était doux. Elle réprima l'envie de le serrer dans ses bras.

— Merci.

— Ouais. Bon…

— Au revoir, Ted.

— Au revoir, Erika.

Elle scruta son visage, à la recherche de quelque chose. Pas un sourire — elle avait renoncé à cet espoir. Mais peut-être un fléchissement. Une trace de pardon. La reconnaissance que les choses étaient vraiment terminées entre eux.

Rien. Rien que le froid glacial de ses yeux, la courbe triste de sa bouche, les traits durs de son nez et de ses joues. Il était déjà très mignon au secondaire, mais maintenant il l'était encore davantage. Il était vraiment magnifique.

Mais elle ne ressentait pas les chauds picotements qu'il avait l'habitude de susciter en elle. Elle ne ressentait que de la glace. Pus froide que la neige qui recouvrait le Colorado. La glace causée par le chagrin, la perte et la mort.

— Erika? l'appela Anna.

Elle recula d'un pas et s'en alla d'un pas résolu, s'éloignant de Ted, entourée de ses amies. Anna se pencha vers elle et murmura :

— Ouah, c'était vraiment bizarre.

— Vraiment embarrassant, ajouta Becky.

— Est-ce que ça va ?

— Bien sûr, mentit Erika.

— Qu'est-ce que tu vas faire de l'ours en peluche ? demanda Adrienne avant que Becky et Anna ne se mettent à rire de nouveau.

— Tu pourrais l'appeler Cause Perdue.

— Ou Laisse Tomber, suggéra Anna.

— Ou Oublie-Moi, intervint Becky.

— Ou Va Voir Ailleurs.

Erika se joignit à leurs rires. Mais rien de tout cela ne lui paraissait amusant.

*Merde.*

*Je la regardai partir avec ses amies, chuchotant et ricanant. Elle ne ressemblait même plus à Erika, avec ces cheveux courts, le jean et le chandail moulants, et l'élégant parka dont le col était bordé de fourrure, et les bottes chics. Elle ne portait pas ses bottes d'équitation, mais celles-ci lui remontaient jusqu'au tibia et étaient recouvertes de la peau robuste d'un animal quelconque, comme les bottes qu'on s'attendait à voir sur les Esquimaux. Qui était-elle ? Qui était-elle devenue ?*

*Allons, à quoi m'attendais-je ? Qu'elle me verrait à l'aéroport et que, soudain, elle se souviendrait de tout ce que nous avions représenté l'un pour l'autre, de chaque moment magique de notre histoire d'amour ? Qu'elle se serait jetée dans mes bras pour me dire : « Oh Ted, tu m'as tellement manqué ! J'ai rompu avec toi parce que je pensais que je ne te reverrais plus jamais… mais, maintenant que tu es là, je me rends compte à quel point j'ai été idiote. Reprends-moi ! »*

*Oui. C'était vraiment ça que j'attendais.*

*J'étais le plus grand imbécile que la terre ait jamais porté.*

C'est fini, *me dis-je.* C'est fini, fini, fini. Entre-toi ça dans le crâne, mon gars. C'est fini.

Tempe ne ressemblait pas au New Jersey. C'était chaud, aride et brun. À partir du moment où il avait atterri à Phoenix, il avait compris qu'il avait parcouru davantage que plusieurs kilomètres. Il était arrivé dans un autre monde, tout comme Erika quand elle était partie à l'université.

L'appartement que Dave leur avait trouvé était modeste mais propre. Aucune bestiole à six pattes ne rampait sur le sol de la cuisine ou ne se cachait dans la salle de bain. Les meubles qui décoraient l'endroit avaient visiblement commencé leur vie ailleurs. Rien n'était assorti. Mais il y avait deux lits dans la chambre, un divan et deux tables dans le salon, une table en stratifié et des chaises dans la cuisine. Et un téléphone. Juste au cas où Erika déciderait de l'appeler.

*C'est fini,* se dit-il. Il l'avait vue et avait compris qu'elle n'était plus son Erika. Elle était quelqu'un d'autre, et c'était *fini…* Et pourtant, il regardait le téléphone et se demandait si elle ferait un jour usage du numéro qu'il lui avait donné.

Dans la semaine de son arrivée à Tempe, il avait trouvé un boulot en télémarketing. Il était assis dans un petit cubicule au sein d'un grand centre téléphonique, portait un casque, passait des coups de fil, prenait des appels. Pas le boulot le plus stimulant au monde, mais cela lui procurait un revenu. Il recevait un salaire régulier et il payait le loyer et les factures. Dix-neuf ans, et il était un adulte.

*Elle n'est qu'une étudiante qui vit aux crochets de ses parents,* pensa-t-il avec mépris. *Je suis un homme, je suis mon propre chemin. Regarde-ça, Fred. Je suis un homme.*

Ses jours se transformèrent en routine. Il avait un emploi du temps réglé comme il n'en n'avait plus eu depuis qu'il avait obtenu son diplôme du secondaire. Il se levait tôt, se douchait, se rasait, ingurgitait un peu de café et se rendait au centre d'appels. Il faisait ses heures. Il rentrait à la maison, s'arrêtant parfois en chemin pour acheter un peu de nourriture à emporter mais, la plupart du temps, il préparait lui-même son repas afin d'économiser un peu d'argent. Il ne mangeait pas de la même façon que lorsque c'était sa mère qui cuisinait, mais il était devenu assez bon dans la préparation des hamburgers et des hot-dogs, et les sandwichs au beurre d'arachide ainsi que les salades faisaient partie de ses compétences.

Dave ne s'adapta pas aussi facilement à Tempe que Ted. Peu après que Ted eut commencé à travailler au centre d'appels, Dave décida que le désert n'était pas fait pour lui et s'en alla, laissant Ted tout seul. Jour après jour, il se rendait au travail, rentrait chez lui, faisait ses comptes, arrivait à joindre les deux bouts. Tout juste, mais il y arrivait. Oui, il était un homme. Il faisait ses heures et il gagnait sa vie.

Dès qu'il entrait dans son appartement, chaque soir — avant d'ouvrir le courrier, avant d'aller aux toilettes, avant de manger —, il vérifiait le répondeur à côté du téléphone. *Appelle-moi, Erika. Appelle et laisse-moi te dire à quel point je suis devenu un homme. Je me débrouille seul. Je suis un adulte. Tu serais tellement impressionnée. Tu verrais que je me suis pris en main. Je ne suis pas un bon à rien qui est pompiste dans une station-service. Appelle-moi.*

Elle ne le fit jamais. Les rares fois où la lumière du répondeur clignotait, il avait traversé la cuisine, appuyé sur le bouton et avait écouté, le souffle coupé, un quelconque stupide message du propriétaire, qui avertissait que les détritus qui n'étaient pas mis dans d'épais sacs en plastique bien noués pouvaient attirer la vermine dans la benne à ordure, et qui demandait de s'assurer de bien fermer le sac avant de le jeter dans la benne.

Pas d'appels d'Erika. Aucun.

*Imbécile, elle ne va pas t'appeler.*

Certaines nuits, il se glissait dans son lit et restait éveillé pendant des heures, imaginant les étoiles éparpillées dans le large ciel au-dessus du désert. Quand il était enfant, il avait l'habitude de réciter le poème «Étoile légère, étoile brillante, première étoile que je vois ce soir[4]», et puis il envoyait ses vœux vers les cieux. Maintenant, il imaginait les étoiles comme des surfaces sur lesquelles il pouvait faire rebondir des messages. S'il envoyait un message à une étoile, est-ce qu'il rebondirait en suivant la bonne trajectoire et est-ce qu'il atteindrait Erika au Colorado ? Il était allongé, seul ; il écoutait le silence et envoyait ses souhaits en direction du ciel : *Appelle-moi, Erika. Aime-moi autant que je t'aime.*

Les étoiles lui firent faux bond. Ou bien, elles avaient bien fait passer le message à Erika, et c'était elle qui lui avait fait faux bond.

Les nuits où il se sentait trop agité ou trop seul pour envoyer des messages aux étoiles, il allait faire un tour du côté de l'Université de l'État de l'Arizona. Le campus devint rapidement sa destination préférée. Il lui fallut peu de temps

---

4. N.d.T. : Comptine américaine dont les mots sont les suivants : «Starlight, star bright, first star I see tonight.»

pour se procurer une fausse carte d'identité ; quand c'était nécessaire, il devenait Matt Hackett, né trois ans avant Ted Skala. Il pouvait acheter de l'alcool. Il pouvait traîner dans une fraternité, fumer un peu d'herbe, écouter de la musique, trouver des filles.

Aucune d'entre elles n'était Erika.

Il tenta de se convaincre que c'était une bonne chose. Si elles n'étaient pas comme Erika, elles ne seraient pas capables de le toucher de la même façon qu'elle l'avait fait. Elles ne seraient pas capables de s'insinuer en lui et de réclamer son cœur. Elles ne seraient pas capables de le blesser.

Il ne laisserait plus jamais personne le blesser. Il ne laisserait plus jamais personne s'approcher autant de lui, glisser sous sa peau, dans son âme.

Pourtant, il voulait qu'Erika sache à quel point il était devenu décontracté, autonome, rempli de maturité. Elle n'était pas la seule à aller à des fêtes de fraternités. Non seulement lui aussi allait à des fêtes organisées par des fraternités mais, en plus, il travaillait. Il gagnait de l'argent. Il payait de sacrées taxes. Il contribuait à la Sécurité sociale. Il voulait qu'elle sache qu'il faisait quelque chose de sa vie.

Mais il ne l'appellerait pas. Quelque part au fond de lui, il avait un tant soit peu d'amour propre, et cette fierté l'empêchait de l'appeler.

Pas d'appels. Pas de messages. Pas de contact.

*C'est fini, Skala. Elle est partie. C'est fini.*

L'ours en peluche était adorable. Mais les amies d'Erika s'en étaient moquées, et elle supposait qu'elles avaient eu raison. Un ours en peluche ne pouvait les remettre ensemble, Ted et elle. Elle ne *voulait* pas qu'ils reviennent ensemble.

Et *lui non plus* ne voulait pas qu'ils se retrouvent ensemble. Il lui avait dit qu'il ne voudrait plus jamais d'elle. Elle devait prendre ses paroles au sérieux.

Elle rangea l'ours en peluche sur une étagère de son placard et essaya d'oublier qu'il s'y trouvait. Elle essaya d'oublier Ted également. Essaya d'oublier combien il avait paru mélancolique à l'aéroport. Il avait dégagé un mélange puissant d'émotions à ses côtés à la porte d'embarquement. L'espoir. La peur. La bravade. La sentimentalité. La condamnation.

Il avait détesté ses cheveux. Il n'avait pas eu à le dire ; elle l'avait senti.

Elle se dit que ce que Ted Skala pensait de ses cheveux ou de quoi que ce soit, n'avait pas d'importance. Il vivait maintenant à Tempe, en Arizona, parmi tous les endroits possibles — elle ne savait pas pourquoi, et elle se dit que cela non plus n'avait pas d'importance. Ce qui était important, c'était qu'il prenne sa vie en main. Comme elle, il avait coupé le lien avec la maison, le passé et leur amour d'adolescents. Il prenait part à de nouvelles aventures.

Ours en peluche ou non, il embrassait le passé pour lui dire au revoir, tournait le dos à ce qui avait existé autrefois et s'ouvrait au monde qui l'attendait au-delà des frontières de Mendham, où il se sentait en sécurité et cajolé. C'était une bonne chose. Elle pouvait être heureuse pour lui.

De temps en temps, elle apercevait l'ours quand elle fouillait dans la pagaille de son placard à la recherche d'une écharpe ou d'une paire de gants. Elle voyait le jouet brun en peluche qui la regardait avec une expression accusatrice, qui lui faisait tellement penser à la façon dont Ted l'avait regardée à l'aéroport.

— Je devrais te jeter, murmurait-elle, poussant l'ours un peu plus profondément dans le placard. Je devrais te donner à un hôpital pour enfants, ou à un refuge, ou peu importe.

Mais elle ne le faisait pas. Elle ne pouvait se résoudre à se débarrasser de l'ours, pas plus qu'elle ne pouvait se résoudre à se débarrasser des lettres et des dessins que Ted lui avait envoyés. Ils étaient tous soigneusement gardés dans une chemise dans son bureau, sauf le premier. Celui-là, elle l'avait fait encadrer.

Parce que c'était une magnifique œuvre d'art, se dit-elle. Parce qu'il valait la peine d'être exposé. Pas parce que Ted l'avait dessiné pour elle.

Aller de l'avant dans la vie ne voulait pas dire qu'il fallait oublier ce qu'on avait vécu jusque-là. Elle pouvait se souvenir de Ted, se rappeler à quel point leur amour avait été précieux. Se souvenir des soirées passées sur la banquette arrière de sa Wagoneer, à l'époque où il avait été si doux et prévenant avec elle, à l'époque où il avait accepté le cadeau qu'elle lui avait fait en lui offrant sa virginité et l'avait reçu comme le plus précieux des trésors. Se souvenir de leurs longues promenades et de leurs longues conversations, et même de leurs longs silences agréables, quand le seul bruit était celui de la musique diffusée par la radio de la Wagoneer. Phish. Spin Doctors. Fleetwood Mac, avec cette superbe et tendre ballade : *Je t'aime, je t'aime, comme jamais auparavant…*

Oh, bon sang. Elle *voulait* oublier. Elle ne pouvait tout simplement pas.

# Douze

Mon père avait raison. Le monde était plein de filles.

Des filles de l'État d'Arizona. Des filles avec des cheveux éclaircis et la peau brûlée par le soleil, qui étudiaient toute la journée et qui faisaient la fête toute la nuit. Des filles dont les noms et les visages s'embrouillaient gentiment, grâce à l'ingestion récréative d'alcool et d'herbe. Elles étaient simplement aussi bourrées que moi ; donc tout ça fonctionnait d'une manière ou d'une autre.

Je faisais la fête avec elles pendant la nuit et, durant la journée, j'apprenais comment gérer convenablement mon chéquier et comment faire ce que mon patron attendait de moi. Quand le travail au centre d'appels commença à perdre son attrait, je trouvai un autre boulot, cette fois en tant que vendeur chez un concessionnaire Dodge. Ce n'était pas un si grand bond en avant par rapport à mon boulot de pompiste, quand on y pense. Des voitures, cela reste des voitures.

Je n'avais jamais travaillé dans la vente avant cela, mais j'étais sympathique et serviable, et j'étais lucide en ce qui concernait le boulot. *Traiter tous ces chiffres — négocier les prix pour les acces-soires, calculer les taxes de vente — n'était pas une chose facile pour moi mais, si j'arrivais à gérer convenablement mon chéquier, je pouvais trouver le montant à facturer pour des tapis protecteurs sans diminuer les bénéfices du concessionnaire. J'étais le plus jeune vendeur, et mes collègues me faisaient tous penser aux amis de mes parents — des chefs de famille costauds et responsables, des gars qui avaient pris tant de poids, depuis qu'ils avaient quitté le secondaire, que leurs mains étaient devenues dodues et qu'ils devaient maintenant porter la chevalière de leur école sur leur auriculaire en forme de saucisse à cocktail.*

*Ce n'étaient pas des gars avec qui j'irais boire un verre après le boulot. Ce n'étaient pas des gars avec qui je pourrais m'asseoir et avec qui je pourrais discuter de Soundgarden et d'Alice in Chains. Ils ne sauraient probablement pas quoi faire des dessins que j'avais réalisés tard le soir quand je n'étais pas perdu dans un joyeux brouillard à une quelconque fête universitaire, des dessins d'ânes hilares et de fleurs du désert, avec des lignes fluides et des couleurs vives.*

*Mais les gars du concessionnaire Dodge m'acceptaient en tant que vendeur et collègue. Un adulte. Un homme.*

*Et j'avais une carte de visite professionnelle. Une carte d'af-faires! Avec mon nom imprimé dessus, à côté du logo Dodge, de l'adresse du concessionnaire et du numéro de téléphone.*

*Un foutue carte de visite professionnelle à mon nom!*

*Si ce n'était pas un signe de succès, je ne savais pas ce qui en était un.*

Comme les semaines passaient sans message téléphonique de la part d'Erika, Ted finit par ne plus courir vers le répondeur dès qu'il entrait dans son appartement. Elle n'allait pas appeler. Il avait compris cela. C'était du passé. Fini. *Enfonce-toi ça dans le crâne, Skala — c'est cuit.*

C'est alors qu'elle le surprit en lui envoyant une carte postale. Il ne se souvenait pas toujours d'aller vérifier sa boîte aux lettres, une boîte rectangulaire étroite avec une porte qui se fermait à clé, une parmi celles qui étaient accrochées au mur près de l'entrée de l'immeuble. Parfois, il déverrouillait la porte de la boîte aux lettres et l'ouvrait, et des douzaines de prospectus publicitaires en tombaient. Il se rendait alors compte que cela faisait plusieurs jours qu'il n'avait pas ouvert la boîte.

Aujourd'hui, c'était l'un de ces jours-là. Quand il tourna la clé, la mince porte métallique de la boîte aux lettres s'ouvrit brusquement, déversant une pluie de prospectus, de catalogues au papier glacé et de menus de plats à emporter. Il rassembla les circulaires éparpillées sur le sol devant le mur de boîtes aux lettres, les emmena jusqu'à la poubelle et les y glissa une à une.

S'il les avait jetées toutes en même temps, il aurait pu rater la carte postale d'Erika perdue au milieu du courrier sans intérêt.

Il la lut. La lut encore. *Merde*. Elle ne disait rien.

Bien sûr, elle disait *quelque chose*. Elle était débordée, espérait qu'il se plaise à Tempe, bla-bla-bla. Comme s'il s'en souciait. Comme si c'était important.

Il jeta la carte postale sur le comptoir de la cuisine, une fois entré dans l'appartement. Tout en se dirigeant vers la chambre, il vida les poches de son élégant pantalon beige qu'il portait pour travailler et jeta ses clés, sa monnaie et son portefeuille sur la commode. Alors qu'il tendait la main pour attraper un bermuda, son regard se figea sur son portefeuille.

Il avait une carte de visite professionnelle. Elle voulait savoir comment il allait ? Eh bien, il allait lui montrer comment il allait. Dix-neuf ans, et il avait sa propre carte d'affaires. Si ça ne l'impressionnait pas…

Il ne se demanda pas pourquoi il voulait l'impressionner. Au lieu de cela, il glissa la carte dans une enveloppe avec une note lui disant qu'il travaillait maintenant comme vendeur de voitures et qu'il allait bien. Il ne mentionna même pas la carte d'affaires. Qu'elle ouvre l'enveloppe, l'y trouve et pense : *Ouah ! Ted a une carte de visite professionnelle ! C'est un homme et il va loin !*

Finalement, l'endroit où il alla fut Seattle. Vendre des voitures, ce n'était pas son truc. Son truc, c'était l'art, pas le commerce. Il avait entendu dire que l'herbe était aussi bonne à Seattle qu'à Tempe et que l'air y était moins sec. Et la scène musicale était censée y être phénoménale. Il avait écouté la cassette qu'Erika lui avait faite tellement souvent qu'il était capable de chanter toutes les chansons, dans l'ordre et par cœur.

Assez. Il était temps de passer à autre chose. Il était temps d'arrêter d'écouter la musique d'Erika et d'écouter la sienne.

C'est ainsi qu'il s'acheta un aller simple au quai de départ de Greyhound, fit ses valises avec le peu de choses qu'il avait acquises depuis son arrivée à Tempe et prit la direction du nord. Seattle était aussi froide et humide que Tempe était chaude et sèche, et, au bout d'un moment passé dans le nord-ouest épatant, il retourna dans le sud, de l'autre côté de la frontière, au Costa Rica.

Il était jeune, et le monde était plein de filles.

Il tomba sur un expatrié hirsute, qui s'appelait Bob, et qui n'avait pas vraiment perdu le ton nasillard de la Virginie-Occidentale dans la voix et qui se battait et mendiait pour de la nourriture.

— Tu veux apprendre à surfer ? offrit-il à Ted. Je peux t'apprendre. Tu veux apprendre à attraper une tortue et en faire de la soupe ? Je peux t'apprendre ça aussi.

— Je préfèrerais apprendre à surfer, répondit Ted.

C'est ainsi que Bob lui apprit à surfer.

Le fait de conquérir les vagues donna la conviction à Ted qu'il était capable de tout conquérir. Il pouvait se tenir debout sur une planche étroite et ne pas perdre son équilibre, même si un rouleau de trois mètres essayait de l'écraser. Il n'était pas aussi audacieux que Bob ni aussi fou, mais il se dit que si les vagues n'étaient pas capables de l'anéantir, rien ne le pourrait.

Pas même un cœur brisé. Surtout pas un cœur brisé. Il fallait simplement apprendre à se protéger, à garder sa présence d'esprit, à maintenir la position de ses pieds quand la planche était glissante à cause de l'eau de mer et que l'océan bouillonnait tout autour de soi.

À une certaine époque, il n'aurait pas été capable de faire ça. Maintenant, il le pouvait.

Le Costa Rica regorgeait de filles, mais il en évita beaucoup pour la simple raison qu'elles étaient latinas. Il avait un jour aimé une fille qui était à moitié latina, dont la peau devenait bronzée au premier rayon de soleil, qui avait des dizaines de cousins vivant en Colombie et qui pouvait parler espagnol, comme une fille du pays, quand l'ambiance était décontractée. Il avait un jour aimé une fille dont le prénom commençait par une voyelle, de telle sorte qu'il évitait les filles dont le prénom commençait par une voyelle. Eva, Irina, Olivia, Ursula — non, merci. Il avait appris à décoder le danger potentiel de certaines conditions océaniques et à rester sur la terre ferme, et il savait éviter le danger potentiel de certaines relations.

— La vie, c'est deux choses, lui dit un jour Bob.

Il parlait en rejetant ses longues mèches mouillées en arrière pour dégager son visage, tandis que Ted et lui plantaient leurs planches dans le sable après une journée de surf.

— La survie et le naufrage. Parfois, c'est nécessaire de s'enivrer si tu veux survivre. Parfois, c'est comme si la seule façon de survivre, c'était de mettre la main sur un peu d'alcool ou d'herbe et de te défoncer. Ça va de paire.

Ce n'était pas vraiment la philosophie de Ted ; pourtant il respectait la façon durement acquise dont Bob affrontait le monde. La philosophie de Ted disait que la meilleure façon de survivre, c'était de se protéger. Tente ta chance avec ton corps, si tu veux, mais protège ton cœur. La vulnérabilité équivalait à la mort, si bien qu'il ne fallait jamais se permettre d'être vulnérable.

Il avait eu le cœur brisé, une fois. Il ne permettrait pas que cela se reproduise.

# Treize

*C'est ça la vraie vie*, pensa Erika qui se prélassait sous le soleil des Caraïbes. Il faisait une chaleur torride, le sable sous sa serviette de bain était confortable et le vent chargé de sel en provenance de la mer lui rappelait, à chaque rafale, à quel point elle aimait l'océan.

Les quatre années passées dans le Colorado, un État sans accès à la mer, ne l'avaient pas changée tant que cela. Elle était toujours une fille du Jersey, amoureuse de la côte. Elle avait appris à skier à l'université et, après son diplôme, elle avait travaillé durant une saison à Vail, préparant le repas de riches skieurs qu'elle rejoignait sur les pistes dès qu'elle avait un jour de congé. Mais dompter les pentes n'avait été qu'une aventure. Elle en avait voulu davantage.

Ainsi, elle avait appris à faire de la voile et avait rejoint l'équipage d'un voilier pour une traversée transatlantique. L'expression « apprendre les ficelles du métier » avait fini par avoir un sens pour elle. Elle avait appris ce qu'était une voile, ainsi qu'un hauban, une drisse et un étai. Elle avait appris suffisamment de nœuds différents pour pouvoir prétendre à la médaille du meilleur scout et elle avait aussi appris à attacher son gilet à une main courante afin de ne pas être emportée par-dessus bord par une vague. Elle avait sué sang et eau, et aimé chaque instant — les instants calmes, les tempêtes, même les ampoules qui se transformaient en callosités sur ses paumes. La façon dont sa peau et ses cheveux portaient l'odeur de la mer comme s'il s'agissait d'un parfum.

Elle n'était pas une personne casse-cou, tenta-t-elle de se convaincre. Elle était simplement... quelqu'un qui avait grandi en sautant au-dessus d'obstacles sur le dos d'un cheval. Descendre une montagne sur une paire d'étroites lattes en polyuréthane ou traverser l'océan sur un voilier ressemblant à une baignoire aéorodynamique en fibre de verre, poussé par le vent dans les voiles, étaient des choses qui lui semblaient naturelles.

Être allongée sur une plage de Saint-Barth, avec un verre de Jameson sur glace à portée de sa main gauche et un livre négligemment posé à portée de sa main droite, offrait une joie différente de celles de galoper au milieu d'un champ ou de faire de la voile sur l'océan. Mais elle méritait ces vacances, tout comme elle méritait la montre Cartier qu'elle portait au poignet. Elle avait 34 ans et elle était la vice-présidente d'une des plus grandes institutions financières au monde.

Quel long et étrange voyage, pensa-t-elle avec un sourire.

Il y avait eu son retour à New York quand elle était rentrée d'Europe, après sa traversée transatlantique ; à l'époque, elle avait décidé de devenir actrice. Elle s'était donné un an, avait passé des auditions en même temps que des centaines d'autres jeunes femmes — des femmes splendides, des femmes incroyablement talentueuses, des femmes diplômées de Juilliard, de Carnegie-Mellon et de l'École des Arts Tisch à New York, et qui *savaient* vraiment ce qu'elle faisaient sur scène. Des femmes qui étaient prêtes à mourir de faim et à être serveuses pendant des années, ainsi qu'à sacrifier leur vie entière pour avoir la chance d'apparaître dans une publicité de 30 secondes pour du dentifrice ou pour avoir le rôle d'un juré dans *La Loi et L'Ordre*. Erika n'en avait pas suffisamment envie. Elle y avait consacré un an et puis était passée à autre chose.

Son diplôme en psychologie l'avait un peu aidée dans la comédie et l'aida encore plus quand elle trouva un travail de recruteuse au cours duquel elle dut évaluer les candidats à un poste. Cela l'avait conduite à un emploi dans une banque d'investissement. Après quelques années là-bas, elle avait décidé qu'elle avait besoin d'un autre défi, quelque chose de nouveau qui puisse lui fouetter le sang. Une école de commerce.

Elle ne voulait pourtant pas devenir un autre de ces paresseux qui apprenait le marketing et la comptabilité pour finir par se retrouver dans un bureau à brasser de la paperasse juste parce que quelqu'un le paierait très cher pour cela. Pendant sa période équestre, elle avait fait du saut d'obstacles. Elle voulait également franchir quelques obstacles à l'école de commerce. Donc, elle s'était inscrite à la Thunderbird International School of Management, avait étudié en Arizona et au Mexique, et avait récolté un diplôme en commerce international.

Elle avait eu plusieurs bons boulots avant d'atterrir à son poste actuel. Mais, à présent, elle avait atteint le sommet, l'équivalent, en matière de travail, de participer à des compétitions nationales. Elle avait 34 ans, elle avait un appartement à Manhattan — un tout petit, mais qui lui appartenait — et sa vie était parfaitement bien remplie.

Presque.

Elle sentait le soleil à travers ses paupières. Elle se tourna donc sur le ventre, faisant attention de ne pas renverser son verre ou d'ensevelir son livre sous le sable. La chaleur brûlait son dos, et elle soupira. Vraiment, se dit-elle, elle n'avait besoin de rien de plus. Si elle avait eu envie d'un homme dans sa vie, elle aurait pu en avoir un.

Elle en *avait* eu un — plus d'un. Il y avait toujours eu des rendez-vous, des hommes. Toujours des opportunités d'histoires d'amour. Elle travaillait avec des hommes riches, puissants. Elle fréquentait des clubs dans son quartier pleins d'hommes stylés et d'artistes. Des amis lui arrangeaient des rendez-vous.

Elle se souvenait d'un récent rendez-vous arrangé avec un banquier. C'était un homme vraiment agréable — doux, posé, brillant. Il avait voyagé un peu partout, comme elle. Ils étaient allés dans un restaurant haut de gamme, et il avait commandé quelque chose de bizarre — des cuisses de grenouille, se rappela-t-elle avec un sourire — et lui avait décrit l'appartement avec deux chambres et deux salles de bain qu'il venait de s'offrir à Manhattan, et lui avait dit qu'il avait besoin d'aide pour le décorer.

Il la courtisait; en tout cas, c'était ce qu'elle avait décodé. Un signe d'un intérêt véritable, la proposition d'un second rendez-vous ou, à tout le moins, il laissait entendre qu'il aimerait qu'elle vienne à son appartement.

Elle était assise de l'autre côté de la table recouverte de lin et mangeait quelque chose de bien moins exotique que des cuisses de grenouille — elle ne se rappelait pas ce que c'était, même si elle se souvenait de ce que lui avait commandé —, et elle s'était imaginée vivre dans l'appartement aux deux chambres et aux deux salles de bain. Décoré par elle. Avec une cuisine assez grande pour y préparer un festin gastronomique, assez grand pour que ses amies lui tiennent compagnie pendant qu'elle établirait le menu de ce festin gastronomique. Quelques enfants qui courraient dans ses pieds, également. De beaux enfants qui iraient dans les meilleures écoles privées.

C'était un tableau magnifique — sauf que, sur ce tableau, elle ne trouvait nulle part le doux banquier polyglotte. Dans son imagination, elle avait aimé la cuisine et les enfants. Pas l'homme.

Cela ne lui posait pas de problème. Si elle ne devait jamais tomber amoureuse, qu'il en soit ainsi. Elle pourrait toujours se rendre dans une banque de sperme ou trouver un ami consentant qui lui procurerait une partie de ses gènes si elle désirait un bébé.

Ce qu'elle ferait, se dit-elle en tendant la main vers son verre de Jameson. Le verre était recouvert de gouttes, et le whisky parfumé au citron était froid sur sa langue et chaud au fond de sa gorge. Elle adorerait devenir mère.

Mais, apparemment, elle n'arrivait pas à tomber amoureuse d'un homme.

Elle avait été amoureuse une seule fois. Il y a tant d'années. Tomber amoureuse de Ted avait paru tellement facile — mais elle était jeune à l'époque, trop jeune même pour comprendre ce qu'est l'amour. La joie enivrante d'être désirée? La satisfaction de savoir que cette personne n'appartenait qu'à elle? Le sexe maladroit, recouverte de sueur, sur la banquette arrière d'une vieille Jeep Wagoneer? La sécurité d'avoir quelqu'un à qui tenir la main, avec qui passer du temps, avec qui parler pendant des heures? Avec qui ne parler de rien, tout en sachant que ce « rien » était tout?

Premier amour. Amour d'adolescente. Tout ça, c'était bien beau pour une fille de 18 ans. Mais maintenant...

Maintenant, elle était une importante vice-présidente. Compétente, confiante, satisfaite. Accepter un homme dans sa vie signifierait changer la vie qu'elle avait et qu'elle aimait telle qu'elle était. Aimer quelqu'un signifierait perdre une partie d'elle-même. Quelle partie était-elle censée sacrifier? Parmi les choses qui lui procuraient du plaisir, à quoi était-elle censée renoncer pour faire de la place pour l'amour?

Un appartement avec deux chambres et deux salles de bain serait quelque chose de fabuleux. Mais son petit studio près de Gramercy Park était, lui aussi, fabuleux. Et il lui appartenait.

Peut-être était-il fou de vouloir la contacter. Cela faisait tellement longtemps. Pourquoi rouvrir une plaie qui avait guéri avec succès? Pourquoi risquer de souffrir, de provoquer une infection? Erika avait laissé une cicatrice, mais pas une cicatrice qui défigure. Ce n'était pas simplement parce qu'elle vivait de l'autre côté du fleuve, à Manhattan, que cela lui donnait une raison suffisante de lui suggérer de se rencontrer.

Il avait une vie bien remplie. Un bon boulot, enfin. Son poste chez East River Marketing représentait plus qu'un boulot ou une carrière. C'était sa vocation. Cela touchait à ses talents artistiques. Cela satisfaisait son besoin constant de changement. Cela lui demandait de travailler dur — et, quand quelque chose le passionnait, il aimait travailler dur. Un jour, il s'occupait de développer une stratégie afin de communiquer non seulement ce qu'était un réseau câblé, mais aussi ce qu'il représentait pour les clients. Le lendemain, il devait dessiner un logo qui incarnerait un magazine national. Parfois, les délais étaient tellement courts qu'il ne prenait pas le temps de manger. Il ne sautait pas les repas uniquement parce qu'il était pressé par le temps ; il cessait de manger parce que, pendant ces moments d'intense marathon au travail, quand tout était dû pour la veille, il devenait une autre créature, pas tout à fait humaine. Toute son énergie, toute sa concentration devaient être canalisées vers le client, la mission, la commission. Il vivait de café latté au lait de soja pendant des jours et ne manquait pas de mâcher des chewing-gums.

Le travail était génial. Sa vie sociale était aussi épatante. Il était en couple. Trois respectables années avec une femme fantastique, avec qui il partageait un appartement à Brooklyn, juste de l'autre côté du pont donnant sur Manhattan. Elle était belle, intelligente, facile à vivre… tout ce qu'il recherchait chez une femme.

Et pourtant… il manquait quelque chose. Quelque chose allait de travers.

Elle voulait qu'ils se marient. Il ne l'en blâmait pas. Ils avaient la trentaine, et elle avait ce fameux truc de l'horloge biologique qui la titillait et — bon, trois ans, cela représentait une longue durée pour un couple sans passer à l'étape suivante.

Ted avait envie de passer à l'étape suivante. Mais quelque chose le retenait. Quelque chose le rongeait, lui chuchotait dans les recoins les plus sombres de son âme que si Marissa n'était pas la bonne, il ne devrait pas se marier avec elle. Et on lui chuchotait qu'elle n'était pas la bonne.

Il détestait cette impression d'incertitude. Il détestait devenir un cliché : le gars qui n'était pas capable de s'engager. Il voulait bien agir avec elle. Mais… quelque chose manquait.

Il savait ce qu'était ce quelque chose.

Quelle était l'expression commune ? *Tourner la page.* Il devait tourner la page avec Erika.

Stupide. Il y *avait* eu une fin avec Erika. Leur histoire s'était terminée quand elle lui avait dit, juste avant de partir pour l'université, qu'elle voulait qu'ils soient seulement des amis. Et quand elle avait définitivement rompu avec lui par téléphone. Et quand elle avait fait la route jusqu'à Denver pour le voir à l'aéroport, quand il avait vu de ses propres yeux qu'elle n'était plus la fille dont il se souvenait, la fille aux longs cheveux, à la peau dorée, dont il avait été éperdument amoureux. Et, à chaque conversation froide et saccadée qu'ils avaient eue depuis lors, le peu de fois qu'ils étaient tombés l'un sur l'autre lors des réunions de leur ancienne bande à Mendham, ils avaient poliment bavardé le moins de temps possible avant de partir chacun dans un coin opposé de la pièce.

Si tourner la page revenait à la même chose qu'une porte que l'on ferme en la claquant, cette porte s'était refermée brusquement sur lui à suffisamment de reprises pour que le message soit passé.

Mais.

*Il manquait quelque chose.*

Une personne de l'ancien groupe de Mendham — Allyson, peut-être — lui avait donné l'adresse du courrier électronique d'Erika. *Et puis merde*, pensa-t-il. *Je vais juste la voir et m'assurer que la porte n'est pas simplement fermée mais fermée à clé et à double tour.* Donc, il lui envoya un mot et lui proposa de se retrouver quelque part pour prendre un verre, au nom du bon vieux temps.

Quelques jours plus tard, elle répondit : *Bien sûr.*

Il lui demanda de choisir un endroit, et elle recommanda le Fanelli's Café, dans Soho, au centre-ville. Ils fixèrent une heure et une date.

Il n'avait jamais réellement cru en l'existence des fantômes, même s'il s'était amusé à prétendre que la maison de son enfance était hantée. Mais, maintenant, il y croyait parce que, soudain, il se sentait hanté par le fantôme du garçon malade d'amour qu'il avait été autrefois, accro à une fille qui l'avait laissé tomber.

Il n'était pas accro, tenta-t-il de se convaincre. Il ne faisait qu'exorciser un fantôme.

Le jour de leur rendez-vous, il se précipita entre les gouttes de pluie et arriva à l'heure au bistrot du coin. Il inspecta le pub et ne la vit pas. Elle avait choisi l'endroit ; il s'était dit qu'elle aurait choisi un endroit qui soit pratique pour elle. S'il pouvait arriver à l'heure, alors qu'il vivait à Brooklyn, elle pouvait certainement y arriver à temps en partant de son appartement à Manhattan.

D'accord, bon, elle était un peu en retard. Pas un drame. Il se dirigea d'un pas nonchalant vers l'extrémité du bar et s'installa sur un tabouret vide qui lui offrait une bonne vue sur l'ensemble du bistrot. Il pourrait la voir au moment où elle entrerait — avant qu'elle ne le voie. Cela lui offrirait la possibilité de la jauger et de s'armer de courage.

Le barman approcha, un jeune homme mince et beau avec l'air sûr de lui. Ted se rendit compte que le tabouret sur lequel il était assis était un bien très recherché ; il devrait commander un verre s'il voulait rester là. Il demanda une Budweiser.

Attendre Erika lui donna trop de temps. Du temps pour se demander s'il était trop bien ou pas assez habillé. Il avait choisi un pantalon en velours côtelé et un polo, soigné mais pas guindé. Il s'était habillé de manière à montrer, il l'espérait, qu'il avait réussi, qu'il était heureux et décontracté.

*Mon Dieu. Tu essaies encore de l'impressionner. Peut-être devrais-tu lui donner une de tes cartes de visite professionnelles, tant que tu y es.*

Les minutes s'écoulèrent. Il sirotait sa bière. Les voix qui l'entouraient se mêlaient pour former un brouhaha. La porte s'ouvrit sur des clients. Aucun d'eux n'était Erika.

Il essayait de l'impressionner, et elle lui avait posé un lapin. Tu parles d'une porte qu'on te claque au visage. Il décida que, si elle n'était pas arrivée avant qu'il ait terminé sa bière, il laisserait un mot au barman. Un billet de 10 dollars et un mot l'invitant à prendre un verre offert par lui. Ce serait faire preuve de galanterie.

Cela prouverait qu'il était quelqu'un de décontracté. Incroyablement décontracté.

Un mot qui dirait : *Peut-être la prochaine fois.* Sauf qu'il n'y aurait pas de prochaine fois. Il accepterait ce qui se cachait derrière son absence. Finalement, *enfin*, il passerait à autre chose. Il l'éliminerait de son esprit une bonne fois pour toutes. Il se promit qu'il le ferait.

La porte s'ouvrit de nouveau, et cette promesse s'envola dans la nuit bruineuse au moment où Erika entra.

Elle était belle.

Bien sûr qu'elle était belle. Il savait qu'elle était belle. Elle avait été belle à 16 ans au cours de leur secondaire 4. Elle était belle à 18 ans, quand elle était devenue sa petite amie. Elle était belle quand elle montait à cheval, quand elle dansait, quand elle était allongée sous lui sur la banquette arrière de la Wagoneer, lui offrant son corps et son âme. Elle était belle aussi à l'aéroport de Denver, avec ses cheveux coupés courts et ses amies d'université qui ricanaient à propos de son tocard de petit ami, qui avait parcouru en avion la moitié du pays avec un ours en peluche dans les mains.

Elle était belle en cet instant, ses cheveux scintillant de gouttes de pluie, son corps mince vêtu d'un débardeur blanc et d'une combinaison-pantalon noire, le cou orné d'un collier noir massif. Elle avait encore la même posture droite qu'elle avait au lycée, les mêmes jambes minces et longues, la même poitrine généreuse. Les mêmes doux yeux bruns, la même peau dorée et le même sourire enivrant.

Elle parcourut la pièce du regard, pour finir par le repérer. Elle se dirigea vers l'extrémité du bar où il se trouvait, d'un pas ferme et décidé, et il se rendit compte qu'elle n'était pas nerveuse du tout. Sa démarche l'intimida autant que sa beauté et son élégance.

Pourtant, le sourire d'Erika ne l'intimida pas. Il était jeune, doux, passionné. Elle paraissait sincèrement heureuse de le voir. Une grande différence par rapport à la scène de l'aéroport, pensa-t-il en lui rendant son sourire. Tant qu'elle continuerait à sourire, il ne serait pas capable de la voir comme la jeune fille de ses rêves, celle qui était partie — choisissez un cliché, n'importe lequel —, mais plutôt comme une femme élégante, équilibrée.

Qui se dirigeait vers lui. Qui avait repéré le tabouret vide à ses côtés et fonçait sur celui-ci. Comme si elle était réellement contente d'être là, avec lui.

— Salut, lui dit-il pendant qu'elle s'installait sur le siège.

Son regard survola le corps d'Erika, et il laissa échapper sa réaction.

— Waouh.

— Je sais. Waouh.

Le sourire d'Erika se fit encore plus large et plus chaleureux, et puis elle commença à bredouiller, expliquant qu'elle n'avait pas d'argent sur elle, qu'elle avait oublié son porte-monnaie chez elle, qu'elle avait pensé retourner le chercher, mais qu'elle n'avait pas eu envie d'arriver en retard — bon sang, elle avait déjà près d'une demi-heure de retard — et qu'elle était allée à la salle d'entraînement et...

— Ne t'inquiète pas pour ça, dit-il, prenant ces paroles à cœur.

Elle ne devrait pas s'inquiéter de ne pas avoir d'argent sur elle. Il ne devrait pas s'inquiéter d'être assis dans un bar en sa compagnie. Elle était son amie — une femme séduisante, oui, mais également une amie. Une personne qui l'avait connu lorsqu'il était adolescent, quand il était un crétin, quand il était perdu et qu'il luttait. Il n'était plus perdu et il ne faisait plus de lutte, et Marissa ne le considérait pas comme un crétin, la plupart du temps.

Tout cela était agréable. Voir Erika était agréable. Être assis à côté d'elle, percevoir une trace de son parfum... Tout cela était agréable.

Lui parler était également agréable. Il y avait eu énormément de passion dans leur relation, beaucoup d'émotions qui avaient atteint les sommets et les abîmes, mais il y avait aussi eu de l'amitié. Ils avaient l'habitude de parler de tout — leurs familles, la musique, le travail, les animaux, leurs espoirs et leurs rêves. Et voilà qu'ils se retrouvaient là, à siroter une bière et à bavarder, ensemble. À la grande surprise de Ted, parler à Erika, après toutes ces années, se révélait facile.

Elle lui parla de son travail. Il lui parla du sien à East River — et il reconnut que le plaisir qu'il ressentait ne provenait pas du fait qu'il ait pu l'impressionner avec son titre pompeux et ses hautes responsabilités, mais du simple fait de partager avec elle les choses qui faisaient partie de sa vie. Il *n'avait pas* à l'impressionner. C'était Erika. Une personne qui le connaissait, qui connaissait ses points forts et ses faiblesses, qui connaissait son histoire. Une personne dont la voix était une chanson chère à son cœur, une personne qui lui remémorait tous les moments pendant lesquels il avait apprécié cette chanson par le passé, mais qu'il pouvait également apprécier pour sa beauté, dans le présent.

Au-delà de l'amitié, il avait pourtant... envie de l'embrasser.

Il avait arrangé un rendez-vous avec elle parce qu'il avait espéré tirer les choses au clair dans son esprit et s'assurer qu'il avait bien tourné la page. Peut-être avait-il tourné la page sur cet amour passé, sur cet amour sauvage, embrouillé, qui donnait l'impression de sauter d'une falaise, et qu'ils avaient partagé il y a tellement longtemps. La façon dont il se sentait attiré par elle maintenant était complètement différente. Il s'agissait d'une attirance pour une femme splendide, intelligente, rayonnante.

Une femme aussi familière qu'une vieille mélodie, mais aussi nouvelle qu'une mélodie que l'on entend pour la première fois.

— Alors, demanda-t-il, est-ce que tu vois quelqu'un ?

— Je vois énormément de monde, répondit-elle avec désinvolture.

Sa réponse lui plut et le consterna. Lui plut parce que, apparemment, elle n'était engagée dans aucune relation avec un homme. Elle était libre, sans attaches, disponible.

Le consterna parce que lui, n'était *pas* libre, sans attache ou disponible. Et il ne devrait pas être en train de penser ô combien il avait envie de prendre ses joues roses et douces dans le creux de ses mains, d'attirer son visage vers le sien et de l'embrasser, l'embrasser, l'embrasser jusqu'à ce que le bar, dans lequel ils se trouvaient, s'évanouisse et que les voix des autres personnes, en train de prendre un verre ou de manger, disparaissent dans le ciel nocturne et pluvieux, et qu'il ne subsiste plus que Ted et Erika et leurs baisers sans fin.

Au lieu de cela, il devait répondre à sa question, à savoir s'il voyait quelqu'un. Il devait répondre de façon honnête, parce qu'il n'avait jamais menti à Erika et qu'il n'allait pas commencer à mentir maintenant.

— Je suis en quelque sorte... eh bien, oui.

Dès que les mots eurent franchi ses lèvres, il eut l'impression d'avoir perdu pied. Il se remémora l'époque pendant laquelle il avait appris à surfer, sous la chaleur tropicale du Costa Rica, avec Bob, ce camé fou qui faisait des bonds sur une planche à ses côtés, qui lui avait enseigné comment sentir la vague, comment chronométrer son approche, comment commencer à pagayer avec les mains, et ensuite se redresser sur les pieds et entrer dans la vague. Combien de fois avait-il mal évalué la vague ? Combien de fois était-il arrivé à se tenir debout sur la planche et à parcourir quelques mètres de façon palpitante, avant que cette foutue chose ne glisse sous ses pieds ?

C'était ainsi qu'il se sentait en ce moment : comme si quelque chose glissait sous ses pieds et qu'il était sur le point de plonger dans une vague déferlante et bouillonnante. Bob lui avait également enseigné à ne jamais se battre contre la vague, mais à la laisser le secouer jusqu'à ce qu'elle s'épuise d'elle-même. C'est à ce moment-là qu'il pourrait refaire surface. C'est ce qu'il avait toujours fait mais, quelquefois, il avait eu à retenir son souffle si longtemps qu'il avait eu la certitude que ses poumons allaient exploser. Parfois, l'océan continuait simplement à jouer avec lui, le remuant et lui faisant faire des culbutes, et il avait été certain qu'il allait se noyer. Et il ouvrait les yeux, il voyait le ciel juste au-dessus de la surface de l'eau, l'air tellement proche, sa vie tellement proche — et il se battait contre la vague et se forçait un passage vers le haut, vers cette lumière.

Alors, il retrouvait la vie, se remettait à respirer. Faire entrer bruyamment de l'air dans ses poumons lui redonnait la vie, puis sa vue s'éclaircissait. Il sentait le chaud soleil qui brûlait ses épaules mouillées et son cuir chevelu, puis il attrapait sa planche et il y remontait, se demandant s'il pouvait être certain qu'elle ne glisserait plus sous ses pieds.

En cet instant, assis si près d'Erika, il avait envie de remonter sur la planche. Cependant, il se trouvait encore sous l'eau, il était secoué et agité comme un tee-shirt dans une machine à laver. Il ne pouvait pas, ne devrait pas, il ne fallait pas qu'il ait envie de l'embrasser. Pas alors qu'il était engagé dans une autre relation. Pas alors qu'il était censé aimer une autre personne.

— C'était agréable, Fred, mais je crains de devoir m'en aller, dit-il.

Il se surprit lui-même d'avoir recours à l'ancien surnom qu'il avait l'habitude de lui donner.

Elle parut surprise, elle aussi, mais il ne savait pas si c'était en raison de l'utilisation de son surnom ou du fait qu'il ait annoncé, de façon soudaine, qu'il devait partir. Mais, s'ils étaient restés là plus longtemps, il aurait cédé à son immense envie de l'embrasser, et cela aurait été une erreur. Téméraire. Comme tenter de faire du surf à contre-courant.

Tandis qu'il réglait l'addition au barman, Erika et lui échangèrent une multitude de platitudes sur le fait que cela avait été très charmant de se revoir. Il osa placer une main dans le bas du dos d'Erika tandis qu'ils traversaient la cohue en direction de la sortie. Sentir ses courbes gracieuses lui donna envie de la prendre dans ses bras. D'un autre côté, il aurait eu envie de la prendre dans ses bras, même s'il ne l'avait pas touchée.

Il fallait qu'il s'éloigne d'elle. Il devait rentrer chez lui et mettre les choses à plat. Il devait mettre le pied sur un terrain connu afin de retrouver son équilibre.

Dehors, le ciel pourpre et noir déversait une douce pluie. Elle le remercia une fois de plus pour le verre. Il envisagea de la taquiner à propos de l'oubli de son porte-monnaie chez elle, comme par hasard, mais il n'était pas d'humeur à plaisanter.

Son désir ardent écrasait son bon sens, et il l'attira dans ses bras. Mon Dieu que c'était bon. Plus qu'avant ; il savait qu'il devait s'éloigner.

— Prends soin de toi, Erika, dit-il.

— Toi aussi.

Était-ce un au revoir ? Était-ce une sorte d'adieu, un genre de « que tout aille bien pour toi » ? Il ne voulait pas analyser cela pour le moment. À la place, il la relâcha, fit prudemment un pas en arrière et lui sourit. Elle lui sourit en retour, un sourire à en couper le souffle. Des gouttes de pluie brillaient sur ses joues, comme de petites perles translucides.

Puis, elle pivota et descendit la rue. Elle paraissait tellement élégante, tellement pleine d'assurance, tellement équilibrée. Il lui fallut s'armer de toute sa volonté pour ne pas se lancer à sa poursuite et lui dire : « Merde, Erika, essayons encore une fois et voyons si nous pouvons faire en sorte que ça marche, cette fois-ci. »

Quand elle tourna le coin et disparut de sa vue, il eut l'impression d'entendre une autre porte se fermer. Mais peut-être, peut-être que ce bruit n'était simplement que celui d'une clé qui tourne dans une serrure, dégageant le verrou de manière à ce que la porte puisse s'ouvrir de nouveau.

# Quatorze

❦

Erika était allongée sur son lit dans son studio et regardait fixement le plafond. Qu'est-ce qui clochait chez elle ? Pourquoi s'était-elle mise à pleurer sous la pluie comme si elle était à un enterrement ? Elle avait pris un verre avec Ted. Ce n'était pas la première fois, et maintenant qu'ils vivaient tous les deux dans les environs du centre de New York, cela ne serait probablement pas la dernière fois.

Bon sang, la prochaine fois qu'ils se retrouveraient, il viendrait peut-être avec sa compagne.

Elle laissa échapper un son témoignant de son émoi et elle essaya de se convaincre qu'il ne s'agissait pas d'un sanglot. Bien entendu, elle ne pouvait pas pleurer pour Ted. Pas maintenant. Pas alors que leur relation était morte il y a 16 ans.

Elle n'était pas juste morte. Elle l'avait tuée.

Et c'était peut-être la raison pour laquelle elle était en train de brailler comme une personne en deuil lors de funérailles. Les funérailles avaient été celles de son premier amour.

Son *unique* amour. Tous les hommes avec qui elle était sortie depuis l'université, tous ces célibataires éligibles avec qui ses amis lui avaient arrangé un rendez-vous, tous les collègues, lors de ses différents boulots, qui s'étaient penchés, au cours de toutes ces années, au-dessus de son bureau et avaient murmuré : «Pourquoi ne continuerions-nous pas cette conversation devant un verre après le travail...» Aucun d'eux n'avait jamais touché son cœur. Aucun d'eux ne l'avait jamais fait pleurer.

Ted l'avait fait.

D'accord. Elle avait tué leur relation — mais, si elle ne l'avait pas fait, elle serait morte, de toute façon. Ils étaient trop jeunes à l'époque. Elle n'était pas prête à l'époque à s'engager comme Ted le lui avait demandé, et, s'il était honnête, il reconnaîtrait qu'il n'était pas prêt, lui non plus. Il s'était laissé emporter par leur histoire d'amour, par l'excitation enfiévrée. Cependant, si elle avait accepté sa proposition au cours de cet été lointain, à l'époque où ils étaient adolescents, il aurait fini par la haïr. Elle l'aurait retenu, l'aurait empêché de trouver ce pour quoi il était fait. Le travail à East River — sa «vocation» — ne se serait jamais présenté. Comment aurait-il pu entreprendre le voyage qui l'avait conduit jusqu'à ce poste fabuleux, cette vie fabuleuse qu'il vivait désormais, s'il avait eu Erika pendue à son cou, tel un albatros?

Elle lui avait rendu service en rompant avec lui. L'un d'eux avait dû faire ce pas horrible, et elle avait été celle qui l'avait fait. Mais cela lui avait été profitable, autant qu'à elle.

Peut-être plus qu'à elle. Il semblait si heureux à présent. Tellement plein d'assurance.

Tellement attirant.

Un autre de ces étranges hoquets se bloqua dans sa gorge. Elle avala, perçut le goût salé de ses larmes qui n'avaient pas coulé et se força à s'asseoir. Ses cheveux étaient encore humides à cause du trajet qu'elle avait fait pour rentrer chez elle sous la pluie, et des boucles souples se formaient en séchant. Elle balaya une lourde mèche de sa joue, se convainquit que l'humidité sur sa peau était due à ses cheveux et non à ses larmes, et attrapa le téléphone. Le numéro d'Allyson se trouvait en numérotation rapide. Elle pressa les touches et patienta.

— Salut, Erika, l'accueillit sa vieille amie. Quoi de neuf ?

— Je suis allée boire un verre avec Ted ce soir, répondit Erika.

Elle passa outre aux banalités d'usage afin d'aller droit au but. Allyson et elle n'avaient pas besoin de parler de la pluie et du beau temps.

— Ted ? Comme dans Ted Skala ?

— Combien y a-t-il de Ted dans ma vie ?

— C'est juste, admit Allyson. Il n'y en a toujours eu qu'un seul. Donc, tu es allée boire un verre avec lui, hein ?

— Une bière chez Fanelli's.

— Charmant.

Allyson avait un petit air narquois, mais cela semblait également l'amuser.

— Il est avec quelqu'un. Il est avec elle depuis longtemps.

— Bien, dit Allyson, paraissant à présent moins sarcastique et plus circonspecte. C'est bien pour lui. Je pense. Est-ce que tu l'as rencontrée ?

— Non, il l'a laissée à la maison.

Un nouveau sanglot monta dans la gorge d'Erika, et elle ne put empêcher celui-là de lui échapper.

— Il est le seul, Allyson. Il a toujours été le seul.

À présent, Allyson prit un ton vraiment gentil.

— Ne confonds pas ce que tu ressentais il y a 16 ans avec la personne qu'il est maintenant.

— C'est ça le truc. Il y a 16 ans, il était un gamin. Nous l'étions tous les deux. Maintenant, c'est un homme. Il est solide, il est adulte, il a une carrière... il est tout ce pour quoi je n'étais pas prête il y a 16 ans, tout ce pour quoi *il* n'était pas prêt.

— Ma chérie, il y a bien d'autres hommes solides, adultes et avec une carrière. Moi-même, je t'en ai présenté quelques-uns.

— Mais ils ne sont pas Ted. Ils ne sont pas l'homme dont j'étais tombée amoureuse. Le garçon avec qui j'ai appris ce qu'est l'amour. Ted était mon âme sœur.

— Et tu penses qu'il l'est encore ?

— Ce que je pense n'a pas d'importance. Il est avec une autre femme. Et...

Elle s'interrompit et se souvint.

— Et ?

Les mots résonnèrent dans sa tête, durs et douloureux.

— Il a dit : « Je ne voudrai plus jamais de toi. »

— Quand t'a-t-il dit ça ? Ce soir ?

— Le jour où j'ai rompu avec lui à l'université.

— C'était il y a très longtemps.

— Il a dit que je l'avais trop blessé. Qu'il ne pourrait supporter de souffrir autant encore une fois, donc qu'il ne m'aimerait plus jamais.

— Peut-être a-t-il changé d'avis.

Erika rit à travers ses larmes.

— Ce n'est pas le genre de chose à propos duquel quelqu'un change d'avis. Comme s'il pouvait dire : «Oh, j'y ai pensé récemment; tu ne m'as pas fait souffrir tant que ça, finalement.» Je l'ai poignardé dans le cœur, Allyson. Il ne me pardonnera jamais ce que j'ai fait.

*Et je ne me le pardonnerai jamais*, ajouta-t-elle mentalement.

— Mais il a pris un verre avec toi. Qui en a pris l'initiative?

— C'est lui, reconnut Erika.

— Alors? Pourquoi t'aurait-il demandé d'aller boire un verre avec lui s'il ne voulait pas au moins *une chose* de toi?

— Prendre un verre avec un vieil ami est une chose insignifiante.

— Pour toi, ce n'est pas le cas. Et peut-être pas pour lui, non plus. Comme tu l'as dit, il est ton âme sœur.

— *Était*, corrigea Erika.

Allyson resta silencieuse pendant un moment.

— Te souviens-tu de l'époque à laquelle tu faisais de l'équitation?

— Oui, je pense que j'en ai quelques souvenirs.

Ce fut au tour d'Erika d'adopter un ton sarcastique.

— Alors, quand un cheval te jetait à terre, que faisais-tu?

— Ne me sers pas des banalités, Allyson. Je sais faire de l'équitation. Je sais comment me relever et comment me dépoussiérer. Mais, si un cheval m'avait dit : «Tu ne monteras plus jamais sur mon dos parce que tu m'as fait trop de mal», je ne remonterais pas sur le dos de ce cheval.

— Je ne parle pas de Monsieur Ed[5], rétorqua Allyson. Je parle de toi, Erika. Détermine ce que tu veux, fixe-toi un but et atteins-le. Tu sais comment faire ça. S'il est vraiment attaché à sa petite amie actuelle, tu lui souhaiteras le meilleur et tu tourneras la page. Mais ne sois pas aussi défaitiste. On ne peut jamais être certain avec ces choses-là.

Après quelques derniers reniflements et un bref « assez parlé de moi » et « changeons de sujet », afin qu'Allyson puisse se plaindre des soucis insignifiants de sa vie, Erika mit fin à la conversation. Après avoir déposé son téléphone portable sur sa table de nuit, elle se laissa retomber sur son lit, contempla le plafond haut au-dessus d'elle et prit quelques profondes inspirations. Puis, elle se rassit et posa son regard sur le mur à côté de son placard. Un dessin encadré y était accroché. Il représentait deux amants dans un lit, observés par des ânes.

Pourquoi y avait-il dessiné des ânes ? Il avait toujours aimé les ânes, et elle adorait les chevaux, et… qui sait ? Le dessin avait fait son effet. Il l'avait suffisamment touchée pour qu'elle le fasse encadrer. Elle l'avait mis de côté chez ses parents pendant qu'elle était partie faire sa traversée de l'océan, et lorsqu'elle avait partagé un appartement avec deux autres filles pendant son année de travail sans intérêt et ses auditions théâtrales, et aussi lorsqu'elle était partie dans l'Ouest pour suivre les cours de l'école de gestion. Une fois installée dans son petit appartement plein de charme dans un majestueux immeuble d'avant-guerre de Gramercy Park, elle était toutefois allée rechercher le tableau dans le

5. N.d.T. : *Monsieur Ed, le cheval qui parle* est une série télévisée américaine.

fin fond du placard de la chambre d'amis de ses parents. Elle avait rapporté le tableau à New York et l'avait accroché au mur.

Pas parce qu'elle aimait Ted ou qu'il lui manquait, s'était-elle dit à l'époque, mais parce qu'il s'agissait d'un chef-d'œuvre. Un travail de génie. Intriguant, étrange et splendide.

Elle le fixait en ce moment, observant, au centre, les amants enlacés, et essayait de savoir ce qu'elle désirait. Reprendre avec Ted ?

Qu'ils reviennent ensemble était une chose impossible.

S'il lui était impossible de l'avoir, s'il lui était impossible de faire marche-arrière et de réclamer ce qu'elle avait sabordé il y a tellement d'années… que désirait-elle d'autre ?

Trouver un autre homme qui lui ferait ressentir la même chose que Ted. Un homme en qui elle pourrait avoir confiance, autant qu'elle avait fait confiance à Ted. Un homme qui la ferait rire comme il le faisait, et qui était capable de voir ses bêtises, de mettre le doigt dessus et l'obliger à rester honnête. Un homme avec un regard langoureux, des bras puissants, et des épaules larges et solides, le genre d'épaules sur lesquelles une femme savait qu'elle pouvait se reposer. Un homme avec un côté artiste, une abondance d'énergie, ainsi qu'avec l'intelligence et la sagesse pour conquérir le monde.

Un autre Ted. C'était ce qu'elle désirait. Soit un autre Ted, soit personne du tout, ce qui lui avait parfaitement convenu jusqu'à ce soir.

Elle n'aurait pas dû accepter de le retrouver pour prendre un verre. Elle était parfaitement heureuse jusqu'à ce qu'il réapparaisse dans sa vie et lui rappelle ce que c'était d'être amoureuse.

*Se trouver du côté de la personne rejetée lors d'une rupture peut se révéler comme une agonie. Mais se trouver du côté de l'instigateur n'est pas vraiment une sinécure non plus. Lorsqu'on utilise un couteau pour tailler un espace entre soi et une autre personne, on est autant susceptible de s'entailler que de couper l'autre personne. On finit par saigner tous les deux.*

Ted n'avait jamais songé à cela quand Erika avait rompu avec lui, il y a toutes ces années. Il avait été tellement blessé, tellement furieux, tellement certain qu'elle avait tort et qu'il avait raison. Il n'avait jamais perdu une minute à essayer d'imaginer ce qu'elle pouvait ressentir, que le blesser ait pu la faire souffrir aussi.

Rompre avec Marissa lui fit mal. Les vagues de la douleur qu'elle ressentait déferlèrent sur lui et le traînèrent vers le fond.

— Que veux-tu dire par « c'est fini » ? gémit-elle. Comment peux-tu mettre fin à notre relation comme ça ?

Il parcourut du regard le salon de leur appartement de Brooklyn. Il était joliment décoré, reflétant davantage les goûts de Marissa — qu'elle avait en abondance. Aucune plainte à propos des choix qu'elle avait faits, à propos des stores des fenêtres, des jetés de tapis, des vieux divans égayés par des coussins colorés. Ted était un artiste ; il savait comment faire pour embellir une pièce, mais il lui avait laissé le champ libre, imaginant qu'elle ferait de l'appartement un endroit chaleureux, accueillant.

Ou peut-être lui avait-il laissé décorer l'appartement parce qu'il ne s'y était pas complètement investi. Peut-être avait-il pensé : *Marissa ne peut retaper mon cœur, mais elle peut retaper l'appartement.*

— Je suis désolé, dit-il, se rendant immédiatement compte que cela semblait peu convaincant. Je n'ai jamais voulu te blesser, mais…

Elle le figea d'un regard glacial, puis prit une rapide gorgée du verre de Stoli qu'elle s'était servi.

— Si tu ne voulais pas me blesser, aboya-t-elle, nous n'aurions pas cette conversation.

— Je ne fais pas ceci parce que je le *veux.*

Il soupira, comprenant qu'il la blessait, en dépit de ses protestations.

— J'espérais vraiment que ça marche, chérie, mais…

— Ne m'appelle pas chérie.

Il soupira une nouvelle fois. En cet instant, il n'aurait rien aimé de plus que de se trouver dans ce bar du quartier de Soho en compagnie d'Erika. Après tant d'années, tant de peine et de ressentiment, et de silence, il s'était tout de même senti plus à l'aise avec elle qu'il ne l'avait jamais été avec Marissa.

— Si nous étions faits l'un pour l'autre, nous y serions arrivés. Je n'étais pas certain. Tu n'arrêtais pas de me demander quand je ferais le pas suivant, et je n'arrêtais pas de te dire que je ne le savais pas. C'était la vérité. Je ne le savais pas.

— Et maintenant tu le sais ? Maintenant tu sais que tu ne t'engageras jamais davantage ?

— Je suis désolé, mais… oui.

— Arrête de dire « Je suis désolé ».

D'accord. Pas de *chérie,* pas de *je suis désolé.* Peut-être devrait-il lui demander la liste des mots et des phrases interdits.

Il fit une nouvelle tentative, choisissant ses mots avec précaution.

— Il y a toujours eu… *quelque chose*… qui me retenait.

En vérité, il y avait toujours eu *quelqu'un*, pas *quelque chose*. En tout cas, jusqu'à ce qu'il revoie Erika, il pensait qu'il s'agissait de quelque chose. Quoi ? Cela, il n'en était pas certain. Un bloc, un mur qu'il n'arrivait pas à contourner, une porte qu'il n'arrivait pas à ouvrir. Quelque chose qui le retenait et l'empêchait d'ouvrir son cœur de nouveau.

La peur d'être blessé de la façon dont il avait été blessé par Erika. La peur de se laisser redevenir aussi vulnérable un jour. Le fait de savoir qu'une personne qui avait survécu à une attaque au cœur était moins susceptible de survivre à une nouvelle.

S'il rompait avec Marissa — pas de *si* à ce sujet ; ce ne serait pas juste de continuer avec elle, à cause de ce qu'il ressentait — *quand* il aurait rompu avec Marissa, il avait envie de revoir Erika. Cependant, il ne se permettrait pas d'être aussi vulnérable face à elle qu'il l'avait été par le passé. Il ne voulait pas d'une seconde attaque au cœur. Si elle devait rompre une nouvelle fois avec lui, cela le tuerait.

Mais il la voulait. Il n'y avait pas de doute dans son esprit à ce sujet. Depuis l'instant où il l'avait vue pénétrer chez Fanelli's, son visage couvert de gouttes de pluie étincelantes, ses yeux tellement grands et chaleureux, et son corps… mon Dieu, son corps.

Il la désirait. Il voulait lui faire l'amour convenablement, pas comme un adolescent essoufflé mais comme un homme. Lentement. Tendrement. Sauvagement. Il voulait la faire fondre et l'entendre gémir son nom. Il voulait le faire correctement.

Pour autant qu'il le sache, il ne l'intéressait pas davantage qu'en tant qu'ancien compagnon d'école secondaire, une personne avec qui prendre une bière tout en se remémorant le bon vieux temps. Il se pouvait qu'il rompe avec Marissa et qu'il se retrouve sans rien ni personne. Il était possible qu'Erika dise : «Ted, tu es un imbécile, j'ai rompu avec toi. Tu te souviens?»

Cependant, il ne pouvait rester avec Marissa, pas avec ce qu'il ressentait. L'amour n'était pas la même chose que s'acheter une voiture; on n'est pas prêt à accepter la berline rouge parce que la berline de couleur argent n'est pas en stock.

— C'est dans ton intérêt, dit-il à Marissa.

Il savait alors qu'elle ajouterait cette phrase à la liste des choses à ne pas dire, mais il l'avait tout de même dite.

— C'est pour ton bien. Tu mérites un homme capable de se donner à cent pour cent. J'en suis incapable. J'ai essayé, mais je ne peux pas.

— Je te déteste, dit-elle.

Il ne l'en blâmait pas.

Et il savait qu'il n'y avait rien qu'il puisse faire pour que les choses aillent mieux pour elle. La quitter était pour le mieux. Elle pouvait ne pas s'en rendre compte maintenant, mais peut-être — avec un peu de chance — qu'un jour elle le ferait.

Et il se pouvait qu'un jour il se rende compte que, lorsqu'Erika avait rompu avec lui il y a 16 ans, cela avait été, également, pour le mieux.

Quelques semaines plus tard, elle eut de nouveau des nouvelles de Ted.

Elle avait eu besoin de ces quelques semaines pour avoir de nouveau la tête sur les épaules. Pour se rappeler que Ted et elle étaient simplement des amis, qu'il était impliqué dans une relation sentimentale, que, s'il désirait la revoir, c'était probablement parce que leur dernière rencontre avait été assez courte et qu'ils n'avaient pas eu le temps de tout se raconter.

Et c'était bien ainsi, s'assura-t-elle. Son flot de larmes, après l'avoir vu au Fanelli's, était dû à une de ces étranges réactions hormonales, rien de plus. Une réaction engendrée par la compréhension qu'elle n'était plus la jeune fille naïve qu'elle avait été il y a tant d'années. Une pointe de nostalgie, rien de plus.

C'était ce qu'elle avait dit à sa mère lors de leur dernière conversation téléphonique. Ses parents avaient déménagé en Floride. Ils étaient arrivés à un stade de leur vie où un ouragan occasionnel semblait moins embêtant que de fréquentes tempêtes de neige, et Erika était ravie de pouvoir leur rendre visite dans un endroit où il faisait chaud, au moment où les hivers new-yorkais plantaient des clous glacés dans son corps.

Après que sa mère lui eut donné des nouvelles à propos de ce qui se passait dans la vie de ses parents, Erika la mit au courant de sa progression au travail, de ce qu'elle aimait et n'aimait pas dans son nouveau boulot.

— Nous sommes tellement fiers de toi, lui répéta sa mère à plusieurs reprises.

Erika sourit. Ses parents étaient toujours fiers d'elle. Ils avaient été fiers de ses exploits équestres, fiers de ses bonnes notes à l'école, fiers qu'elle ait obtenu le diplôme d'une université et d'une école de gestion prestigieuses. Fiers même de sa traversée de l'Atlantique à la voile, bien qu'ils aient paniqué et aient tenté de la dissuader de participer à cette aventure. Dès qu'elle fut rentrée à la maison et qu'ils purent constater d'eux-mêmes combien cette expérience l'avait changée, combien cela l'avait rendue encore plus autonome, plus confiante en ses capacités, plus téméraire, ils admirent que cela n'avait peut-être pas été la plus idiote des choses qu'elle ait faites. «Nous pouvons dire ça maintenant que tu es rentrée à la maison, saine et sauve», avait concédé son père.

— Alors, dit-elle à sa mère. Devine avec qui je suis allée prendre un verre il n'y a pas longtemps. Ted Skala.

— Ted?

Même si sa mère se trouvait au sud, en Floride, Erika pouvait imaginer l'expression stupéfaite de sa mère comme si elle était assise en face d'elle dans son appartement. Elle pouvait imaginer l'arc des sourcils de sa mère, le cercle de ses lèvres formant un O de surprise.

— Il est à New York?

— Il travaille à Manhattan et vit à Brooklyn. C'était vraiment agréable de le revoir, maman. Il a mûri.

— Nous vieillissons tous, lui dit sa mère avec un soupir mélodramatique. Alors. Ted Skala. Que fait-il?

Erika lui parla du travail de Ted.

Sa mère sembla impressionnée, comme il se doit.

— Il a toujours été quelqu'un de vif, dit-elle. Il n'a jamais pris la même route que les autres, mais c'était un garçon

intelligent, et il travaillait dur. Cet été-là, il avait deux boulots, non? Il faisait le caddie au Sommerset et il travaillait à
la station-service. Un bosseur, vraiment.

Ses parents avaient toujours eu du respect pour le dur
labeur. Son père, après tout, avait débuté sa vie dans le
milieu modeste de la classe ouvrière du Bronx, gagné une
bourse d'études et était devenu un agent de change à Wall
Street. Sa mère était une immigrante qui ne comprenait
même pas l'anglais quand elle était arrivée à New York,
mais elle avait trouvé du travail en apprenant aux cadres de
Wall Street à parler espagnol afin qu'ils puissent communiquer plus efficacement avec leurs collègues qui se trouvaient
plus au sud, de l'autre côté de la frontière. Aucun de ses
parents n'avait commencé en ayant beaucoup mais, en tra-
vaillant dur, ils étaient devenus nantis.

— Il a une éthique de travail, ce garçon, dit-elle à propos
de Ted.

— Ce n'est plus un garçon, fit remarquer Erika.

— Et? Vas-tu le revoir?

— Il a quelqu'un dans sa vie, maman, répondit Erika.

Le soir où elle l'avait vu chez Fanelli's, où elle avait
fondu en larmes, était rentrée chez elle en courant et
avait pleuré au téléphone avec Allyson, elle n'aurait pas été
capable de dire ceci d'un ton aussi posé. Mais le temps s'était
écoulé, et les émotions inexplicables et tumultueuses de
cette soirée s'étaient évanouies comme une tempête balayée
au-dessus de la mer. Ted était un vieil ami. Un ami devenu
adulte. Un ami du passé.

— Donc, il a quelqu'un dans sa vie. Comptes-tu le
revoir?

— Maman, dit-elle d'un ton ferme. Il a une relation de longue date. Ils sont ensemble depuis des années. Ils *vivent* ensemble.

— Il n'est pas marié avec elle, n'est-ce pas ? demanda sa mère.

Erika n'avait pas envie de s'aventurer trop loin sur le chemin que prenait sa mère.

Sa mère le fit, apparemment.

— Si elle était faite pour lui, ils seraient mariés à présent. Ils ne sont pas mariés.

Comme si le fait que Ted soit une personne qui éprouve la phobie de l'engagement signifiait qu'il aurait peut-être envie de revoir Erika — qu'il puisse s'intéresser à elle autrement que comme une vieille amie devenue adulte.

Il lui avait dit, il y a plusieurs années, qu'il ne l'aimerait plus jamais. Il ne croirait plus jamais qu'elle ne le blesserait plus de la même manière qu'auparavant. Elle acceptait cela. Elle respectait cela. Le fait qu'il ne soit pas marié n'avait rien à voir avec elle.

C'est pour cela qu'elle fut un peu surprise lorsqu'il l'appela quelques jours plus tard pour lui proposer d'aller prendre un verre et manger un morceau. Pas vraiment une invitation formelle à dîner, mais un pas supplémentaire par rapport à leur dernière rencontre, au cours de laquelle ils avaient simplement partagé un verre. Pas un repas.

— Fanelli's ? suggéra-t-elle. Ils proposent également des plats ; il y a des tables à l'arrière…

— J'avais pensé à un endroit un peu plus joli, peut-être ? Connais-tu quelque chose dans ton quartier ? Je ne connais pas tellement bien le centre-ville.

— Que penses-tu de la Taverne du Cheval Blanc? demanda-t-elle.

— D'accord. Parfait.

Ils fixèrent la date, l'heure et se dirent au revoir. Cette fois-ci, Erika se promit d'être à l'heure. Voir Ted tel qu'il était maintenant, tellement beau, tellement viril et sûr de lui, ne serait pas un choc. Elle savait qu'il cherchait uniquement à être son ami, qu'il était déjà pris, qu'ils étaient simplement deux vieux amis — *mûrs*— qui se rencontraient, qu'il n'y aurait rien de plus qu'une soirée amusante, qu'il retournerait ensuite auprès de sa compagne, ou peut-être qu'il l'emmènerait avec lui, et qu'Erika retournerait dans sa vie heureuse de célibataire, la vie qu'elle avait choisie, la vie qu'elle voulait…

Elle serait prête.

# Quinze

Cette fois-ci, tu seras prêt. Tu sais qu'elle est splendide. Tu connais les risques. Tu sais qu'elle t'a brisé le cœur auparavant et tu le protègeras bien, comme tu le fais toujours. Tu garderas cette partie la plus fragile de ton âme bien enfouie dans un bunker impénétrable afin qu'elle ne puisse plus la briser une nouvelle fois.

Tu seras prudent. Tu surferas sur la vague, mais tu ne frimeras pas sur celle-ci. Tu sais comment faire. Tu sais comment surfer et, cette fois, tu auras ta planche avec toi.

Tu es un homme célibataire maintenant.

Pas à cause d'Erika, me dis-je. Tu as mis fin à ton histoire avec Marissa pour le bien de Marissa, pas parce que tu voulais revoir Erika, mais parce que, après l'avoir revue une première fois, tu as reconnu que tu n'avais jamais cessé de la voir. Elle ne t'avait jamais quitté. Tu n'avais jamais été libre de te donner à quelqu'un d'autre. Tu as conscience de cela à présent. Tu as essayé de l'ignorer, mais c'est là.

Donc, tu vas grimper sur ta planche et pagayer et espérer qu'un joli rouleau se forme et t'emmène voguer. Erika a toujours

*été celle qui avait une folle envie d'aventures mais, à présent, c'est*
*ton tour. Et c'est elle ton aventure.*

*Tu vas apprécier l'expérience, tu vas t'amuser et apprendre*
*quelque chose. Tu seras un peu mouillé quand la vague se brisera*
*sur toi.*

*Mais tu ne te noieras pas. Tu seras prudent. Tu seras prêt.*

Le portable d'Erika sonna alors qu'elle marchait en direction de la Taverne du Cheval Blanc. Sans interrompre sa
marche, elle se saisit de son téléphone dans son sac à main
et l'ouvrit d'un coup de pouce.

— Allo?

Elle s'était attendue à ce que l'interlocuteur soit peut-
être Ted, lui disant qu'il avait du retard — ce qu'elle aurait
mérité, étant donné tout le temps qu'elle l'avait fait attendre
chez Fanelli's pendant qu'elle se séchait les cheveux, se
maquillait et qu'elle s'était rendu compte, à mi-chemin du
bar, qu'elle avait oublié son portefeuille à la maison. Ou
bien, ce pouvait être Ted qui allait lui dire qu'il ne pouvait
absolument pas venir. Quelque chose avait pu survenir. Sa
compagne pouvait être malade. Peut-être qu'elle s'était mise
à vomir de manière inattendue. Peut-être avait-elle la
nausée et avait du retard et... Oh, bon sang, Erika!

— Salut, dit une voix masculine inconnue dans son
téléphone. C'est Bill. Je suis un ami de Sarah...

Erika hocha la tête avant de se rendre compte qu'il ne
pouvait pas la voir.

— Salut, dit-elle à son tour.

Sarah était une de ses collègues de travail. Une collègue
heureuse dans son mariage qui semblait déterminée à ce
qu'Erika devienne sa voisine dans le pays joyeux des liens

sacrés du mariage. À cette fin, Sarah envoyait tous les hommes célibataires de moins de 50 ans qu'elle connaissait vers Erika.

— Sarah a dit que nous devrions nous rencontrer. Elle a aussi dit que je devais te dire que je ne suis pas un bon à rien.

Il se mit à rire.

Erika rit, elle aussi.

— Sarah ne connait pas de bons à rien, dit-elle.

Elle admettait aussi, silencieusement, que chaque homme avec qui elle lui avait arrangé le coup s'était révélé plutôt correct. Quelques sept et huit, et personne en dessous de cinq.

— Alors, qu'en penses-tu ? Est-ce qu'on se retrouve quelque part pour prendre un verre ?

La Taverne du Cheval Blanc était juste un peu plus loin de l'autre côté du pâté de maison. Elle pouvait voir Ted qui se trouvait juste devant l'entrée, grand et large d'épaules, ses cheveux sombres bien soignés et son regard scrutant la rue, la cherchant.

— Je te tiendrai au courant, dit-elle à Bill. Je ne peux pas parler pour le moment, mais pourquoi ne me passes-tu pas un coup de fil la semaine prochaine pour qu'on arrange quelque chose ?

— Je vais faire ça, promit-il. D'après ce que Sarah m'a dit à ton sujet, je suis impatient de te rencontrer.

— Parfait. On se parle la semaine prochaine.

Elle dit au revoir, referma son téléphone et traversa la rue.

Ted l'aperçut et sourit.

— Hé, Fred! cria un homme — pas Ted.

Elle regarda autour d'elle, s'imaginant qu'une personne qui s'appelait vraiment Fred pouvait être dans les parages, et aperçut un des anciens amis du secondaire trottinant dans sa direction depuis l'autre bout de la rue.

C'était étrange que Ryan surgisse juste à ce moment-là, moins d'une minute après qu'elle eut accepté un rendez-vous à l'aveugle avec Bill, l'ami de Sarah. C'était comme si le monde conspirait pour l'entourer d'hommes.

Oui, c'était ça. Le monde voulait lui rappeler que Ted n'était pas le seul et l'unique homme dans sa vie, qu'il n'avait pas été le seul et l'unique pendant 16 ans, qu'il ne serait jamais son seul et unique. Ryan courut sur le trottoir, fonça sur elle et l'enveloppa dans une étroite accolade, alors qu'elle ne se trouvait qu'à quelques mètres de Ted.

— Salut, comment ça va? demanda Ryan.

Elle regarda par-dessus son épaule, et ses yeux rencontrèrent ceux de Ted. Son sourire se fit plus grand, comme s'ils partageaient tous les deux une plaisanterie secrète.

Elle aurait voulu savoir quelle était cette plaisanterie. En cet instant, dans cet échange secret de sourires, elle avait envie de tout savoir sur lui, de tout partager avec lui.

Ryan la relâcha, se tourna et vit Ted.

— Hé, Skala!

Ils firent le truc de mecs, se cogner les poings, se taper l'épaule.

— Le monde est petit, hein? La moitié de notre école secondaire se trouve à Manhattan maintenant. Vous alliez entrer là? dit-il en faisant un geste en direction de la Taverne du Cheval Blanc.

— Ouais, répondit Ted. On va manger un morceau.

*N'invite pas Ryan à se joindre à nous*, pensa Erika, avant de se réprimander. Bien sûr que Ryan pouvait se joindre à eux s'il en avait envie. Il était tout simplement un autre vieil ami devenu adulte.

Il leur fit à tous les deux un grand sourire.

— Super. Buvez un verre à ma santé, d'accord ?

Il frappa une nouvelle fois l'épaule de Ted, serra Erika dans ses bras pour lui dire au revoir et poursuivit sa route au pas de course. Erika aurait voulu ne pas se sentir aussi soulagée qu'il ne fasse pas office de chaperon toute la soirée.

Ted lui adressa un autre sourire paisible. Il lui tint la porte de la taverne ouverte, ensuite déposa sa main dans le bas de son dos et la guida vers l'intérieur. Comme un gentleman. Comme pour un rendez-vous galant.

*Ce n'est pas un rendez-vous galant*, scanda-t-elle silencieusement. *Il a une petite amie. Nous ne sommes que de vieux copains.*

*N'exagère pas*, s'ordonna-t-il. *Ne te précipite pas dans quoi que ce soit. C'est simplement une agréable ballade. Rien de sérieux. Rien de réel.*

Tandis qu'il picorait sa salade et qu'Erika lui racontait ce qu'elle avait fait aujourd'hui, il songea à lui révéler qu'il était célibataire, à présent. Mais les mots restaient bloqués dans sa gorge. Erika semblait tellement pleine d'énergie, était belle à en couper le souffle — il ne voulait pas que Marissa fasse irruption dans cette soirée. La mentionner, même dans le contexte mentionnant qu'elle ne faisait plus partie de sa vie, serait une intrusion.

Ou peut-être n'était-ce pas la raison pour laquelle il ne voulait pas se résoudre à dévoiler à Erika son récent statut de personne disponible. Peut-être était-il simplement prudent. Autoprotecteur. Tant qu'Erika penserait qu'il était encore engagé dans une relation, il y aurait un amortisseur entre eux. Et Ted la désirait tellement qu'il avait envie de balayer les assiettes et les verres de la table d'un seul mouvement de son bras, et ensuite de se pencher par-dessus la table recouverte d'une jolie nappe en lin et de l'embrasser. Il avait besoin de ce tampon.

Elle l'avait blessé, après tout. Plus que blessé — elle l'avait démoli. Dévasté. *Vas-y doucement, Skala*, se dit-il. *Ne la laisse pas approcher suffisamment pour pouvoir te blesser à nouveau.*

Ce n'était pas qu'il ait une raison de penser qu'elle avait envie de se rapprocher. Elle bavardait comme s'ils étaient des amis qui s'étaient perdus de vue depuis longtemps. Rien d'évocateur dans son comportement. Pas de séduction.

Bon sang, elle n'avait besoin de rien faire pour être séduisante. Elle n'avait qu'à exister. Il avait craqué pour elle la première fois qu'il l'avait vue, en secondaire 4. Et il était là aujourd'hui, 18 ans plus tard, et il craquait toujours pour elle.

*Garde tes distances, Skala.*

Il avait gardé ses distances avec Marissa, même lorsqu'ils vivaient ensemble. Il avait toujours gardé ses distances avec toutes les femmes. La stratégie avait été payante. Il avait joui d'une vie agréable, pas de crises romantiques, pas de douleur fulgurante, pas de blessures invalidantes. Les femmes allaient et venaient. Parfois, elles venaient et restaient pendant trois ans, et il essayait, il essayait vraiment d'ouvrir une brèche et de parcourir la distance. Mais il n'y arrivait pas. Et, quand la rupture arrivait, il se sentait... plein de regret. Désolé. Triste de penser qu'il pouvait être celui qui infligeait la douleur.

Mais ce n'était pas lui qui souffrait de cette douleur. Lorsqu'Erika avait rompu avec lui, il y a toutes ces années, il avait ressenti suffisamment de douleur pour une vie entière. Il ne pourrait jamais, jamais aimer une femme comme il avait aimé Erika.

Il ne pourrait même plus l'aimer de la même façon qu'il l'avait aimée.

Alors pourquoi était-il en train de dîner avec elle?

Jouer avec le feu? Tester sa volonté? *La nostalgie*, tenta-t-il de se convaincre. *De bons moments au nom du bon vieux temps.*

Il aurait simplement voulu qu'elle ne soit pas aussi incroyablement magnifique, et pleine d'énergie, et amusante. Et — merde — séduisante.

Quand elle eut fini de parler de son travail et de lui poser des questions à propos du sien, ils parlèrent de Ryan, de Laura, Allyson et de certains des autres amis de leur ancienne bande du secondaire. Ils discutèrent des pièces gratuites de Shakespeare, qui allaient être jouées dans Central Park cet été, du concours annuel de Nathan de mangeurs de saucisses de Francfort pour la fête du quatre juillet, qui aurait lieu la semaine prochaine sur Coney Island, et des feux d'artifice de la ville au-dessus du fleuve Hudson — une façon bien plus appropriée de fêter le Jour de l'Indépendance que d'enfoncer des saucisses dans la bouche de quelqu'un, selon Erika. Elle avait insisté pour qu'il goûte son poulet, et il avait entré un morceau de son steak dans la bouche d'Erika, mais il s'était dit que le fait qu'elle mange à sa fourchette, et lui à la sienne, n'avait aucune signification.

Quand ils eurent terminé, elle suggéra d'aller danser. Comme il était loin d'être prêt à mettre fin à la soirée, il accepta.

— Je connais un club génial près d'ici. Atomic Slims, dit-elle.

— Ça me paraît bien.

Il la conduisit jusqu'à l'extérieur. Le trottoir était davantage bondé de piétons qui profitaient de la douce nuit d'été, et il lui prit le coude afin de ne pas la perdre dans la foule.

Non. Il lui avait pris le coude parce qu'il avait envie de la toucher. Parce qu'il ressentait la même chose que ce qu'il avait ressenti lorsqu'il l'avait vue chez Fanelli's. Il avait envie de l'embrasser. Il avait envie de la tenir. Il était fort, ses défenses en place, son cœur intouchable — mais, mec, Erika était en train de jouer avec ses nerfs. Après toutes ces années, elle allumait encore un désir d'adolescent en lui. Il avait envie d'elle.

La vague était en train de se former derrière lui. *Attrape-la*, s'ordonna-t-il. *Surfes-y*. La pire chose qui puisse arriver, ce serait d'être renversé et de se relever la bouche pleine de sable.

— Je ne sais pas ce qu'il en est pour toi, dit-il, mais c'est comme si tu avais été gravée dans ma mémoire pendant les 16 dernières années. Et je ne suis pas capable de t'en faire sortir.

Elle ne dit rien. Il pouvait sentir la tension déferler en elle — un changement dans sa démarche, un mouvement dans ses épaules, une inclinaison de la tête. Elle semblait enfouie dans ses pensées.

Une bouche pleine de sable, pensa-t-il amèrement. Il pouvait pratiquement sentir les grains de sable contre ses dents.

Son silence persista.

Mon Dieu. Il aurait dû se taire. Elle allait de nouveau le blesser — sauf que, non, il n'allait pas la laisser faire. En fait, il pouvait sentir quelque chose se contracter en lui, se retrancher, se replier en position de protection. Il s'assura d'être en sécurité. Invulnérable. Elle ne le détruirait pas une nouvelle fois.

Ils atteignirent le bout de la rue. Un feu rouge les empêcha de traverser, et elle se tourna vers lui, les yeux bouillonnant d'émotions qu'il ne put déchiffrer.

— Je ne sais pas pourquoi nous sommes ici, Ted, dit-elle.

Sa voix était faible, mais il put l'entendre clairement malgré le bruit de la circulation, la cacophonie des voix qui les entouraient, le grondement sourd d'un avion qui passait au-dessus d'eux dans le ciel.

— Je ne sais pas pourquoi, mais il existe une raison à ce qui se passe.

Que *se passe-t-il* ? se demanda-t-il. *Que pense-t-elle qu'il se passe ?*

— Je n'étais pas prête pour toi il y a 16 ans, dit-elle. Mais… je suis là maintenant.

Lorsqu'on surfe et que la planche nous glisse sous les pieds, on plonge dans l'eau. Notre tête est entourée de bulles et de tourbillons, nos cheveux tournoient devant nos yeux et, pendant quelques secondes, on n'est pas certain de savoir où se trouve le haut. Et, si on est malchanceux, on se relève avec la bouche pleine de sable.

Mais, d'autres fois, nos cheveux sont rejetés en arrière, et on regarde vers le haut, et le ciel se trouve exactement là, par-delà les quelques centimètres d'eau au-dessus de nous, assez proche pour qu'on puisse tendre la main, traverser la surface et le toucher. Et on émerge dans la lumière du soleil et on prend une profonde inspiration purifiante.

C'était ce qu'il ressentait en ce moment — un surfeur faisant irruption dans l'air et remplissant ses poumons de l'air dont ils avaient cruellement besoin, l'air qui était l'essence même de la vie.

*Je suis là maintenant*, avait dit Erika. Il se pouvait qu'elle ne soit pas là demain ou la semaine prochaine. Elle avait toujours le pouvoir de le détruire s'il s'ouvrait trop. Mais pour le moment…

*Je suis là.*

Elle était là. Et lui aussi.

Au moment d'entrer à l'Atomic Slims, Erika était encore en train de retourner dans sa tête la confession qu'elle avait faite à Ted, et celle qu'il lui avait faite. Elle ne s'était pas attendue à ce qu'ils se montrent aussi honnêtes de façon si rapide. Elle avait envisagé un rendez-vous avec Bill, l'ami de Sarah, juste quelques minutes avant de retrouver Ted à la Taverne du Cheval Blanc. Et Ted entretenait une relation, bon sang. Cette soirée était censée réunir deux vieux amis, rien de plus. Quelques bons moments, quelques souvenirs, quelques nouvelles. Point.

Mais ensuite, il l'avait secouée avec ses paroles solennelles, à savoir qu'elle était restée gravée dans son esprit ces 16 dernières années, et elle l'avait secoué en lui disant que les choses arrivaient toujours pour une raison. Quoi qu'il se soit passé au cours de ces 16 années, elle était à ses côtés maintenant. *À ses côtés.* Cela semblait presque terrifiant.

Pourtant, elle ne se sentait pas terrifiée. Elle avait conquis des montagnes, elle avait conquis des océans et, ces jours-ci, elle était en train de conquérir le monde financier. Elle avait certainement suffisamment de courage pour rester *aux côtés* de Ted assez longtemps afin de découvrir ce qu'il se passait.

L'Atomic Slims était un club de la taille d'un timbre-poste ; la piste de danse était un petit carré bondé de gens. Erika aimait danser au milieu d'une foule. Elle attrapa la main de Ted et l'entraîna au milieu. Lorsqu'ils commencèrent à bouger sur la musique, elle se surprit à repenser à une autre piste de danse il y a 16 ans de cela, alors qu'il portait un costume et qu'elle portait une robe couleur pastel, qui était censée la faire paraître mince et élégante, et alors qu'ils avaient chacun dansé avec d'autres personnes. Elle avait secrètement espéré danser avec lui.

À présent, elle n'avait plus à espérer. Il n'y avait pas de secret. Ils dansaient. Ils se touchaient. Ils riaient. Leurs regards se heurtaient, et ils découvrirent qu'ils étaient tous les deux en train de chanter en chœur sur les chansons qui passaient. Exténués après quelques morceaux, ils se frayèrent un chemin jusqu'au bar, et Erika paya une bière à toutes les personnes qui se trouvaient proches d'eux. Elle était la vice-présidente d'une grande institution financière et, cette fois, elle s'était souvenue d'apporter son portefeuille. Elle pouvait se permettre une folie.

Elle était d'humeur festive. Ted et elle avaient chacun laissé entrevoir à l'autre un aperçu de leur âme, et ils avaient survécu. Plus que survécu ; ils se réjouissaient de cet instant, du fait d'être ensemble pour cette unique soirée. Elle avait envie de danser avec lui à tout jamais, mais c'était impossible. Donc, elle allait danser avec lui maintenant, et boire, et faire la fête.

Après avoir tous les deux épanché leur soif, ils retournèrent sur la minuscule piste de danse et laissèrent la musique les emporter. Et, parce qu'elle était tellement heureuse, tellement ravie d'être à ses côtés, elle enroula ses bras autour de son cou dans une accolade spontanée.

Les bras de Ted se refermèrent autour d'elle, et il parut aussi fou de joie qu'elle l'était.

Et elle pensa : *Je suis à ses côtés. Et c'est exactement là où je veux être.*

# Seize

❧

De : Ted Skala
À : Erika Fredell
  Nuit de dingues.

De : Erika Fredell
À : Ted Skala
  En fait, une nuit incroyable, en quelque sorte. J'aimerais bien te revoir, peut-être en des circonstances un peu moins dingues. Je me sens plutôt vulnérable en écrivant ceci, mais je n'ai pas envie de commettre la même erreur deux fois avec toi.

De : Ted Skala
À : Erika Fredell
  J'ai pensé à la nuit dernière et à tout ce dont nous avons parlé… Vers où allons-nous, hein ?

De : Erika Fredell

À : Ted Skala

Je sais. Vers où allons-nous…

Voilà ce que je pense. Je pense que, si nous ne faisons rien, nous allons le regretter. Cependant, pour ne pas avoir de regrets, pour y aller, il faut mettre nos vies sens dessus dessous. Ce qui est énorme, je sais.

Je pense qu'on ne peut maîtriser certaines choses dans la vie.

Savoir qu'elle ne pouvait maîtriser certaines choses dans la vie effrayait sacrément Erika. Ce qu'elle avait aimé dans l'équitation, c'était de savoir qu'elle pouvait maîtriser un animal de 500 kilos, le diriger sur un parcours et le faire sauter un obstacle. Ce qu'elle avait aimé dans la navigation, c'était qu'elle était capable de maîtriser la réponse d'un bateau aux coups de vent et aux vagues. Ce qu'elle avait aimé dans le ski, c'était que, peu importe l'inclinaison de la pente ou combien la neige était glacée, elle pouvait maîtriser sa vitesse d'un simple mouvement des chevilles, d'un fléchissement de ses genoux, d'un déplacement de son poids.

Mais elle n'était pas capable de maîtriser ses sentiments pour Ted. Pas cette fois.

Comment avait-elle été capable de maîtriser beaucoup plus efficacement ses sentiments quand elle était plus jeune ? Elle était adulte maintenant. Elle avait de l'expérience. Elle avait une idée claire de la direction qu'elle voulait donner à sa vie. Elle savait ce qui avait de l'importance pour elle.

Avoir un partenaire, un compagnon, un homme dans sa vie n'avait pas eu d'importance jusqu'à ce que Ted envahisse sa vie.

Où allons-nous ?

Il avait une petite amie. À cette pensée, un goût amer monta au fond de la gorge d'Erika. Elle détestait l'idée qu'elle puisse être une briseuse de ménage. Ce n'était pas qu'il était marié. On ne pouvait pas dire qu'Erika pourrait être convoquée en tant que complice d'adultère pendant une procédure de divorce. Mais elle était fière d'avoir une éthique lorsqu'il s'agissait de relations. Si un gars était pris, elle restait à l'écart.

Si Ted était pris, pourquoi était-il allé danser avec elle ? Pourquoi l'avait-il regardée comme il l'avait fait, toute la soirée, et touchée, et serrée dans ses bras ? Pourquoi lui avait-il dit qu'elle était gravée dans son esprit ?

*Où cela allait-il les mener ?* Nulle part, se dit-elle d'un air grave. Danser avec lui la moitié de la nuit avait été charmant, mais elle n'avait pas oublié les paroles qu'il avait prononcées il y a tant d'années. Ces paroles étaient profondément gravées dans son esprit : *Je ne voudrai plus jamais de toi, je ne pourrai plus supporter d'être encore blessé comme ça.*

Donc, où cela allait-il les mener ?

Ted savait qu'il devrait lui dire qu'il était célibataire. Mais faire confiance était bigrement difficile.

Il avait trouvé un appartement à Hoboken et avait quitté l'endroit qu'il avait partagé avec Marissa à Brooklyn. Il passa la voir quelques fois, et elle lui dit de laisser tomber. Il se disait qu'elle se remettrait assez vite de leur rupture.

Même lorsqu'ils étaient ensemble, lorsqu'elle l'avait poussé à s'engager davantage, il n'avait jamais senti qu'elle était davantage amoureuse de lui que lui ne l'était d'elle.

Elle voulait un enfant et elle était anxieuse à propos de son âge. Il avait été le petit ami à portée de main. Il l'avait bien aimée, bien sûr. On ne restait pas avec une femme pendant trois ans si on ne l'appréciait pas. Mais il n'avait pas voulu avoir d'enfant avec elle. Peut-être que, s'il l'avait aimée davantage, il aurait été d'accord. Mais…

Il ne faisait pas *dans l'amour*.

Donc, elle aurait à trouver un autre donneur de sperme, et il ne doutait pas qu'elle y arrive. Elle était belle, intelligente, tout ça.

Son nouvel appartement n'était pas à tomber à la renverse. Il disposait du nécessaire et pas beaucoup plus. Peut-être que, s'il était le vice-président d'une grande banque, il pourrait s'offrir un appartement à Manhattan. East River Marketing était un endroit merveilleux pour travailler, mais Hoboken était davantage dans ses moyens. Juste en face de Manhattan, de l'autre côté du fleuve Hudson, l'ancienne enclave ouvrière crasseuse était réellement en passe de s'embourgeoiser. Heureusement, pas complètement embourgeoisée, sinon Ted n'aurait pas pu s'offrir Hoboken non plus.

Même s'il travaillait à Manhattan, cela lui avait toujours paru comme un endroit magique, juste hors de sa portée. Une mine d'émeraudes. Un eldorado. Il était un garçon du New Jersey, le gamin qui travaillait à la station-service au lieu d'aller à l'université. Manhattan était le genre d'endroit où vivait une princesse comme Erika.

Il tenta de s'imaginer son appartement. Elle avait mentionné, à un moment ou à un autre, qu'elle vivait à Gramercy Park. Le peu de choses qu'il savait à propos de Gramercy Park, c'était qu'il s'agissait d'un quartier chic, constitué d'anciens grands immeubles qui bordaient un véritable parc fermé où seuls les habitants des environs étaient autorisés à y entrer. Le parc était encerclé d'une grande grille en fer forgé, et les résidents disposaient d'une clé, ou d'une carte d'accès, ou quelque chose du genre. Il imaginait Erika vivre dans un de ces grands immeubles anciens, dans un appartement aux plafonds hauts, avec du parquet, et un foyer au bois. Une chambre à coucher au moins, peut-être deux, et une salle de bain — ou deux — avec des éviers en marbre et une baignoire sur pieds. Il imaginait des lustres ornés, des moulures décoratives et des rebords de fenêtre assez larges pour supporter des géraniums en pot.

Combien gagnaient les vice-présidents des banques ? Suffisamment pour s'offrir un tel appartement, supposait-il.

Serait-il capable d'aller à son appartement et de rester sur ses gardes ? Arriverait-il à lui rendre visite là-bas, lui faire l'amour là-bas, passer la nuit avec elle là-bas, et partir au petit matin le cœur intact ? Serait-elle encore capable de le détruire complètement s'il la laissait faire ?

Mon Dieu, oui.

S'il la laissait faire.

Cette fin de semaine-là, ils se rendirent à Coney Island, l'équivalent à Brooklyn des bruyantes promenades de bois le long de la côte du New Jersey. Ils se baladèrent sur la promenade, inhalèrent le vif mélange d'odeurs : l'océan, les écrans solaires parfumés à la noix de coco, la barbe à papa et l'huile chaude de pizza et de pain frit; et ils écoutèrent la symphonie de bruits de plage : le vent, les vagues martelant le sable, les bips électroniques et les odeurs corporelles émergeant des salles de jeux, les cris perçants de plusieurs milliers de personnes qui s'ébattaient dans l'océan, qui se criaient les uns les autres sur la plage, qui hurlaient dans la grande roue, les montagnes russes et les attractions de la fête foraine.

L'été était officiellement arrivé, et Erika sentait sa peau s'imprégner des rayons brûlants du soleil. Bien que son teint soit clair pour une femme à moitié latina — les gènes nord-européens de son père semblaient avoir pris le dessus sur les gènes sud-américains de sa mère —, Erika bronzait facilement. À la fin de la journée, ses bras nus et la partie de ses jambes qui dépassaient de son short montraient une riche couleur caramel.

À côté d'elle, Ted s'arrêtait fréquemment pour jeter un coup d'œil à un kiosque ou à une salle de jeux, clairement enclin à tenter sa chance au stand de tir à la carabine sur une cible mouvante ou à amasser des points sur l'un des flippers complexes d'un autre kiosque. Mais il ne céda jamais à la tentation. Il marchait en traînant des pieds, ses cheveux scintillant sous le soleil, les mains dans les poches de son ample bermuda.

Erika avait envie qu'il lui prenne la main.

Elle aurait voulu ne pas avoir envie de cela. Ils n'étaient que des amis, après tout — même si elle trouvait étrange qu'il ait choisi de passer un samedi après-midi avec elle plutôt qu'avec sa petite amie. Elle pouvait dire, grâce à la courbe pensive de sa bouche et la façon dont il continuait à observer l'horizon, que quelque chose perturbait son esprit. Après tant d'années, elle était encore capable de lire en Ted. Aujourd'hui, elle pouvait dire qu'il n'était pas d'une humeur des plus insouciantes, bien qu'il ait choisi de prendre le métro jusqu'à Coney Island avec elle.

Il fit un geste du menton en direction d'un stand de nourriture.

— Tu as faim?

Elle haussa les épaules. Elle pouvait envisager de manger quelque chose, mais pas les cochonneries pleines d'huile, grasses et sucrées qu'offraient les vendeurs. Le stand qu'il avait désigné vendait des glaces italiennes. Pas d'huile ni de graisse.

— Bien sûr, dit-elle.

Elle prit une coupe de glace au citron, et il s'acheta un grand bretzel moelleux parsemé de cristaux de sel. Ils trouvèrent un banc vide face à l'océan et s'assirent. Ted installa ses pieds sur la balustrade qui bordait la promenade et regarda l'océan au loin.

Il prit une bouchée de son bretzel, mâcha et avala.

— Quoi? l'incita Erika.

Il lui jeta un coup d'œil et se mit à rire.

— *Quoi? Quoi?* Souviens-toi que je t'avais démontré que ce n'était pas correct de dire «Quoi?» comme tu le faisais.

Elle rit à son tour.

— Ah, oui.

Ils étaient au lycée à l'époque, et elle avait expliqué sa théorie à propos de la raison pour laquelle les filles disaient constamment «Quoi?» quand quelqu'un leur disait quelque chose qu'elles avaient envie d'entendre. Si un garçon disait «Tu es jolie», une fille disait «Quoi?». S'il disait «Je t'aime», elle disait «Quoi?». La raison, avait expliqué Erika, était que la fille voulait entendre le garçon le dire encore une fois. Ted avait songé à sa théorie pendant quelques minutes, puis il l'avait interpellée avec un des mots les plus obscènes et les plus ignobles qu'un garçon puisse donner à une fille. «Quoi?» s'était-elle écriée, choquée qu'il puisse dire une telle chose. «Voilà ce qu'il en est de ta théorie», avait-il dit.

— Tu n'as rien dit, fit-elle remarquer à présent. C'est pour cette raison que j'ai dit «quoi». J'ai l'impression qu'il y a quelque chose que tu as envie de dire et que tu ne dis pas.

— Heu.

Il mangea encore un peu de son bretzel. Erika essaya de ne pas fixer son profil joliment ciselé, les angles de sa mâchoire quand il mâchait, la lueur attirante au fond de ses yeux mi-clos sous le soleil éblouissant.

Elle ne devrait pas le pousser. Elle n'avait pas le droit de connaître ses secrets, n'avait pas le droit de lui demander plus que ce qu'il voulait lui donner de bon gré. Mais elle ne put s'en empêcher.

— Alors? Vas-tu le dire?

— Je suis seul.

— Seul comment?

— Seul, comme dans sans attaches.

Le cœur d'Erika fit un petit bond. Elle n'aurait pas dû être heureuse d'entendre ceci, mais c'était le cas. Plus qu'heureuse. Elle était folle de joie.

Elle tenta de tempérer sa joie. Ce n'était pas simplement parce que Ted était sans attaches que cela signifiait qu'il avait l'intention de s'attacher à elle. Il lui avait dit qu'il ne l'aimerait plus jamais, et elle le croyait.

Elle repoussa toutes ces pensées loin d'elle et se concentra sur lui.

— Tu vas bien ?

— Maintenant que je mange ce bretzel, oui, dit-il. Je mourais de faim.

— Non... je parle de la rupture.

— Oh.

Il remua sur les lattes rigides du banc et termina de manger un anneau de son bretzel.

— Oui.

— Tu étais avec elle depuis longtemps.

Il haussa les épaules.

— Cela ne prenait pas la direction qu'elle souhaitait ; donc je me suis dit que rompre était la chose la plus juste à faire.

— Est-ce qu'*elle* va bien ?

— Elle s'en tire probablement mieux maintenant que lorsque nous étions ensemble.

Erika réfréna son envie de dire qu'il était une sacrée bonne prise et qu'aucune femme saine d'esprit ne se sentirait mieux sans lui qu'avec lui.

— Est-ce que tu as dû déménager ?

— Oui. J'ai trouvé quelque chose à Hoboken. La plupart des meubles lui appartenaient ; alors le déménagement n'a pas été trop dur.

— Quand est-ce que tout cela s'est passé ?

Il lui lança un coup d'œil avant de reprendre sa contemplation de l'horizon.

— Avant qu'on aille danser l'autre soir.

Elle se demanda pourquoi il ne lui en avait pas parlé à ce moment-là. Peut-être le lui *avait*-il dit, en quelque sorte. Il lui avait dit qu'elle était gravée en lui. Et il l'avait prise dans ses bras sur la piste de danse, et elle s'était sentie tellement liée à lui, comme si un circuit avait été raccordé, laissant passer un courant électrique en elle. Elle n'avait pas osé demander à ce moment-là si le courant le traversait, lui aussi — parce qu'elle avait pensé qu'il était toujours avec sa petite amie.

Mais il ne l'était plus.

*Où cela allait-il les mener ?*

Elle se conseilla de ne pas poser davantage de questions. Elle avait demandé plus que ce qu'elle n'aurait dû, et il avait été assez gentil de lui répondre. Le pousser à en dire plus ne serait pas juste. Elle devrait se satisfaire de savoir qu'il était disponible à présent, que, s'il y avait une chance qu'il change d'avis à propos de sa volonté de ne jamais revenir avec elle, ses chances n'avaient augmenté que d'un ou deux pour cent. Et c'était bien suffisant pour l'instant.

— J'ai besoin d'évacuer cette cochonnerie, annonça-t-elle en léchant sa glace italienne qui fondait rapidement. Dès que nous aurons terminé notre collation, nous devrions aller sur le Cyclone. Ou le Tilt-A-Whirl. Sur lequel veux-tu aller ?

— Lequel est susceptible de moins faire vomir ?

— Ne fais pas la mauviette. Ce sera le Tilt-A-Whirl.

De : Erika Fredell

À : Ted Skala

Qui sait la raison pour laquelle tout ceci se passe maintenant ? Je ne peux répondre à cette question pour toi et je ne peux te dire ce qui va arriver ensuite. Je peux uniquement te dire ce que je ressens lorsque je suis avec toi. Je suis vraiment bien et à l'aise, en paix et en sécurité.

Nous devons être lucides et honnêtes, et de bonnes choses arriveront.

J'aimerais m'allonger sous un arbre. J'ai encore le tournis à cause de ce satané Tilt-A-Whirl.

Ted relut le courriel qu'elle lui avait envoyé le jour suivant leur sortie à Coney Island et, ensuite, le lut une troisième fois. Il avait le tournis, lui aussi, et le Tilt-A-Whirl n'avait rien à voir avec cela.

Il n'avait pas voulu lui dire qu'il était un homme célibataire.

Il n'avait pas voulu la désirer autant.

Il était avachi sur le divan, son BlackBerry dans une main, et une bière Budweiser froide et la télécommande dans l'autre. Il pressa le bouton des chaînes, et une succession d'émissions défila sur l'écran : une explosion de rire d'une comédie, une ritournelle publicitaire mielleuse, les vociférations d'un commentateur, deux personnes d'une beauté inhabituelle qui dévalaient une ruelle sombre, un match des Yankees. Il cessa de zapper et laissa les Yankees envahir le salon. Ils jouaient contre les Red Sox, ce qui voulait dire que ce serait une partie intense et exaltante.

Cependant, il n'arrivait pas à s'intéresser à l'issue de la partie.

*Tu vas au-devant d'un désastre, Skala. C'est d'Erika dont il s'agit. Erika Fredell qui t'a arraché le cœur et l'a écrasé sous les talons froids et durs de ses bottes d'équitation. Erika dont les amies se sont moquées de toi quand tu as pris l'avion jusqu'à Denver comme un cinglé éperdument amoureux et que tu lui as solennellement offert un ours en peluche. Erika que tu t'es évertué à impressionner, et qui n'était jamais impressionnée.*

*Erika qui a dit non quand tu lui as demandé de t'épouser.*

*Erika qui t'a si sévèrement blessé que tu as juré de ne plus jamais faire confiance à une femme de la même manière.*

De l'autre côté de la pièce, Derek Jeter fit un double point produit avec un coup sûr, et Ted ne fut même pas capable de l'acclamer en même temps que la foule du Yankee Stadium. Il inclina la bouteille de bière contre ses lèvres et laissa quelques grandes gorgées glisser dans sa gorge, puis soupira. Comment allait-il se protéger d'Erika ?

Pendant des années, il s'en était bien tiré. Il avait vécu ici et là, était revenu dans le New Jersey, s'était bâti une carrière à New York, une pierre après l'autre. Il avait rencontré des femmes. Il avait eu des relations. Et il n'avait laissé personne le blesser.

Il avait décidé de joindre Erika le mois dernier simplement parce que Marissa méritait quelque chose et qu'il avait besoin de savoir s'il était la personne capable de le lui donner. Pas seulement un enfant, mais aussi un engagement. Accepter que le passé était derrière lui, qu'il était complètement guéri et qu'il était temps d'enlever au moins une couche de son armure de protection.

Pas uniquement pour Marissa mais pour lui-même, il devait vérifier qu'Erika faisait véritablement partie du passé. Donc, il avait repris contact et avait convenu de la retrouver dans ce bar de Soho.

Et bon sang, il avait découvert qu'il n'avait pas tourné la page.

Combien de temps un amour pouvait-il rester en suspens ? L'amour n'était-il pas comme une fleur qui flétrit et qui meurt si on ne l'arrose pas ? N'était-il pas comme un feu qui s'éteint lorsqu'on n'y ajoute pas de carburant ?

Il serait à court de mauvaises métaphores à propos de l'amour avant que son amour pour Erika ne meure.

La manche se termina avec Jeter laissé au troisième but, et Ted ferma les yeux. L'écran de télévision fut remplacé par l'écran de son imagination, sa mémoire — et Erika était la vedette du spectacle qui y était diffusé. Erika sur la promenade de Coney Island, avec le vent marin qui soulevait ses cheveux. Ses longs et beaux cheveux, pas ces affreux cheveux courts qu'elle arborait à l'aéroport de Denver. Elle était jolie avec les cheveux courts — elle était tellement belle que, même chauve, elle aurait été jolie —, mais il avait détesté cette coiffure parce qu'elle avait représenté la nouvelle personne qu'elle était devenue, le rejet de celle qu'elle avait été.

Celle qu'elle avait été, c'était la petite amie de Ted. Quand elle avait coupé ses cheveux, elle l'avait, lui aussi, éliminé de sa vie.

Mais elle avait de nouveau les cheveux longs, longs comme à l'époque de cet été magique, il y a tant d'années de cela. Le soleil de Coney Island avait fait resurgir des mèches dorées, tout comme il avait bruni sa peau.

*Tu t'es juré de rester à l'écart des femmes latinas, Skala. Tu ne t'en souviens pas ?*

Il rit, même s'il se sentait plus misérable qu'amusé. Oui, il s'était juré de rester à l'écart des femmes latinas et, maintenant, la star des femmes latinas était de retour dans sa vie.

Il laissa tomber la télécommande sur la table basse éraflée en face de lui et prit son BlackBerry. Quelques clics firent apparaître ses courriels sauvegardés, et il se mit à lire ce qu'elle lui avait écrit : *Nous devons être lucides et honnêtes, et de bonnes choses arriveront.*

Comment pouvait-elle en être aussi certaine ? Il ne s'était rien passé de bon la dernière fois qu'ils avaient été ensemble.

Mais il n'avait pas été lucide à cette époque. Honnête, oui — et elle avait été sacrément aussi honnête que lui. Mais son esprit avait été aussi clair que de la gouache, une peinture avec laquelle il aimait particulièrement travailler parce qu'elle était tellement opaque. Une belle substance, dense en couleurs. Mais pas du tout transparente.

Il avait été dense. Intense. Il l'avait aimée d'une manière obsessive et, ensuite, quand elle l'avait quitté, il s'était éclairci la tête en fumant tout au long de Tempe à Seattle jusqu'au Costa Rica où Bob, ce vieux type dingue qui faisait du surf, l'avait maintenu défoncé lorsqu'ils ne surfaient pas sur les vagues, et parfois quand ils surfaient.

Lucide à cette époque, non. Maintenant ? Maintenant, une voix intérieure l'avertissait qu'il devenait trop lucide. Il ne faisait pas confiance à cette voix. C'était la voix qui l'avait persuadé de prendre des risques, dont certains s'étaient révélés sacrément payants, d'autres pas tant que cela.

Il vida sa bouteille, la boisson froide et amère le rafraîchissant. D'accord, il allait devenir lucide. Non pas en dépit du fait qu'il vienne de vider d'un trait une bouteille de bière, mais à cause de cela, pensa-t-il avec un rictus.

Des pensées claires : il voulait Erika. Il la voulait avec la même intensité qu'il l'avait voulue au secondaire. Non, il la voulait davantage à présent qu'il ne l'avait voulue à l'époque. Maintenant, elle était une femme. Elle avait toujours été calme et sûre d'elle mais, à présent, elle avait de l'expérience. Elle avait parcouru le monde. Toutes ces aventures dont elle avait rêvé, elle les avait vécues, et l'expérience était comme un élément unique dans ses veines. Elle irradiait la force et la connaissance de soi.

Elle était simplement… étonnante.

*Des pensées claires,* se rappela-t-il.

Il la voulait. Il voulait l'embrasser. Il voulait s'allonger à ses côtés, sur elle, sous elle. Il voulait l'envelopper. Il voulait sentir sa peau contre la sienne. Il voulait sentir ses cheveux tomber en cascade sur son visage. Il voulait entrer en elle et la sentir le prendre en elle.

Bon sang ! Penser à Erika pendant plus d'une minute entraînait son esprit vers le bas pour se loger dans son bas-ventre.

*Des pensées claires.* Il la désirait. Il voulait avoir des relations sexuelles passionnées avec elle. Il pouvait certainement avoir des relations sexuelles passionnées avec elle tout en gardant la tête froide, non ? Il pouvait lui donner son corps tout en protégeant son cœur.

Il lut son courriel une nouvelle fois. Aucun d'eux ne savait pourquoi cela arrivait maintenant ou ce qui allait se passer par la suite. Mais, quoi qu'il en soit, elle était partante. Il n'allait certainement pas la laisser être plus audacieuse que lui.

Il composa son numéro et écouta la sonnerie de son téléphone à l'autre bout de la ligne.

— Allo ?

— Allons-y pour un rendez-vous, dit-il.

# Dix-sept

⁓ ❦ ⁓

Ted lui avait demandé de choisir la date et l'heure de leur rendez-vous. Plus facile à dire qu'à faire. Elle avait un emploi du temps de dingue. Le travail exigeait d'elle des choses impossibles, et elle partait demain pour un voyage prévu de longue date à Sun Valley. Néanmoins, elle avait prévu de quitter le boulot un peu plus tôt la veille de son départ, si bien que cette soirée paraissait le moment idéal pour se retrouver. Il avait accepté de venir la chercher à son appartement à 18 h.

Qu'il ait proposé de venir la chercher chez elle était une chose importante pour elle. Cela voulait dire qu'il s'agissait réellement, vraiment, d'un rendez-vous, pas juste d'une réunion amicale après le boulot. Le retrouver quelque part directement après le travail aurait pu être plus facile — elle n'aurait pas eu le temps de s'occuper de ses cheveux et de mettre du rouge à lèvres, et elle n'aurait pas eu à se tracasser au sujet de ce qu'elle devrait faire s'il demandait à monter. Son appartement était tellement petit — une seule pièce, une simple chambre à coucher qui servait également de salle de séjour, de salle à manger, de salon et de bureau.

Ted et elle étaient encore en train de décrypter les choses. Si ceci était effectivement un rendez-vous, c'était leur premier, ou du moins leur premier en 16 ans. Elle n'allait pas l'inviter à entrer dans sa chambre.

Non qu'elle ne soit pas tentée. Si elle demandait au portier d'autoriser Ted à monter, il se pourrait qu'ils n'atteignent jamais le bar à vin. Elle serait capable de le tirer violemment sur le seuil, de claquer la porte, de le pousser sur le lit et de faire ce qu'elle voulait de lui. Elle était elle-même gênée des constants fantasmes sulfureux qu'elle faisait à propos de Ted depuis leur sortie à Coney Island. Il y avait quelque chose dans le fait de monter sur le Tilt-A-Whirl avec un homme attirant qui pouvait rendre une femme incroyablement chaude.

Elle se mit à rire, et ensuite secoua la tête, espérant pouvoir se débarrasser de telles pensées de la même façon qu'un chien se débarrasse de l'eau en secouant son corps. Leur rencontre chez Fanelli's avait été une réunion amicale, leur sortie à Coney Island, de l'amusement. Elle n'allait *pas* laisser Ted monter. Malgré leur histoire, ils n'allaient pas reprendre là où ils s'étaient arrêtés il y a 16 ans. Ted n'allait pas avoir un accès facile à son lit grâce à un clin d'œil et un sourire éblouissant.

Son interphone retentit, et elle abandonna ses efforts visant à dompter les frisottis de ses cheveux. Quand elle souleva le combiné de l'interphone, le portier lui rapporta qu'un homme qui s'appelait « Ted Scallop » la demandait.

— Dites-lui que je descends immédiatement, fit-elle,

Elle retourna ensuite à la salle de bain pour une dernière inspection de son aspect dans le miroir. Sa robe était neuve — elle l'avait achetée à l'occasion de cette soirée — et elle semblait fluide et flatteuse sans être osée. Elle vérifia l'intérieur de son sac afin d'être certaine d'avoir son portefeuille — même s'il s'agissait d'un rendez-vous, elle n'allait pas oublier son portefeuille encore une fois —, puis elle quitta l'appartement, le fermant à clé derrière elle.

Ted ne se trouvait pas dans le hall, mais le portier fit un signe de tête en direction de la porte d'entrée vitrée, et elle repéra Ted à l'extérieur, appuyé contre la boîte aux lettres, en train de taper un message texte sur son BlackBerry. Elle remercia le portier et se glissa hors du bâtiment.

— Salut Erika, dit Ted sans lever la tête.

Elle fit un large sourire devant sa capacité à sentir sa présence même sans la regarder. Avait-il perçu un effluve de son parfum ? Ou bien était-il tellement en harmonie avec elle qu'il sentait sa proximité de manière subliminale ?

Il était époustouflant. Pas uniquement dans un sens objectif, pas juste comme un mec suffisamment beau pour faire tourner les têtes, mais en tant que *Ted*, l'homme avec qui elle avait rendez-vous. L'homme qui avait été un jour le garçon qu'elle avait aimé.

Elle l'*avait* aimé à l'époque. Elle y avait pensé et repensé, se remémorant tous les détails de leur été passé ensemble, se souvenant des battements qu'elle avait sentis dans son cœur et dans ses entrailles chaque fois qu'elle le voyait, chaque fois qu'elle entendait sa voix au téléphone. Chaque fois qu'ils étaient ensemble — et quand ils étaient séparés, aussi.

Elle l'avait aimé, mais s'était convaincue du contraire.

Jusqu'à aujourd'hui, elle ne regrettait pas sa décision d'avoir rompu avec lui. Le moment n'avait pas été le bon à l'époque. Maintenant, il était parfait. Tout en cet instant — l'apparence de Ted nonchalamment appuyé contre la boîte aux lettres, vêtu d'une veste, d'un polo au col ouvert, d'un pantalon ajusté, qui lui rappela la puissance de ses jambes de lutteur, et ses yeux aussi verts et pleins de vie que l'océan l'avait été samedi dernier à Coney Island — était parfait.

Sauf le fait qu'il lui avait dit qu'il ne l'aimerait plus jamais.

Il l'avait invitée à *sortir*, bon sang. Peut-être ne l'aimait-il pas. Peut-être ne pouvait-il pas l'aimer. Mais ils avaient cette soirée, ce moment. Si ce n'était pas parfait, cela pouvait bien être aussi proche de la perfection qu'elle pouvait l'espérer.

Il finit par ranger son BlackBerry dans une poche, lui lança un regard appréciateur de haut en bas... et un sourire étincelant.

— J'aime ton collier, dit-il.

Elle dut toucher son cou pour se souvenir du collier qu'elle avait choisi. Tout ce temps passé à enfiler sa nouvelle robe, à s'occuper de ses cheveux et à agiter son eye-liner, et elle n'était même plus capable de se souvenir de son apparence. Le collier était une de ses pièces à grosses mailles et artisanales. Elle avait uniquement deux sortes de bijoux : des parures classiques et discrètes dignes d'une fille d'agent de change, et des breloques brutes et rudimentaires. Elle se demanda ce que Ted penserait de son élégant rang de perles de culture qui reposait dans sa boîte à bijoux là-haut.

— Y a-t-il un endroit charmant dans le coin? demanda-t-il. C'est ton territoire. Où devrions-nous aller?

— Est-ce que nous cherchons à manger ou à boire? Ou les deux?

— Les deux, répondit-il.

Ensuite il fit un geste de la main qu'elle interpréta comme signifiant qu'elle devait montrer le chemin.

Elle n'avait pas envie d'ouvrir la marche. Elle avait envie de lui tenir la main. Encore mieux, elle avait envie qu'il passe un bras autour de ses épaules et qu'il la tienne contre lui tout en marchant dans la rue. Ce n'était pas qu'un rendez-vous, pensa-t-elle; c'était un *premier* rendez-vous, et leur passé ne semblait pas avoir d'importance. Il garda les mains dans les poches, et elle garda les siennes le long de son corps. Ils se sentirent vides, creux.

*Premier rendez-vous.*

— Cet endroit est bien, dit-elle tandis qu'ils s'approchaient d'un chaleureux bar à vins. On peut y manger et boire.

— Parfait.

Il lui tint la porte ouverte, et elle entra.

L'hôtesse, une jeune femme maigre avec les pommettes assez saillantes pour couper jusqu'au sang, les conduisit à une petite table ronde. Une rose unique de couleur rose reposait dans un vase bouteille au centre de la table. À côté de celle-ci, une flamme frétillante dansait à l'extrémité d'une mèche plongée dans un bain d'huile au fond d'un bol en verre soufflé. Erika se concentra sur la fleur et la lampe, car c'était plus facile pour ses nerfs que de porter son attention sur Ted. Il était diablement beau. Et elle ne pouvait effacer de sa mémoire les paroles dures qu'il avait prononcées autrefois.

*Je ne voudrai plus jamais de toi.*

Il lui demanda comment s'était passée sa journée, et elle lui répondit :

— Elle a été chargée. Exigeante. Pas mal, conclut-elle en soupirant.

— Juste pas mal ?

Une autre femme frêle vint prendre leur commande. Des actrices sans contrats, déduisit Erika — la serveuse et l'hôtesse. À moins que ce ne soient des mannequins au chômage. Elles étaient certainement assez décharnées.

Ted parcourut rapidement la carte des vins avant de la tendre à Erika.

— Je ne vois pas de Budweiser ici, plaisanta-t-il. Tu choisis.

Elle demanda un Pinot Grigio, et Ted commanda une assiette de fruits et de fromages pour qu'ils puissent grignoter. Dès que la serveuse s'en alla en se déhanchant d'un pas qui ressemblait tout à fait au pas nonchalant des défilés de mode, il fixa son regard sur Erika.

— Pourquoi juste pas mal ? Je pensais qu'il s'agissait là du boulot de tes rêves.

— Je le pensais, moi aussi, admit-elle. Je ne devrais même pas en parler, mais… bon, l'économie va plutôt mal. Certaines des grandes institutions bancaires vont en prendre un coup, et ma compagnie pourrait être une de celles-ci.

— Vraiment ?

Ted ne sembla pas surpris mais soucieux. Son regard se réchauffa dans une lueur de sympathie.

— Un coup sérieux à quel point ?

— Je ne sais pas. Il y aura probablement des licenciements. Je ne pense pas courir de risque, mais est-ce que j'ai envie d'être là alors que tous les autres seront virés ?

— Tout le monde ?

— Eh bien, non.

Elle se rendit compte qu'elle exagérait un peu les choses, mais partager ses inquiétudes avec Ted était un tel soulagement. Elle n'avait été capable d'en parler à personne d'autre. Son père, un vétéran de Wall Street, aurait pu lui apporter son point de vue perspicace mais, si elle en parlait à ses parents, ils se seraient fait du mauvais sang pour elle. Et elle ne pouvait parler de l'économie chancelante avec ses collègues qui sentaient tous le sol trembler sous leurs pieds aussi fort qu'elle.

Mais elle pouvait se confier à Ted, dont le point de vue serait aussi perspicace que tout ce que son père aurait pu lui dire. Il dit que voguer dans le monde de l'économie ces jours-ci était comme faire un tour sur le Tilt-A-Whirl — ou, encore plus à-propos, surfer sur une vague.

— Tu penses que ton pied est assuré et que tu gardes ton équilibre, et puis, soudain, une vague que tu ne peux même pas voir te renverse. Ça n'a rien à voir avec quelque chose que tu as fait. Tu ne peux rien faire pour t'y préparer. Ça arrive, c'est tout.

La conversation coula aussi doucement que du vin que l'on sert. Ils sirotèrent leur Pinot Grigio, grignotèrent des raisins et des tranches de brie, disposées sur du pain grillé au blé entier, et Erika plongea son regard dans les yeux de Ted et y vit le garçon qu'elle avait aimé quand elle était au secondaire et l'homme qu'il était devenu. Il avait changé —

et n'avait pas changé. C'était comme voir double, voir le passé et le présent en même temps chez une même personne, et sentir son propre passé et son propre présent entrer en collision. Celle qu'elle était à l'époque, celle qu'elle était maintenant. Ce qu'elle ressentait à l'époque, ce qu'elle ressentait maintenant.

Il était déjà facile de lui parler du moins à l'époque — du moins avant la fin, avant que leurs conversations ne tournent en boucle sur le fait qu'elle le quitterait. Cependant, même après avoir rompu avec lui, elle lui avait fait confiance. Elle avait pensé qu'il parlait toujours avec son cœur, en dépit du fait que son cœur était en morceaux. Elle l'avait blessé, et il le lui avait dit, d'une façon aussi honnête qu'il lui avait toujours parlé : *Je ne voudrai plus jamais de toi. Je ne pourrai plus supporter d'être encore blessé comme ça.*

Elle l'avait aimé à l'époque. Aimé comme une jeune fille de 18 ans, dont l'horizon s'ouvrait, pouvait aimer un garçon qui ne se trouvait pas à l'intérieur de cet horizon. Cela avait été un amour puéril, un amour incomplet, un amour improvisé. Mais cela avait été de l'amour.

Et maintenant ?

C'était de l'amour. Elle était en train de retomber complètement amoureuse de Ted Skala. Pas du garçon qu'il avait été à l'époque, mais de l'homme qu'il était aujourd'hui. Tout en l'écoutant parler, tout en hochant la tête, et en riant, et en répondant de manière raisonnable à ses commentaires, une partie de son cerveau émettait des signaux frénétiques, comme l'une de ces alarmes de voiture passant du klaxon retentissant au hurlement d'une sirène, puis à un bruit strident. Ted était en train de percer et d'entrer dans son cœur, et son esprit émettait un avertissement assourdissant : *Il ne voudra plus jamais de toi. Pas de cette manière. Tu lui as fait trop de mal.*

Si elle l'aimait — il n'y avait pas de *si* —, alors il pourrait la blesser aussi sérieusement qu'elle l'avait blessé. Et ainsi, ils seraient à égalité. Peut-être était-ce tout ce à quoi elle pouvait s'attendre.

Parce que soudainement, enfin, elle comprenait ce qu'il avait vécu il y a bien des années, quand elle l'avait abandonné et avait pris sa propre route. Ce qu'il avait ressenti à l'époque, ce qu'elle ressentait maintenant, était dingue. C'était obsédant. C'était magique. C'était effrayant.

C'était de l'amour.

— Alors, où vas-tu demain ?

— Sun Valley, lui répondit-elle.

Ils avaient fini de manger et de boire et quittèrent le bar à vins. Au-dessus de leurs têtes, le soleil se déployait en bleu lavande, une couleur qu'elle associait toujours aux soirées d'été à Manhattan, et l'air était chaud sans être étouffant. Au contraire de Soho, Gramercy Park irradiait un calme majestueux : de jeunes couples déambulaient sur les trottoirs en faisant avancer des poussettes élaborées, de vieux couples appuyés l'un à l'autre avançaient lentement, leur démarche lourde en raison de leur âge et de leur affection. Quelques adolescents les frôlèrent sur leurs scooters. Les arbres qui entouraient le parc au centre du quartier étaient recouverts de feuilles qui s'agitaient doucement et projetaient des ombres vacillantes sur le sol.

— Je pars directement après le boulot demain.

— Qu'est-ce qu'il y a à Sun Valley ?

— Des pistes de ski, dit-elle avant de se mettre à rire. Personne ne skie à cette époque, bien sûr. C'est très beau là-bas hors-saison. Quand j'étais à l'université, je faisais un peu de randonnée. J'ai vraiment beaucoup aimé les montagnes de l'ouest. Donc je vais retrouver quelques amis là-bas pour faire un peu de randonnée, nager et profiter de l'hôtel à prix réduit.

— Ça a l'air vraiment bien.

— Je pense que cette petite pause loin du boulot me fera du bien.

*Cette pause loin de toi me fera du bien aussi*, pensa-t-elle. Son cœur semblait gonflé d'amour pour Ted. Elle avait besoin de s'éloigner, de prendre du recul. De se souvenir qu'il lui avait juré qu'il ne l'aimerait plus jamais.

— J'espère que tu passeras tout ton temps là-bas à penser à moi en train de trimer dur et de suer ici à New York, de respirer les gaz d'échappement des bus et d'essayer de maintenir l'économie à flot.

— Tu es tellement digne, le taquina-t-elle. Tellement altruiste.

— Ouais, c'est tout moi.

Il lui prit la main de manière soudaine et la tira. Elle pensa qu'il devait avoir vu un jeune sur un scooter ou sur une planche à roulettes fonçant sur eux à toute vitesse et qu'il l'écartait de la trajectoire de l'ado. Mais, lorsqu'elle regarda par-dessus son épaule, elle n'aperçut personne. Et, quand elle se retourna, elle se rendit compte que Ted l'avait poussée vers un perron dont les marches en pierre brune menaient vers l'entrée voûtée d'une charmante vieille maison mitoyenne.

Avant qu'elle ne puisse le questionner, elle était dans ses bras. Il pencha la tête, posa sa bouche sur la sienne et s'éternisa.

*C'est ça l'amour*, pensa-t-elle en posant les bras sur ses épaules puissantes et solides et en lui rendant son baiser.

Le baiser sembla durer une éternité. Il n'était pas brûlant, il n'était pas contraignant. Les lèvres de Ted simplement contre les siennes, douces et tendres, qui l'exploraient, qui la mordillaient et la savouraient. Elle perçut le goût aigre du vin et des poires au miel, et la chaleur de son propre désir tandis que sa bouche séduisait doucement la sienne.

Auparavant et à présent, pensa-t-elle. Il embrassait fabuleusement bien à l'époque et il embrassait encore mieux maintenant. Ses baisers l'avaient rendue dingue à l'époque, et elle en était encore plus dingue maintenant.

Oh, elle était dans de sales draps. Ce n'était pas de la nostalgie. C'était de l'amour.

Ce fut lui qui mit fin au baiser. Si cela avait dû dépendre d'elle, elle serait restée sur le perron de cette maison mitoyenne, blottie dans ses bras, à l'embrasser et l'embrasser encore tandis que la nuit tombait sur eux et que le lendemain faisait son arrivée. Elle ne serait pas allée travailler et aurait manqué son vol pour l'Idaho.

Cependant, si elle avait été la personne raisonnable à l'époque, voilà que c'était lui, la personne raisonnable à présent. Il inspira profondément, l'observa et sourit. Ensuite, il lui prit la main et parcourut avec elle le dernier pâté de maisons jusqu'à son immeuble. Aucun des deux ne prononça un mot. Aussi facilement qu'ils arrivaient à parler, ils pouvaient aussi facilement apprécier le silence de l'autre.

Devant son immeuble, elle envisagea la possibilité de le faire entrer. Elle ne devrait pas ; ils devaient travailler tous les deux le lendemain matin, et elle devait encore faire ses valises pour son voyage et…

Et elle ne voulait pas que son cœur soit brisé. Même si c'était son destin, elle n'était pas encore prête à l'accepter.

Mais il fit le choix à sa place en faisant un pas en arrière et en disant :

— Bien, on se verra à ton retour.

— D'accord.

Elle paraissait à moitié droguée. *D'accord. Comme tu voudras, Ted. Je suis toute à toi.*

Il lui tenait encore la main et il la souleva jusqu'à ses lèvres pour déposer un baiser sur sa paume. Ensuite, il replia les doigts d'Erika sur celle-ci comme pour s'assurer que son baiser n'échappe pas à son étreinte, puis il se retourna et s'en alla.

Elle se dit qu'elle dormirait pendant le vol. Elle était absolument certaine de ne pas avoir dormi cette nuit-là. Elle était trop excitée, trop ivre, aussi étourdie que si elle venait de descendre du Tilt-A-Whirl. Comme si elle s'y trouvait encore, incapable d'en descendre — peu disposée à le faire.

Elle se débrouilla pour feindre de travailler, un œil sur sa montre, l'autre sur sa valise déposée dans un coin de son bureau. Lorsque son portable sonna cet après-midi-là, elle pria pour que ce soit Ted.

Au lieu de cela, c'était son amie Allyson.

— Est-ce qu'il y a quelque chose dont tu as envie de me parler, lui demanda Allyson.

Erika était trop fatiguée et distraite pour comprendre ce qu'insinuait Allyson. Elle laissa échapper un rire las.

— Non. Il n'y a rien au monde dont j'aie envie de te parler.

Un autre rire, et elle ajouta :

— Je t'ai dit que je prends un vol cet après-midi pour Sun Valley, non ?

— Mets-toi Sun Valley où je pense. Peut-être que tu ne veux rien me dire, mais j'ai envie de te dire quelque chose.

— Quoi ?

— Je viens de recevoir un message de Ted Skala. Il disait, et je cite : « J'ai embrassé cette fille, Erika, hier soir. » Qui est *cette fille, Erika* ? De quelle Erika crois-tu qu'il parle ?

Erika se remit à rire, une explosion de pur bonheur.

— Oh, Allyson. Je suis amoureuse.

# Dix-huit

*Penser à elle qui se trouvait dans l'Ouest, en train d'escalader des montagnes, me donnait des brûlures d'estomac. Elle était déjà partie dans l'Ouest et avait escaladé des montagnes par le passé, n'est-ce pas? Elle avait escaladé des montagnes, s'était tenue sur des pics enneigés et avait admiré le monde étalé à ses pieds, et je ne faisais pas partie du paysage. Elle ne me voyait pas du tout.*

*Vas-y doucement, Skala. Sois prudent. Une seule femme au monde peut te briser le cœur, et c'est Erika Fredell.*

*Si tu n'as qu'une chose à faire dans ta vie entière, c'est celle-ci : te protéger. Ne plus la laisser te blesser.*

Elle lui envoya un message texte depuis Sun Valley. Elle était peut-être en train d'escalader des montagnes là-bas, ou de nager dans la piscine de l'hôtel, ou de faire les magasins, ou juste en train de décompresser du stress qu'elle connaissait au boulot mais, d'une certaine manière, elle se débrouillait pour le garder dans son panorama. Ses messages étaient brefs et superficiels, mais il n'avait pas besoin qu'ils soient longs et qu'ils viennent du cœur. Tout ce dont il avait besoin, c'était de savoir qu'elle pensait à lui au moins à moitié aussi souvent qu'il pensait à elle. Cela lui permettrait de patienter jusqu'à son retour.

Dès qu'elle serait de retour chez elle, il avait l'intention de la revoir. Il *devait* la revoir. Était-il censé lui demander de sortir encore quelques fois ? N'était-ce pas un peu désuet ? Un peu artificiel ? Après tout ce qu'ils avaient traversé tous les deux ?

Il avait simplement envie de la voir, d'être avec elle. De s'imprégner d'elle.

Son téléphone portable sonna alors qu'il se trouvait à son bureau. À la seconde sonnerie, il pivota et se détourna de la maquette publicitaire qu'il était en train d'évaluer. Il vérifia l'écran de son portable afin de savoir qui l'appelait et sourit.

— Salut, Fred, lui dit-il. Tu es de retour ?

— Entourée de gratte-ciel au lieu de montagnes. J'avais oublié combien Manhattan pouvait être bruyant.

— Tu n'es pas partie si longtemps que ça.

— Ça m'a paru une éternité.

Elle fit une pause comme si elle n'était pas certaine de ce qu'elle venait de dire. Il n'en était pas certain, lui non plus, mais il l'interpréta comme il en avait envie : cela avait paru une éternité parce qu'il lui avait manqué.

— Qu'as-tu fait pendant mon absence ? lui demanda-t-elle.

— Mangé de la pizza, participé à quelques orgies, les trucs habituels, plaisanta-t-il. J'ai trouvé un endroit où ils servent des pizzas qui débordent d'olives. Tu sais, ces olives noires dénoyautées ? Je les adore.

— Dans ce cas, pour toi, c'est l'endroit rêvé pour y acheter des pizzas. J'espère que tu as pris autant de plaisir aux orgies qu'à manger des pizzas.

— Une orgie ressemble à une autre. Après un moment, ça devient ennuyeux.

— Bon, dit-elle, semblant un peu essoufflée. Est-ce que ton emploi du temps est complet à cause de toutes tes orgies, ou bien peut-on se voir?

Il sourit encore.

— Je vais annuler les orgies. Quand es-tu libre?

— Ce soir, c'est la pagaille. Que penses-tu de demain?

Allait-elle réellement le faire attendre un jour de plus avant de la voir?

— Demain, c'est parfait, dit-il, espérant ne pas laisser transparaître son impatience. Quand veux-tu que je vienne te chercher chez toi?

*Pourrai-je monter à ton appartement cette fois-ci?* pensa-t-il sans poser la question à voix haute. Il était curieux de voir son chez-elle. Gramercy Park était l'un des quartiers les plus huppés et luxueux de New York. Sacrément plus huppé et luxueux que son quartier à Hoboken. Il avait besoin de savoir si elle menait la vie d'une princesse de Manhattan — parce que si c'était le cas...

Merde. Il cherchait des obstacles. Espérait se protéger. Se ruait sur des excuses qui lui permettraient de se donner des raisons de rester sur ses gardes.

Erika n'était pas le genre de femme à se soucier de vivre dans un plus bel endroit que le sien. Il y a bien des années, elle n'avait pas rompu avec lui parce qu'il travaillait à la station-service tandis qu'elle suivait des cours dans une université prestigieuse, non?

Pas vraiment. Cela avait peut-être été une des principales raisons de sa rupture avec lui.

Il souffla, espérant arriver à chasser le sentiment d'insécurité de son esprit aussi facilement qu'il pouvait chasser l'air de ses poumons. Erika était en train de parler de l'heure, et il s'entendit lui promettre qu'il serait chez elle le lendemain à 19 h.

Au diable son appartement huppé, se dit-il une fois la conversation terminée et après avoir fourré son portable dans sa poche. Il allait la voir. Elle avait envie de le voir. Il pouvait se protéger sans succomber au doute. Il était un homme accompli. Personne ne pouvait ébranler sa confiance en lui.

Bon, une femme en était capable. Mais seulement s'il le lui permettait. Et il ne le lui permettrait pas.

Elle pensa à leur rendez-vous précédent tout en préparant un plateau d'amuse-gueules, sa propre version des tapas. Au départ, elle avait pensé que, lorsque le portier lui annoncerait l'arrivée de Ted, elle prendrait l'ascenseur pour le retrouver dans le hall d'entrée — ou dehors, s'il était appuyé à la boîte aux lettres tout en envoyant un message à quelqu'un sur son BlackBerry. Mais ensuite, elle s'était rappelé la façon dont ils avaient parlé dans le bar à vins et la façon dont ils s'étaient regardés, et ce qu'elle avait ressenti quand il l'avait embrassée ; et elle en avait conclu qu'ils étaient prêts pour l'étape suivante. Les nombreuses étapes à venir.

En tout cas, *elle* était prête.

Le baiser de Ted ce soir-là, avant qu'il ne parte, lui donnait la conviction qu'il était prêt, lui aussi.

Tout comme la rafale de courriels qu'ils avaient échangés hier et aujourd'hui. Toutes les heures environ, elle avait vérifié son téléphone et y avait trouvé un autre mot de sa part, des messages brefs, juste quelques mots qui signifiaient davantage que ce qu'ils disaient : il pensait à elle. Autant, aussi souvent qu'elle pensait à lui.

Elle avait quitté tôt le travail et s'était arrêtée en chemin au Whole Foods pour y acheter quelques trucs à manger. Un peu de fromage, un peu de viande séchée et un bocal d'olives noires dénoyautées, parce qu'il lui avait dit qu'il les aimait.

Quand elle était arrivée à la maison, elle s'était changée pour mettre une tenue confortable, avait arrangé ses cheveux, s'était un peu maquillée — *c'est juste Ted*, se rappela-t-elle, même si elle savait déjà qu'il n'y avait pas de *juste* qui tienne avec Ted — et s'était mise à tourner dans l'appartement pour y mettre un peu d'ordre. Il y avait des avantages à avoir un appartement de la taille d'une cabine téléphonique, pensa-t-elle en tapotant les oreillers sur son lit, qui se trouvait juste en face du coin cuisine. Il n'y avait pas moyen d'éviter cela. Il entrerait et verrait son lit.

Un frisson brûlant parcourut sa colonne vertébrale.

*C'est juste Ted,* se rappela-t-elle encore une fois. Il l'avait déjà vue nue — quand elle était une adolescente avec de belles jambes fuselées, des seins bien fermes et chaque centimètre carré de peau rosé et tendu. Elle ne devrait pas ressentir d'appréhension à ce qu'il la voie nue maintenant, même si elle avait 16 ans de plus. Elle avait plus de grâce à présent, s'assura-t-elle. Elle en savait un peu plus maintenant qu'elle n'en savait à l'époque. Elle aimait penser qu'elle pourrait avoir une meilleure idée de ce qu'elle faisait et de la façon de le satisfaire.

Si on en arrivait là. Il se pouvait qu'il reste dans l'entrée, qu'il annonce qu'il avait fait une réservation quelque part pour 19 h 15 et qu'ils feraient mieux de partir immédiatement afin de ne pas arriver en retard, et qu'il ne voie jamais le plateau de viandes, de fromages et d'olives noires qu'elle avait préparé, ni la bouteille de vin qu'elle avait sortie du réfrigérateur afin qu'il soit frais, mais pas glacé.

Quand elle l'avait retrouvé chez Fanelli's il y a quelques semaines, elle avait été nerveuse parce qu'elle n'avait pas su à quoi s'attendre ou ce qu'elle voulait. Maintenant qu'elle savait exactement ce qu'elle voulait, elle était deux fois plus nerveuse.

L'interphone retentit. Elle cessa de s'affairer autour du plateau de collation, se rinça les mains pour qu'elles n'empestent pas les olives et souleva le combiné.

— Un monsieur est là pour vous, lui indiqua son portier. C'est encore monsieur Ted Scallop.

Erika rit et décida de ne pas corriger l'erreur de prononciation du portier dans le nom de Ted.

— Dites-lui de monter, fit-elle avant de reposer le combiné et de se tourner pour inspecter son appartement.

Bien, il ne verrait pas immédiatement le lit. Il devrait d'abord entrer dans la pièce et, avec le dessus de lit et les coussins choisis avec soin, son lit pouvait presque passer pour un divan. Pas totalement, mais presque.

Elle renifla ses mains — pas d'odeur d'olive —, puis sursauta au bruit de la sonnette de sa porte d'entrée. *C'est juste Ted*, se dit-elle avant d'ouvrir la porte.

Le voir fut comme recevoir une gifle en pleine figure, seulement sans la douleur. Tout le temps qu'elle avait passé à Sun Valley, elle avait pensé à lui, tout comme elle pensait énormément à lui toutes les minutes qu'elle passait éveillée chez elle — et pendant qu'elle dormait, également. Mais, pourtant, le voir, se trouver face à l'homme qu'elle avait aimé, quand il était un adolescent, et accepter son amour pour lui maintenant, cela l'ébranlait. Cela faisait vaciller son système nerveux dans un nouvel alignement. Cela éclaircissait sa vision et, en même temps, cela lui faisait voir des étoiles.

— Salut, Fred, dit-il en entrant dans l'appartement.

Il était entré. Elle ferma la porte et se promit que, quoi qu'il se passe après, qu'ils partent immédiatement, ou qu'ils grignotent un peu avant de partir, ou bien qu'ils grignotent et puis décident de ne pas partir, cela lui irait.

— C'est donc ça? demanda-t-il en jetant un coup d'œil autour de lui.

— C'est quoi?

— Tout ton appartement?

— Non, en fait c'est un duplex, seulement les escaliers sont invisibles. Oui, c'est tout mon appartement.

Il fit quelques pas supplémentaires dans la pièce. Plus précisément, quelques pas à travers la pièce. Trop de pas dans une direction, et il se heurterait à un mur. Il étudia la petite table bistrot et les deux chaises qu'elle avait placées sous une des fenêtres, le tapis, son armoire murale qui lui servait de commode pour ses vêtements, de meuble pour son ordinateur, d'étagères pour ses livres et sa télévision. Il s'arrêta pour admirer le coffre en cèdre qui servait à la fois de rangement et de siège — dans un appartement tellement compact, tout avait un double emploi — et observa le plafond haut qui faisait paraître la pièce à la fois plus aérée et plus étroite. Après un coup d'œil aux lithographies encadrées qui ornaient les murs, il examina son lit pendant de longues secondes, puis se tourna vers elle.

— C'est tellement mignon. C'est comme une maison de poupée.

— C'est tout ce que je pouvais me permettre, expliqua-t-elle. Je veux dire, Gramercy Park — la moitié de mon salaire sert à payer l'appartement.

Il devait avoir senti au son de sa voix qu'elle était sur la défensive.

— Non, je le pense vraiment. Ce n'est pas ce à quoi je m'attendais, mais c'est vraiment mignon.

*Mignon* donna à Erika l'impression qu'il était condescendant. *Maison de poupée* lui parut... mignon.

— Eh bien, ce n'est peut-être pas grand-chose, mais je n'ai pas besoin de grand-chose.

Elle hésita, puis demanda :

— Tu t'attendais à quoi ?

— Gramercy Park. Une grande cheminée d'avant-guerre, une vue spectaculaire...

— J'ai une vue spectaculaire sur l'immeuble Chrysler, dit-elle en le conduisant vers les fenêtres. Tu vois ?

Il se tenait à ses côtés, contemplant cette tour particulière apparentée à un monument.

— Merveilleux.

— Tu détestes.

— Non.

Il se tourna vers elle.

— J'aime bien. Je pensais que tu vivais dans un palace, ou un truc du genre.

— Apparemment, je vis dans une maison de poupée.

— Je suppose que cela fait de toi une poupée.

Il lui adressa un large sourire, puis admira la vue sur l'immeuble Chrysler pendant encore un moment avant de reporter son attention sur les reproductions dont elle avait décoré les murs.

Une œuvre en particulier, qui pendait entre la porte du placard et la porte de la salle de bain, capta son attention. Il fronça les sourcils, s'en approcha et fronça encore davantage les sourcils.

— Bon sang, murmura-t-il, visiblement abasourdi.

Elle vint se placer à ses côtés et admira le dessin qu'il était en train d'observer. Il représentait deux amants dans un lit, flanqués d'ânes. Il était lumineux et fantaisiste, bizarre et unique.

— Je n'arrive pas à croire que tu l'aies gardé pendant toutes ces années, murmura-t-il.

— Pas seulement gardé, mais aussi fait encadrer.

Il secoua la tête, visiblement encore stupéfait.

— Je n'étais qu'un gamin lorsque je l'ai dessiné. Un gamin très en colère.

— On n'y décèle pas de colère. On y voit de l'amour, dit-elle.

— J'étais un gamin amoureux en colère.

Il s'approcha davantage, plissant les yeux tout en jaugeant le dessin qu'il lui avait envoyé il y a si longtemps.

— Je pensais qu'il te ramènerait à moi. Je pensais que tu le regarderais et penserais « waouh, il m'aime tant que ça », et que tu quitterais le Colorado et rentrerais à la maison.

Elle n'était pas rentrée chez elle. Mais elle avait gardé le dessin et l'avait conservé précieusement. En fait...

— Viens ici, dit-elle en lui prenant la main et en l'éloignant du dessin pour s'approcher de l'armoire murale.

Elle ouvrit le tiroir du bas, plongea la main sous ses dossiers de factures et de reçus bien rangés et en extirpa un carton à dessins. Elle défit le lien, l'ouvrit et en étala le contenu devant lui.

Un nouveau froncement de sourcils apparut, un froncement qui n'était pas dû au mécontentement mais à un simple étonnement. Le portfolio contenait toutes les lettres qu'il lui avait envoyées un jour, chaque mot, chaque dessin. Même une carte de visite professionnelle qu'il lui avait envoyée depuis Tempe quand il travaillait en tant que vendeur de voitures.

— Tu as tout conservé.

— Parfois, je me suis demandé pourquoi, admit-elle. J'ai tellement déménagé, j'ai fait la traversée de l'Atlantique, je suis venue à New York, puis je suis partie dans l'Ouest pour suivre les cours d'une école supérieure, puis je suis revenue ici... Je me débarrassais tout le temps de certaines choses, je jetais des trucs, je donnais des choses à l'Armée du Salut afin de ne pas avoir à les emporter. Mais je ne me suis jamais débarrassée de ceci.

Il feuilleta les lettres avec précaution, s'interrompant pour en parcourir rapidement quelques-unes.

— Est-ce que tu prenais de temps en temps ces lettres pour les relire ? Est-ce que c'était une chose que tu faisais chaque année par exemple — ressortir les conneries que Ted t'avait envoyées et te rappeler à quel point c'était un abruti ?

Elle lui asséna un petit coup dans les côtes d'un air taquin.

— Tu n'étais pas un abruti. Et non, je ne les relisais pas. Mais…

Son ton taquin s'évanouit, remplacé par de l'honnêteté pleine d'angoisse.

— Je devais les garder. Je n'ai jamais pu les jeter. Tu es le premier garçon que j'aie jamais aimé. Le premier garçon qui m'ait aimée. Je n'ai jamais voulu oublier cet amour.

— Il y a eu des moments où je voulais oublier cet amour, dit-il calmement. J'ai essayé de l'oublier. Mais je ne pouvais pas.

— Il a fait de nous ce que nous sommes devenus, Ted. Il fait partie de nous.

— Ouais.

Il referma le carton à dessins et le plaça avec précaution à côté de son ordinateur. Son sourire était mélancolique, une expression poignante, à la fois de peine et de joie, quand il la prit dans ses bras et l'embrassa.

Ils se tinrent à côté de cette pile de lettres et de dessins et s'embrassèrent pendant ce qui sembla une éternité. Ted enfonça les doigts dans la chevelure d'Erika, utilisa les pouces pour incliner son menton et enfonça sa langue profondément dans sa bouche. Il frôla la nuque d'Erika du bout des doigts, réchauffa ses épaules sous la paume de ses mains, glissa les mains jusqu'à l'avant de son chemisier. Il l'embrassa. S'attaqua aux boutons de son chemisier. L'embrassa encore.

Elle laissa les baisers de Ted la faire fondre, la réchauffer, l'inonder de plaisir. Elle était mélancolique, elle aussi, consciente de tout ce qu'elle avait perdu lorsqu'elle avait quitté le seul garçon qu'elle ait jamais aimé, le seul garçon qui l'ait aimée. Elle avait acquis énormément en revendiquant sa liberté, tellement appris, tellement mûri — mais elle avait aussi énormément perdu. Elle l'avait perdu.

Maintenant, elle l'avait retrouvé.

Même si elle était excitée par le frôlement de ses doigts sur sa peau nue tandis qu'il ouvrait un bouton après l'autre le long de son chemisier, elle l'était encore plus par la façon dont il la regardait. Elle avait toujours pensé que ses yeux avaient un pouvoir spécial, pas uniquement le pouvoir de la fasciner par leur beauté, mais le pouvoir de voir davantage que les autres gens. Il était un artiste : il remarquait les lignes et les formes des choses, les couleurs et les nuances, avait un discernement que beaucoup de gens ne possédaient pas.

Mais il la *voyait également*. Quand il la regardait de la façon dont il la regardait en cet instant, elle était certaine qu'il discernait ses aspirations, ses craintes, son âme. Quand ils étaient jeunes, il avait vu en elle la personne qu'il avait voulu qu'elle soit. Maintenant, il voyait la personne qu'elle était réellement.

Elle s'attaqua à son tour à l'avant de la chemise de Ted, s'attardant sur chaque bouton, le taquinant de doux petits tapotements et de caresses du bout des doigts sur son torse qu'elle était en train de dénuder. Bien avant qu'elle ait réellement compris ses propres réponses, elle fut pétrifiée par une vision de Ted dans son juste-au-corps de lutte, cet uniforme en lycra moulant qui avait tant laissé entrevoir son corps dégingandé d'adolescent.

Son corps n'était plus celui d'un adolescent. Son torse était chaud et solide, épaissi par les muscles. Quand sa chemise fut complètement ouverte, elle posa les mains à plat sur sa poitrine, ayant besoin de sentir ce qu'elle pouvait voir : qu'il était un homme, fort et robuste, et qui la désirait. Elle caressa les contours fermes de ses épaules, senti le battement déchaîné de son cœur, constata le galbe de ses abdos tandis qu'elle parcourait rapidement la distance jusqu'à la ceinture de son pantalon. Quand ses mains se posèrent sur le haut de sa braguette, il laissa échapper un son qui était à moitié un soupir et à moitié un gémissement.

Il l'embrassa encore, un baiser affamé, avide qui la submergea de sensations. Comment pouvait-elle être capable d'ouvrir sa braguette quand il l'embrassait ainsi ? Comment pouvait-elle le déshabiller — ce qui était en ce moment le seul et unique but de sa vie ? Comment pouvait-elle penser, alors que sa langue jouait avec la sienne, l'attirait, la soumettait ?

Elle fut à peine consciente du léger frisson qui parcourut ses épaules quand il fit glisser son chemisier le long de ses bras pour l'en débarrasser. À peine consciente du titillement au milieu de son dos tandis qu'il détachait son soutien-gorge. Bien trop consciente de la chaleur de ses mains quand il les ramena vers ses seins, qu'il prit en coupe, et quand il écarta les doigts autour.

— Fred, murmura-t-il. Erika.

— Oui.

C'était tout ce qu'elle avait à dire. Tout ce qu'elle était *capable* de dire.

Elle était heureuse que son appartement soit si petit. Ils n'eurent qu'à faire quelques pas pour atteindre le lit. Ils se laissèrent tomber dessus, et elle se rendit compte qu'ils n'avaient jamais fait l'amour dans un lit.

Ils n'avaient jamais fait l'*amour*, pensa-t-elle. Ils avaient eu des relations sexuelles. Et oui, elle avait aimé Ted, et il lui avait juré qu'il l'aimait. Cependant, ils étaient trop jeunes pour saisir ce que signifiait l'amour. Cela avait été un concept idéal et abstrait.

À présent, c'était réel. C'était le destin.

Il l'embrassa, l'embrassa, l'intoxiqua de ses baisers. Il finit de la déshabiller et l'aida à finir de le déshabiller. Ils étaient tous les deux allongés, leurs corps se collant l'un contre l'autre avant de se séparer afin de laisser de l'espace pour que leurs mains réclament, touchent, prennent. Chaque partie du corps de Ted — épaules, dos, fesses, cuisses, mollets — était aussi chaude et dure que sa poitrine l'était. Chaque partie sauf son érection qui était beaucoup, beaucoup plus brûlante, beaucoup, beaucoup plus dure.

Elle laissa courir ses doigts le long de son corps.

— Aimes-tu ça? chuchota-t-elle.

Quand ils étaient jeunes, elle ne lui avait jamais demandé ce qu'il aimait. Elle était trop timide.

Un rire doux et faible lui échappa.

— Même si j'étais mort, j'aimerais ça, dit-il.

Il se déplaça sur le matelas et pencha la bouche vers sa poitrine. Des vagues de chaleur se diffusèrent en elle lorsqu'il frotta son nez contre un de ses seins et puis l'autre.

Elle enfonça ses doigts dans les cheveux de Ted, gardant sa tête contre elle et pensant : *Oui, j'aime ça.* Quoi qu'il lui fasse, tout ce qu'il lui faisait… oui, elle aimait ça.

Il leva la tête et la regarda.

— As-tu une idée de jusqu'à quel point tu es belle ? lui demanda-t-il.

C'était une question à laquelle il lui était impossible de répondre. Un oui semblerait arrogant de sa part, un non résonnerait comme faussement pudique. Elle aimait avoir belle allure, mais elle n'était pas obsédée par son apparence. Pourtant, quand elle plongea dans son regard, elle y vit qu'elle était belle. Elle était belle parce que Ted pensait qu'elle était belle. Elle était belle parce qu'il la désirait.

— Fais-moi l'amour, murmura-telle.

— Je pense que je peux faire ça, dit-il, faisant glisser sa main le long de son corps. Peut-être un peu mieux que la dernière fois.

La dernière fois. Il y avait 16 ans de cela. La nuit précédant son départ pour le Colorado. Cet instant avait été précieux à sa manière, tellement doux-amer. Un *au revoir* scintillait en eux en cet instant. Il planait dans l'air. Il avait été chuchoté dans chaque baiser.

Elle pria pour que, cette fois, il n'y ait pas d'*au revoir* qui plane. En passant les mains le long de son dos, en agrippant ses hanches, en se soulevant de l'oreiller pour mordiller le creux de sa gorge, elle pria pour que ce soit le commencement de quelque chose, pas une conclusion.

Cette fois, elle comprenait ce qu'était l'amour. Elle y croyait. Elle le vivait.

Cette fois, il savait ce qu'il faisait. Ils le savaient tous les deux.

Il titilla son corps de ses doigts jusqu'à ce qu'elle gémisse de désir, ondulant les hanches, ses mains tâtonnant et s'agrippant. Ensuite — enfin — il s'unit à elle et, pendant un instant de béatitude, le monde s'immobilisa et devint silencieux. Tout avait trouvé un équilibre, tout était comme cela devait être. Ted et elle, unis.

Ils bougèrent en communion, œuvrèrent ensemble. Ils sentirent les besoins de l'autre, ajustèrent leur poids, leur rythme, leur souffle jusqu'à ne plus être qu'une seule entité qui plane et qui s'envole.

Les sensations la déchirèrent, des pulsations profondes et dévastatrices de plaisir qui la laissèrent haletante, tremblante et merveilleusement épuisée. Au-dessus d'elle, Ted grogna, perdu dans sa propre extase. Elle le tenait tout contre elle, le laissant plonger dans son étreinte. Son souffle était frais contre son épaule. Son dos était recouvert d'un voile de sueur.

*Je t'aime, Ted Skala.*

Elle n'osa pas prononcer ces mots à haute voix. Elle avait peur qu'il ne la croie pas. Elle avait pensé qu'elle l'aimait auparavant, et puis elle était partie. La croirait-il si elle déclarait l'aimer cette fois-ci? Mieux valait attendre, lui prouver son amour. Alors il la croirait lorsqu'elle prononcerait ces mots.

Après qu'il eut retrouvé son souffle, il la relâcha et se laissa retomber sur le dos à côté d'elle.

— Nettement meilleur que la dernière fois, dit-elle.

Il rit et l'attira contre lui, plantant un baiser lent et las sur ses lèvres.

— Je pense qu'on commence à maîtriser le truc.

Allongée sur le côté, elle balada son doigt sur sa poitrine.

— Je n'étais pas certaine de ce qui était planifié pour ce soir…

— Je ne sais pas quel était *ton* plan. Ceci était *mon* plan, déclara-t-il.

Ceci avait été son plan à elle également, mais elle le laissa penser que tout ceci originait de lui.

— Quoi qu'il en soit, j'ai préparé des petites choses à manger, si tu as faim. Juste des trucs à grignoter et un peu de vin.

— Ça me tente.

Il la relâcha et se releva pour s'asseoir, installant des coussins dans son dos.

Elle traversa la pièce et rejoignit la cuisine pour y prendre le plateau qu'elle était en train de préparer lorsqu'il était arrivé.

— Devine ce que j'ai acheté, rien que pour toi.

— Quoi ?

Elle pencha le plateau pour qu'il puisse voir.

— Des olives noires dénoyautées.

Elle avait pensé qu'il aurait souri, mais son expression était plutôt pensive que joyeuse.

— Tu les as achetées pour moi ?

Avait-elle commis une erreur ?

— Tu as dit que tu les aimais.

— Erika.

Enfin, son sourire apparut, un sourire lent et profond.

— Tu pensais à moi en achetant ces olives ?

— Bien sûr.

— Penses-tu souvent à moi ?

— Tout le temps.

Elle l'admit sans se sentir embarrassée.

— C'est dingue, dit-elle en déposant la bouteille de vin, deux verres et la nourriture sur un plateau qu'elle emporta sur le lit. Tout au long de la journée, tout au long de la nuit. Tu ressembles à un truc sorti d'un de ces films ringards de science-fiction. Tu t'es emparé de mon cerveau.

Cela le fit rire. Il redevint sérieux quand elle le rejoignit sur le lit et installa le plateau entre eux.

— Est-ce que tu penses à *nous deux* ? demanda-t-il.

Elle comprenait pourquoi il ne riait plus. Il était sérieux.

— Oui, répondit-elle honnêtement. Je pense beaucoup à *nous deux*.

Elle tendit la main en direction de la bouteille, et il l'intercepta, gardant sa main dans la sienne.

— Est-ce que tu es amoureuse de moi ? demanda-t-il.

S'il n'avait pas été prêt à l'entendre, il n'aurait pas posé la question. Elle enroula les doigts autour des siens et répondit :

— Oui, Ted. Je suis amoureuse de toi.

Il porta la main d'Erika à sa bouche et en embrassa la paume, comme il l'avait fait le soir avant qu'elle ne parte pour Sun Valley.

— Ça fait 16 ans que je suis amoureux de toi, dit-il. Il était temps que tu le comprennes.

Quand il lui avait fait l'amour, elle avait été certaine que rien ne pourrait la faire se sentir mieux que de le sentir profondément en elle, uni à elle. Mais elle s'était trompée.

Entendre Ted lui dire qu'il l'aimait était encore meilleur.

## Dix-neuf

La dernière fois qu'il s'était retrouvé à l'aéroport de Denver en compagnie d'Erika, cela avait été l'une des pires journées de sa vie. Il s'était tenu là avec un ours en peluche dans les mains et il avait montré ses sentiments au grand jour, et une toute nouvelle version d'Erika était apparue avec de toutes nouvelles amies. Il avait quitté l'aéroport en sachant, même s'il n'avait pas voulu l'admettre, que leur relation était morte. Il avait tenté de la faire ressusciter, avait tenté de faire une réanimation cardio-respiratoire, avait posé des électrodes et avait essayé de la ramener à la vie par des électrochocs. Cependant, rien n'avait marché. L'amour était parti.

Il ne devrait probablement pas penser à cela maintenant. Cependant, tout comme il avait senti des fantômes dans sa maison pendant son enfance, il sentait les fantômes de cette journée épouvantable planer autour de lui, tandis qu'Erika et lui déambulaient dans le hall à la recherche d'un endroit qui offrait de bons plats en attendant leur vol de retour pour New York.

*La relation n'est pas morte,* se dit-il. *C'est le passé qui est mort. Laisse le passé là où il est.*

Ils étaient partis dans le Colorado pour assister au mariage d'une des amies d'Erika à Vail. Il n'était jamais allé à Vail auparavant et, en septembre, l'endroit n'avait vraiment rien à voir avec la Mecque du ski. Mais les montagnes étaient pittoresques, et le mariage avait été amusant. Et il avait senti qu'Erika ne l'avait pas simplement emmené pour ne pas avoir à assister au mariage sans être accompagnée, mais parce qu'elle avait voulu que ses amis le rencontrent. Elle avait voulu le présenter comme l'homme qui faisait partie de sa vie. Elle avait voulu reconnaître en public que la combinaison entre elle, lui et un environnement de noces fonctionnait bien.

Il était temps de tuer le fantôme du passé de l'aéroport de Denver. Les choses se passaient extrêmement bien entre Erika et lui. Ils étaient ensemble dès qu'ils le pouvaient et, quand ce n'était pas possible, ils communiquaient grâce à un échange constant de courriels et de textos. Ils passaient la plupart de leurs nuits dans l'appartement d'Erika, de la taille d'une boîte à chaussures, qu'ils avaient tous les deux pris l'habitude d'appeler la Maison de poupée. Ils passaient la plupart de leurs nuits enlacés dans son lit, faisaient l'amour, s'assoupissaient, se réveillaient avant de recommencer. Faire l'amour avec Erika était comme une seconde naissance. C'était comme faire irruption dans le monde, aspirer l'air dans ses poumons, tout voir, entendre et sentir comme si c'était la toute première fois.

Parfois, il se sentait comme l'adolescent dingue qu'il avait été, pensant constamment au sexe — pas uniquement le sexe mais le sexe avec Erika. Grâce à Dieu, il se débrouillait mieux maintenant que cet adolescent fou. Pour ce qu'il pouvait en dire, il la satisfaisait bien plus maintenant qu'à l'époque.

— Cet endroit laisse croire qu'ils ne nous serviront pas de la nourriture empoisonnée, dit-elle en ralentissant le pas avant de s'arrêter devant un restaurant moyen de gamme.

C'était un endroit clos, ne faisant pas partie d'une aire de restauration, et aucune odeur de graisse ne s'en échappait, de sorte qu'il hocha la tête en signe d'assentiment et lui tint la porte ouverte.

Ils firent rouler leurs bagages jusqu'à une table et s'assirent. Le menu comportait les plats habituels — hamburgers, sandwichs, steaks, pâtes. Conscients qu'il n'y aurait pas de nourriture à bord de l'avion, ils commandèrent des salades et des entrées. Ted demanda une bière, et Erika un verre de vin.

— As-tu trouvé que c'était un beau mariage ? demanda Erika alors qu'ils attendaient que leurs plats arrivent. Avec les montagnes en toile de fond ? Bon sang, que j'aime le Colorado !

Il l'étudia depuis l'autre côté de la table. Ses yeux étaient tellement animés, ils brillaient tandis qu'elle visualisait le spectacle grandiose de la veille. Il aimait tout en elle — les proportions parfaites de ses traits, l'éclat de ses dents quand elle souriait, le contour de ses joues, sa chevelure merveilleusement longue, mais tout spécialement ses yeux, tellement expressifs, tellement pleins de vie.

*Tue le fantôme.*

— Donc, tu as envie de te marier dans le Colorado?

Si elle sentit une autre question cachée derrière sa constatation, elle ne le mentionna pas.

— De manière hypothétique? demanda-t-elle.

Il hocha brièvement la tête parce qu'il n'était pas encore prêt à passer le cap de l'hypothétique.

— De manière hypothétique... Ce serait un vrai casse-tête, répliqua-t-elle. Je veux dire, c'est magnifique, mais planifier un mariage à distance est vraiment difficile. Et la plupart des personnes que je voudrais inviter sont retournés dans l'Est. La famille, les amis... Je me vois mal demander aux gens de traverser la moitié du continent juste pour avoir les montagnes en toile de fond. J'aime le Colorado, mais je suis une New-Yorkaise désormais.

— Donc, tu préférerais te marier à New York. De manière hypothétique.

— Mais un mariage à Manhattan devrait être petit parce que, bon sang, tout coûte cher.

Il rassembla son courage et passa à l'étape suivante.

— Que dirais-tu si je ne te parlais pas d'un mariage abstrait, Fred? Que dirais-tu si je te parlais d'un mariage qui aurait vraiment lieu?

Elle le fixa, visiblement abasourdie. Il n'était pas certain de ce qu'elle pouvait lire dans ses yeux, parce qu'après un long moment, elle émit un rire nerveux et haussa les épaules. La serveuse arriva avec leurs boissons et leurs salades, et elle prit le temps de remercier la jeune femme avant de tourner son regard vers Ted.

— Tu parles de *notre* mariage?

— Eh bien...

Allait-il trop vite ? Elle paraissait tellement ébranlée.

— Bien sûr. De manière hypothétique.

— *Notre* mariage, dit-elle.

Elle prit un instant pour reprendre contenance.

— D'accord.

Il arbora un large sourire, conscient de la raclée qu'était en train de prendre le fantôme du passé de l'aéroport de Denver qui battait en retraite.

— Je veux dire... Ce n'est pas comme si je te demandais de m'épouser, ou quoi que ce soit.

— Tu m'as demandée en mariage il y a 16 ans, sur le siège arrière de la Wagoneer.

— Je pense qu'il existe un règlement qui limite le nombre de demandes en mariage.

Elle parvint à sourire. Il aimait la voir ainsi perdre pied. Erika était toujours tellement calme, tellement sûre d'elle. Voir ses yeux briller d'un magnifique mélange d'incertitude, d'espoir et de folle envie chatouillait son égo et réchauffait son âme.

— Est-ce qu'un mariage à Manhattan te conviendrait ? demanda-t-elle.

— Ce serait parfait.

N'importe quel endroit serait parfait en autant qu'Erika soit la mariée. Ils pourraient s'épouser au Waldorf Astoria. Au City Hall. À Grand Central Station ou à Central Park. Ils pourraient se marier à la Maison de poupée, bien qu'il doute que l'appartement d'Erika puisse accueillir sa famille proche, sans parler de sa famille éloignée, de la famille d'Erika, et de tous leurs amis.

— Alors... Je veux dire, devrions-nous discuter de ceci ? demanda-t-elle.

— Comme tu l'as dit, je t'ai demandé de m'épouser il y a 16 ans. Je ne peux plus faire marche arrière maintenant.

Il fit claquer son verre de bière contre le verre de vin d'Erika et but une gorgée.

— On dirait que je suis coincé, dit-il en faisant semblant d'être déçu.

— Parce qu'il faut savoir que j'ai 34 ans.

Elle prit une petite gorgée de son vin, puis piqua dans sa salade, sa voix paraissant un peu plus sûre d'elle à présent.

— Si nous voulons des enfants, il faut que l'on s'y mette le plus vite possible. Nous *allons* avoir des enfants, n'est-ce pas?

— Absolument.

Le fantôme tomba en poussière et fut emporté par le vent sec de la montagne. Disparition du passé de Denver. Uniquement le projet extraordinaire d'avoir des enfants avec Erika. Des petits Ted. Des petites Erika. Beaucoup.

— Parce qu'une fois que nous serons mariés, cela pourrait prendre un certain temps avant que je ne tombe enceinte, et puis, tout à coup, je me retrouverais à l'aube de mon quarantième anniversaire. Si nous le faisons, il faudra s'y mettre rapidement.

— Très bien.

Assez rapidement pour qu'elle ne puisse y penser deux fois. Assez rapidement pour qu'elle ne puisse pas changer d'avis.

— Je sais que tu as pris soin d'animaux; donc je pense que tu devrais t'en sortir avec des enfants.

— Ouais. Ces années de pratique avec Ba Ba et Bunky m'ont bien préparé à ça. Tu aurais dû voir à quel point j'étais doué pour changer les couches de Bunky.

Erika lui donna un petit coup sans le toucher. Elle semblait à la fois amusée et sérieuse.

— Restera-t-on en ville une fois que nous aurons des enfants ? Si c'est le cas, les enverra-t-on dans des écoles privées ? Les meilleures écoles privées ont des listes d'attente infinies. Peut-être devrions-nous inscrire les noms de nos enfants sur les listes dès maintenant. Au fait, cette salade n'est pas trop mauvaise. Comment est la tienne ?

— Pas terrible. Nous n'avons pas encore d'enfants, lui rappela-t-il. Nous ne sommes même pas encore mariés.

— Eh bien, je suppose… qu'on doit régler ça au plus vite.

— Je pensais…

En fait, il n'y avait pas pensé, du moins pas consciemment. Cependant, s'ils allaient se marier — et apparemment, après toutes ces années, ils allaient enfin le faire —, il voulait faire les choses correctement.

— Je pensais que je devrais descendre en Floride et parler à tes parents. Et leur demander ta main.

Erika se rejeta en arrière sur sa chaise, apparemment encore plus abasourdie qu'auparavant.

— C'est tellement vieux jeu, dit-elle.

Pendant un moment, il eut peur d'avoir dit quelque chose de mal. Puis, le visage d'Erika s'illumina d'un sourire radieux.

— C'est tellement gentil.

Il se rappela l'appel téléphonique d'Erika depuis le Colorado après qu'il lui eut envoyé le dessin, les représentant tous les deux entourés d'ânes, et après qu'elle lui eut dit que c'était tellement gentil. À l'époque, il avait cru qu'elle avait pris un air condescendant. Cependant, elle avait conservé ce dessin, elle l'avait encadré et, jusqu'à aujourd'hui, il était accroché bien en vue dans son appartement. Quand Erika disait que quelque chose était gentil, elle le pensait vraiment.

Gentil, mais aussi, il faut l'avouer, vieux jeu.

— Je veux qu'ils voient que je ne suis pas le voyou qui travaillait à la station-service et qui avait donné du fil à retordre à leur fille durant l'été qui a suivi le secondaire.

— Tu ne m'as pas donné du fil à retordre. C'est *moi* qui t'en ai fait baver.

Il ne pouvait la contredire.

— Je veux qu'ils voient que je m'en suis bien sorti, que je prendrai bien soin de toi. Que je suis *capable* de bien prendre soin de toi. Et qu'il n'y a rien que je souhaite plus au monde que de prendre soin de toi. Sauf peut-être de changer les couches d'un mouton. Ça a toujours été l'une de mes activités favorites.

Les yeux d'Erika brillèrent à nouveau, et il se rendit compte qu'ils étaient embués par les larmes.

— Je suis certaine qu'ils vont adorer entendre à quel point tu étais doué pour changer les couches de Bunky, dit-elle.

Ils discutèrent des lieux existants pour célébrer un mariage à Manhattan pendant le reste de leur repas, puis traversèrent le hall pour rejoindre la porte d'embarquement de leur vol. Dès qu'ils furent attachés à leur siège, Erika fouilla dans son sac à main et en extirpa un bloc-notes et un stylo. Les moteurs se mirent à gronder, l'hôtesse de l'air fit des gestes pour expliquer comment utiliser les masques à oxygène et Erika griffonna sur le bloc-notes qu'elle tendit à Ted, de même que le stylo. Il lut ce qu'elle y avait écrit : «Si nous ne vivons pas en ville, quel genre de maison aimerais-tu ? »

L'avion tangua en se détachant de la porte d'embarquement. La voix du pilote envahit la cabine, offrant un rapport banal à propos de la vitesse des vents arrière et du ciel dégagé. Ted nota : «Avec suffisamment de chambres pour les enfants. Suffisamment de terrain pour les animaux. »

Il lui rendit le bloc-notes.

— Des chevaux ? écrivit-elle avant de lui donner le bloc-notes.

— Et des ânes, écrivit-il en retour.

Elle rit.

— Combien d'enfants ? écrivit-elle.

— Pas au point qu'ils doivent dormir à quatre dans une chambre, écrivit-il.

Elle lui reprit le bloc-notes, lut ce qu'il avait écrit et rit de nouveau.

— Je t'aime, écrivit-elle.

Il lui prit le bloc-notes.

— Épouse-moi, écrivit-il.

— Oui, écrivit-elle.

L'avion s'élança à toute vitesse sur la piste et s'éleva dans les airs avant de devenir soudainement silencieux, calme,

Judith Arnold

en lévitation. Ted fit le serment que le fantôme du passé de Denver était parti à tout jamais.

— J'ai une idée, dit Erika.

Vêtue d'un tee-shirt trop grand, elle était assise sur son lit. Des brochures et des impressions d'ordinateur étaient étalées autour d'elle en piles bien nettes. Ted la taquina en la traitant de maniaque — en réalité, elle ne l'était pas, mais elle aimait les choses organisées. Elle ne pouvait imaginer organiser un mariage sans classer les plans, le programme et les schémas en piles séparées.

Que l'on soit au milieu de la nuit ne la décontenançait pas. Ted et elle étaient sortis pour faire la tournée des discothèques, étaient rentrés à la Maison de poupée vers 1 h et avaient fait l'amour. Elle aurait dû être en train de dormir à poings fermés en ce moment, mais elle était trop gonflée à bloc, son esprit stimulé par l'adrénaline. Elle avait récemment changé de poste au travail, et chaque minute qu'elle ne passait pas à gérer sa nouvelle position dans le milieu des finances, elle la passait à planifier les détails complexes de son mariage avec Ted.

Il semblait heureux de lui laisser l'organisation. Il pouvait se débrouiller avec le plan d'ensemble, qui était, dans ce cas-ci : *Nous allons nous marier*. Cependant, comparer les prix par assiette dans ce restaurant et cet hôtel et analyser les avantages des petits gâteaux par rapport à une pièce montée, tout cela ne l'attirait pas.

Il était rentré de Floride quelques jours plus tôt, après avoir rendu visite aux parents d'Erika pour leur demander la main de leur fille et avoir reçu leur bénédiction. Il avait à peine quitté leur maison que la mère d'Erika téléphonait à sa fille pour lui dire à quel point son geste avait été courtois, à quel point son père et elle avaient été impressionnés que Ted respecte la tradition.

— Je pensais que tu avais été intelligente d'avoir rompu avec lui il y a quelques années, lui dit la mère d'Erika. Maintenant, je pense que tu es intelligente de t'accrocher à lui. Au fait, j'ai trouvé quelques photos de vous deux à l'époque du secondaire. Je vais demander à ton père de les numériser et je te les enverrai par courriel, si tu veux. Ça vous plaira.

De l'autre côté de la pièce, Ted était assis à la table bistrot près de la fenêtre et sirotait une bière. Il portait un vieux jean, et sa chemise était déboutonnée, offrant à Erika une vue de son torse qui lui mettait l'eau à la bouche. Elle aurait dû le laisser dormir, mais son esprit vociférait trop bruyamment pour qu'*elle* puisse dormir et, si elle ne dormait pas, pourquoi le devrait-il?

— C'est quoi, ton idée? demanda-t-il.

— On devrait mettre une photo de nous deux au secondaire sur nos invitations de mariage. Ou sur l'annonce de nos fiançailles. Ou sur les cartons «Réservez la date». Sur *quelque chose*. Tu ne trouves pas que ce serait mignon?

Le visage de Ted s'assombrit un peu.

— Lesquelles? Nos photos de l'album de la promotion?

— Une photo de nous deux. Ma mère a trouvé quelques photos de nous deux à Mendham et a demandé à mon père de me les envoyer par courriel. Tiens.

Elle s'empara de la pochette qui contenait les photos numérisées et le tendit à Ted.

L'appartement était tellement petit qu'il n'eut presque pas à se lever pour attraper la pochette. Dès qu'il l'eut en main, il se rassit sur la chaise et feuilleta les photos. Son silence ainsi que son froncement de sourcils, qui créait une ligne au-dessus de son nez, firent comprendre à Erika qu'il ne pensait pas que son idée soit aussi géniale qu'elle le pensait.

— Quoi ? le questionna-t-elle. Tu ne trouves pas que ces photos sont hilarantes ?

Il acheva de tourner les photos et déposa le dossier sur la table. Lorsqu'il posa son regard sur elle, ses yeux avaient la couleur d'une mer houleuse.

— Non, je ne les trouve pas hilarantes.

Sa colère la déconcerta.

— Pourtant, il faut reconnaître que j'ai l'air d'une empotée sur les photos. Mais toi, tu étais toujours craquant, Ted. Tu l'étais à l'époque et tu l'es aujourd'hui. Je sais que tu étais un peu maigrichon au lycée, mais…

— Erika.

Il regarda par la fenêtre, comme s'il analysait ses paroles avant de les prononcer. Il finit par se retourner vers elle, paraissant toujours aussi troublé.

— Je ne veux pas de photos qui me rappellent à quel point tu m'as brisé le cœur.

Ce fut au tour d'Erika de froncer les sourcils.

— Ce n'est pas ce que montrent ces photos. Elles ont été prises quand nous étions ensemble. Je n'ai pas… Je veux dire, nous n'avons rompu que quelques mois plus tard.

— Nous n'avons jamais rompu, lui rappela-t-il. C'est toi qui as rompu.

— D'accord, eh bien, c'était il y a longtemps.

— Ouais.

Il porta sa bière à sa bouche tout en observant la pochette comme s'il s'agissait d'une araignée venimeuse prête à lui sauter dessus et à lui mordre le nez.

— Je regarde ces photos et je me rappelle à quel point je t'aimais à l'époque. Et à quel point, toi, tu ne m'aimais pas.

— Je t'aimais.

Elle prononça ces mots avec précaution, consciente du sol qui tremblait sous ses pieds, qui glissait, devenait de plus en plus mou et qui se couvrait d'énormes trous, qui menaçaient de la faire trébucher si elle n'était pas prudente.

— Je t'aimais. Je n'étais tout simplement pas prête à m'engager pour la vie à cette époque.

— Et maintenant, tu l'es?

Un sentiment d'indignation s'empara d'elle.

— Bien sûr que je le suis! rétorqua-t-elle, cessant d'être prudente. Comment peux-tu penser que je ne le sois pas?

— Je me souviens…

Il frappa de sa main sur la pochette.

— Je regarde ces photos et je me souviens que tu m'as quitté. J'étais prêt à me laisser mourir pour toi, et tu es partie.

— J'étais une gamine. Nous étions tous les deux des gamins. Allons, Ted… si j'avais accepté de t'épouser à l'époque, nous serions maintenant divorcés depuis 10 ans. Nous n'aurions pas été capables de gérer un mariage à l'époque.

— Et tu es vraiment sûre que nous en sommes capables aujourd'hui ?

Elle fut encore davantage outrée de le voir ainsi baisser les bras, se résigner de manière pessimiste. Merde, qu'est-ce qui n'allait pas chez lui ? Ils allaient se marier. Il avait reçu la bénédiction de ses parents. Elle avait des dossiers empilés tout autour d'elle sur son lit. Comment pouvait-il douter que cela puisse marcher ?

— Tu n'as toujours aucune idée de jusqu'à quel point tu m'as blessé, dit-il.

Sa voix était grave, tendue, comme si la blessure était encore aussi douloureuse aujourd'hui qu'il y a 16 ans.

Il avait raison — elle n'en avait aucune idée. Elle pouvait imaginer ; cependant, personne ne l'avait jamais blessée à ce point. Elle avait eu une vie chanceuse.

— Je ne te ferai plus jamais de mal, promit-elle, calmant sa colère alors qu'il osait remettre en question le fait qu'elle lui soit dévouée. Je t'aime.

— Tu m'aimais aussi à l'époque. Pendant un moment, tout au moins.

— Comparer le passé et le présent, ce n'est pas juste, Ted.

— Alors pourquoi veux-tu mettre ces foutues photos *de l'époque* sur nos invitations de mariage ? Bon sang.

Il repoussa sa chaise et se leva.

— Il faut que je sorte.

— Pour aller où ? Il est 2 h du matin !

Occupé à reboutonner sa chemise et à mettre ses chaussures, il ignora sa question.

— J'ai besoin de prendre l'air.

— Je t'interdis de sortir d'ici !

Elle bondit sur ses pieds, sans savoir si elle voulait bloquer la porte ou le gifler.

— Tu ne t'en iras pas alors que nous sommes en train de nous quereller.

— Nous ne nous disputons pas, aboya-t-il, la voix encore plus rauque et crispée, comme si l'émotion jouait avec ses cordes vocales. C'est toi qui hurles. Je me rappelle simplement que je t'ai toujours aimé davantage que toi tu ne m'aimais.

— Ce n'est pas vrai !

Oublier la gifle ; elle avait envie de l'étrangler. Elle avait envie de prendre son cou entre ses mains et de le secouer jusqu'à ce qu'il retrouve la raison.

— Bon sang, qui es-tu pour me dire à quel point je t'aimais ?

— Qui je suis, bon sang ?

Il lui adressa un sourire amer.

— Je suis le gars que tu as réduit en miettes il y a 16 ans.

Elle ne l'étrangla pas. Ni ne le gifla. N'entrava pas non plus la porte pour l'empêcher de s'enfuir. Au lieu de cela, elle se tint debout, paralysée par la colère, et le regarda ouvrir la porte, sortir et claquer la porte derrière lui.

Trois heures du matin n'était pas une heure idéale pour errer dans Manhattan, mais le quartier d'Erika était relativement sûr. L'actuel Gramercy Park, un pâté de maisons entouré d'une haute grille en fer forgé, était fermé à clé ; seuls les résidents du quartier y avaient accès. C'est pourquoi il n'y avait pas de sans-abris ou de voyous. L'espace était vide, et l'herbe tondue impeccablement soignée s'estompait dans des teintes beiges. Les arbres montraient sur leurs feuilles les premières nuances de l'automne qui s'installait sur New York.

Ted se tenait à côté de la grille, les mains agrippées aux barres verticales en fer comme un prisonnier quémandant la liberté. Bien sûr, il était libre. Il se trouvait à l'extérieur, n'était pas piégé dans le parc.

*Tu es libre*, se rappela-t-il. *Tu n'es pas piégé.*

Au contraire de Soho, ou de Times Square, ou encore de son quartier à demi embourgeoisé de Hoboken, il ne se passait pas grand-chose à Gramercy Park à cette heure de la nuit. Il pouvait entendre au loin les bruits étouffés des voitures, qui montaient et descendaient Park Avenue, ainsi que le bourdonnement du réverbère au mercure qui diffusait une lueur dans des teintes rosées sur le parc, en plus du hurlement d'une sirène à plusieurs kilomètres de là. Mais ici, sur ce petit bout de trottoir à moins de deux pâtés de maison de l'immeuble d'Erika, Ted était complètement seul.

Comment pouvait-elle regarder ces photos et trouver qu'elles étaient *mignonnes*?

Quand il les regardait, il y voyait son aveuglement et sa stupidité. Il voyait le gamin confiant, naïf qu'il avait un jour été, un gamin si follement, passionnément amoureux que l'univers semblait trop petit pour contenir ses sentiments. Il voyait un gamin qui avait tellement confiance qu'il n'aurait pas pu concevoir qu'Erika puisse le blesser.

Mais elle l'avait fait. Bon sang, plus que jamais.

Il regardait ces photos et voyait non seulement l'abruti malade d'amour qu'il avait été, mais aussi l'angoisse qu'il avait endurée après qu'elle fut partie. Les nuits qu'il avait passées, recroquevillé sur le divan bleu du salon de ses parents, tellement paralysé par le chagrin qu'il pouvait à peine bouger, encore moins manger, ou penser, ou *vivre*. Il y voyait le désespoir, la perte, la certitude qu'il ne s'en remettrait jamais.

Il s'en était remis. Et il s'était promis qu'il ne s'autoriserait plus jamais à être aussi vulnérable.

Alors, comment en était-il arrivé à cet instant? Comment avait-il permis à Erika de faire tomber ses gardes? Comment s'était-il laissé envoûter une seconde fois, lui avait-il ouvert son âme, lui avait-il donné accès à son cœur encore blessé? À quoi cela servait-il donc d'endurer une telle agonie si c'était pour ne rien en apprendre?

Si elle brisait une nouvelle fois ce cœur, il n'y survivrait pas. Il le savait.

Les barreaux de la clôture étaient froids et durs, et entaillaient la peau de ses paumes. Le poids de cette longue nuit pesait sur lui. Il avait besoin de sommeil, mais il ne pouvait pas retourner à l'appartement d'Erika. Hoboken lui paraissait pourtant tellement loin.

Ryan, son ancien copain du lycée, ne vivait-il pas en ville? Peut-être pourrait-il s'affaler sur le divan de Ryan. Il avait passé tant de samedis soir, effondré sur les divans de ses amis, à l'époque où il était cet ado stupide et naïf qui apparaissait sur les photos qu'Erika lui avait montrées.

Cependant, s'il appelait Ryan, et si Ryan lui disait de passer, quand il arriverait à l'appartement de Ryan, où qu'il soit... Ryan l'interrogerait. «Ouais, devrait-il dire. Je suis encore cet ado stupide et naïf, trop bête pour m'en sortir seul. Peux-tu m'aider? As-tu un antidote contre Erika?»

D'accord. Cela marcherait.

Il poussa un grognement, força ses doigts à se déployer et se rejeta en arrière pour s'éloigner de la clôture. Il allait marcher pendant un moment. Rompre le sort. Reprendre pied. Essayer de retrouver le chemin vers la sécurité.

Comme s'il pouvait un jour être à l'abri des blessures tant qu'Erika faisait partie de sa vie.

Au-dessus de lui, plusieurs kilomètres plus haut, quelques courageuses étoiles scintillaient dans le ciel gris-noir, visibles malgré toutes les lumières ambiantes diffusées par la ville de New York. Il envoya un message vers le haut, visant l'étoile la plus lumineuse et se demandant s'il rebondirait et atteindrait Erika d'une façon ou d'une autre : *Fais que j'aie confiance. Fais que j'aie confiance en ce que mon amour pour toi ne me détruise pas une nouvelle fois.*

Elle n'avait jamais reçu les messages qu'il avait envoyés aux étoiles il y a tant d'années de cela.

Il se rendit compte qu'elle ne recevrait pas celui-ci non plus.

Le salaud!

Si elle avait été adepte des grands gestes, elle aurait balayé son lit de toutes les piles de documents et les aurait laissés se disperser sur le sol. Et ensuite, elle les aurait piétinés. Peut-être aurait-elle tout d'abord enfilé ses anciennes bottes d'équitation pour augmenter les dégâts.

Mais elle était trop disciplinée et elle avait tellement travaillé pour rassembler toutes ces informations pour le mariage : des notes concernant les restaurants, les hôtels, les fleuristes, les photographes. Elle rassembla ses documents, les empila proprement et plaça toutes les pochettes dans le tiroir où elle les conservait. Le tiroir dans lequel elle conservait également toutes les lettres et les dessins que Ted lui avait envoyés il y a bien longtemps, les lettres et les dessins qu'elle n'avait pas pu jeter.

Elle avait à peine fini de dégager son lit que des larmes coulaient le long de ses joues.

Comment pouvait-il l'accuser de ne pas l'aimer suffisamment ? Suffisamment, cela représentait quoi ? Suffisamment pour remplir l'océan ? Pour inonder la planète ? Suffisamment pour occuper la galaxie tout entière ? Qu'est-ce qui serait suffisant pour le rassurer ?

*Je ne voudrai plus jamais de toi. Je ne pourrais plus supporter d'être encore blessé comme ça.*

C'était ce qu'il lui avait dit et, pendant 16 ans, elle avait cru qu'il le pensait vraiment. Elle savait qu'elle avait une chance incommensurable qu'il ait dépassé cela, qu'il ait décidé de reprendre avec elle. Bon sang, il n'avait pas fait que parler de mariage avec elle. Il en avait parlé avec *ses parents*.

Et, en dépit de tout cela, il ne croyait toujours pas qu'elle ne le fasse plus souffrir.

La confiance était une chose qui comptait pour elle. S'il ne lui faisait pas confiance, leur relation était terminée.

À cette pensée, une nouvelle vague de tristesse intense s'empara d'elle. Elle était assise sur son lit, secouée par les sanglots, ses larmes trempant son tee-shirt. Elle ne pouvait

se marier avec quelqu'un qui ne lui faisait pas confiance —
et Ted ne lui faisait pas confiance. C'était fini, vraiment fini.

Le pire dans tout ça, c'était qu'elle avait affreusement
besoin que quelqu'un la réconforte pendant qu'elle pleurait
la perte de Ted — et la personne dont elle voulait le réconfort, c'était Ted. Elle était fière d'être forte et indépendante
mais, dans les rares occasions où elle avait besoin d'une
épaule sur laquelle pleurer, la seule épaule dont elle voulait était celle de Ted.

Le salaud.

Elle attrapa son portable sur la table de nuit et composa
le numéro d'Allyson Rhatican qui était en mémoire. Au bout
de quelques sonneries, la voix d'Allyson lui parvint, rauque
et endormie.

— 'llo?

— Allyson, c'est moi.

— Erika?

Allyson s'éclaircit la gorge avant de la maudire.

— Est-ce que tu as une idée de l'heure qu'il est?

— Deux heures?

— Trois heures. Tu m'as réveillée. Il vaut mieux que ce
soit important.

— C'est terrible, dit Erika avant de se remettre à
sangloter.

— Oh, mon Dieu.

Allyson semblait complètement réveillée maintenant.

— Est-ce que quelqu'un est mort? Tes parents? Ta
sœur?

— Non. Personne n'est mort.

Erika chercha sa respiration et lutta pour ne pas faire transparaître les larmes dans le son de sa voix en soupirant profondément plusieurs fois de suite.

— Ted m'a laissée tomber.

— Quand ?

Erika n'en était pas certaine. Il lui semblait qu'il venait à peine de claquer la porte et de partir pour toujours.

— Il y a dix minutes.

— Pourquoi ? Qu'est-il arrivé ?

— Il ne me fait pas confiance. Il pense que je ne l'aime pas autant que lui m'aime. Il ne pense pas que je *puisse* l'aimer autant qu'il m'aime.

— Oh, Erika.

La voix d'Allyson se fit plus douce et réconfortante.

— Il a tout simplement peur.

— Peur du mariage ? Je ne pense pas. Il a eu envie de se marier à l'âge de 18 ans.

— Peur d'être blessé.

— *Je* suis la personne blessée en ce moment, protesta Erika.

— Oui, et tu as l'air diablement effrayée.

Erika laissa les paroles d'Allyson couler en elle. La vérité de celles-ci résonna en elle. Elle n'était pas furieuse ou pleine de ressentiment. Elle était effrayée. Plus effrayée qu'elle ne l'avait jamais été au cours de sa vie.

Effrayée à l'idée de perdre Ted. Effrayée à l'idée que, si elle le perdait, elle ne s'en remettrait jamais. Effrayée à l'idée que la souffrance due à sa perte ne la détruise.

Tout simplement aussi effrayée qu'il devait l'être.

— Qu'est-ce que je devrais faire ?

— Tu te secoues, suggéra Allyson. Remonte sur le cheval, donne-lui un petit coup de pied et envole-toi.

Erika remercia Allyson, s'excusa de l'avoir réveillée, la remercia une nouvelle fois, s'excusa encore et obéit à Allyson qui lui demandait de se taire pour la laisser se rendormir. Elle observa le téléphone dans sa main, prit une profonde inspiration afin de s'assurer d'avoir évacué toutes ses larmes, se dit de passer outre à cette peur abjecte, et appuya sur la touche mémoire du numéro de portable de Ted.

Il répondit presque instantanément.

— Fred.

— Reviens, dit-elle.

Il n'y avait aucun sanglot dans sa voix, aucune panique. Rien que la vérité.

— J'ai besoin de toi. Je t'aime. S'il te plaît, reviens à la maison.

— Je suis dans le hall d'entrée, dit-il. Dis au portier de me laisser entrer.

Si elle n'avait pas été aussi lessivée, elle aurait pu sourire.

— Je t'aime plus que tu ne m'aimes, ajouta-t-elle.

— C'est impossible.

La sonnerie de l'interphone retentit et, son téléphone toujours perché à l'oreille, elle descendit du lit et attrapa le combiné de l'interphone.

— Mademoiselle Fredell ?

La voix du portier de nuit était presque aussi chancelante que ne l'avait été celle d'Allyson. Erika se demanda s'il était en train de dormir derrière son bureau.

— Votre ami est ici. On dirait qu'il a pleuré.

— Bien, dit Erika. Nous ferons la paire. Laissez-le monter. Et dites-lui que je l'aime.

Le portier renifla, sans aucun doute embarrassé. Peu importe. Il lui envoyait Ted et, rien que pour cela, elle l'aimait, lui aussi.

# Épilogue

Il faut absolument être totalement présent dans un moment comme celui-ci ; cependant, tant de choses sont arrivées, tellement vite que j'ai besoin de tout passer en revue une dernière fois avant que s'ouvre la porte menant à une autre étape de ma vie.

À mes côtés, la femme que j'aime paraît un peu négligée. Magnifiquement négligée, mais ce n'est assurément pas son apparence soignée habituelle. Je sais que je suis censé lui dire certaines choses et je les lui dis. Je lui tiens la main, je lui caresse le dos, lui embrasse le bout des doigts même si elle est en train de pleurer, de pousser des jurons et de se donner en spectacle. Et, au lieu d'être totalement présent dans cet instant, je me rends compte que mon regard est fixé sur le diamant qu'elle porte à la main et je me souviens de ce voyage de dingue que j'avais entrepris dans l'Arkansas afin d'y creuser dans une mine appelée Crater of Diamonds State Park pour y trouver une pierre précieuse. J'aurais pu l'emmener chez Tiffany's, mais non, j'avais dessiné un motif unique pour la bague que je voulais lui offrir, de sorte que j'étais parti seul dans l'Arkansas afin de dégoter un diamant par moi-même. Je m'étais tenu debout dans le trou que j'avais creusé, et soudain, de l'eau avait commencé à remplir le trou à toute vitesse, et j'avais pensé que j'allais m'y noyer à cause de l'amour.

Toutefois, je m'étais déjà habitué à cette pensée, de toute façon — à l'effet que mon amour pour Erika puisse me tuer. Je l'avais accepté. Parce que je l'aimais davantage que j'aimais ma propre vie. Parce que je n'étais pas capable de ne pas l'aimer.

Je ne m'étais pas noyé. J'étais rentré à la maison, avais acheté une pierre chez un marchand certifié et avais fait réaliser la bague.

Dix-sept ans. Dix-sept ans s'étaient écoulés depuis l'instant où j'avais compris qu'Erika était la seule femme que j'aimerais. Et, à présent, elle était à mes côtés, en sueur et en train de jurer, et elle ne m'avait jamais paru plus belle qu'en cet instant.

Je lui avais offert la bague en Floride. Elle s'était probablement attendue à la recevoir dans le Maine, où nous étions allés en premier lieu pour rendre visite aux parents pendant les vacances. Nous avions passé quelques jours dans la neige à East Machias — trop proche du littoral pour pouvoir skier, mais ce n'était pas un problème ; il s'agissait d'une visite familiale, et non de vacances de ski. Mes frères étaient présents. Georges avait prétendu vouloir faire de la lutte avec moi mais, bien entendu, je n'étais plus son frêle petit frère. J'étais à présent aussi grand que lui, et il savait que, s'il s'en prenait à moi, je le plaquerais au sol en moins de deux secondes. Josh, Adam et Nancy, leurs conjoints respectifs et leurs enfants étaient là aussi. La maison de mes parents était bondée et bruyante, et Erika n'arrêtait pas de me lancer des regards de plus en plus incertains, de plus en plus inquiets.

Cependant, j'avais attendu. Je voulais faire cela dans les règles de l'art — pas avec mes frères et ma sœur curieux et bruyants autour de moi.

Alors, j'avais pris un vol avec elle depuis le Maine jusqu'en Floride, et elle était devenue un peu énervée et anxieuse. J'étais, moi aussi, un peu énervé parce que ses parents — qui sont vraiment des gens merveilleux mais un peu vieux jeu — m'avaient installé dans la chambre d'amis et avaient placé Erika sur le divan-lit du salon, alors que j'étais sacrément excité sexuellement. À 6 h 30, n'y tenant plus, je m'étais glissé furtivement dans le salon et l'avais rejointe sur le divan — simplement pour lui faire des câlins. Je n'allais rien entreprendre d'osé pendant que ses parents dormaient de l'autre côté du couloir. Et elle avait commencé à se blottir contre moi, ce qui m'avait vraiment excité davantage, et je lui avais dit que j'avais envie d'aller faire un tour.

— Tout seul ? avait-elle demandé.

— Tu peux te joindre à moi si tu en as envie, avais-je répondu d'un air désinvolte.

Grâce à Dieu, elle avait décidé de m'accompagner.

Elle portait des vêtements roses. La couleur du soleil en train de se lever au-dessus de l'océan. Nous avions la plage rien que pour nous. Tous les autres dormaient certainement encore, la tête bercée par des visions de confiseries de Noël. Le sable était doux et blanc, l'air doux et frais du matin, l'eau aussi lisse qu'un miroir.

Je n'arrivais pas à la quitter des yeux. Je ne pouvais m'en empêcher, pensant que tout ce que j'avais toujours voulu, que tout ce dont j'avais un jour rêvé, que tout ce que j'avais demandé aux étoiles — tout cela était là devant moi. C'était elle. Erika.

Je répétais dans ma tête la façon dont j'allais poser la question — comme s'il y avait tellement de façons de poser la question — mais, avant que je ne puisse parler, elle s'était lancée dans un monologue, parlant de long en large du fait qu'il était complètement ahurissant qu'un an auparavant, nous ne faisions pas partie de la vie de l'autre, qu'il y a six mois, nous nous étions retrouvés chez

Fanelli's, et que, dès qu'elle m'avait dit au revoir ce jour-là, elle avait compris qu'elle était amoureuse de moi et combien le destin avait été généreux en nous permettant de nous retrouver — et j'avais pensé, excuse-moi, j'ai été celui qui nous a permis de nous retrouver, en t'envoyant ce courriel et en te demandant si tu voulais bien aller prendre un verre, mais, d'accord, exprime toute ta reconnaissance au destin. Et elle babillait, et je me demandais si elle allait s'interrompre pour reprendre son souffle, mais je ne voulais pas qu'elle s'interrompe parce qu'elle était simplement en train de me dire, de bien des façons différentes, qu'elle m'aimait.

Je me suis donc rendu compte que, oui, il y avait de nombreuses façons de poser la question.

Ainsi, je m'étais finalement retourné pour lui faire face, et elle s'était enfin tue. Alors, j'avais dit :

— Tu es la seule femme que j'aie jamais réellement aimée.

Puis je m'étais agenouillé sur le sable chaud et blanc, et j'avais dit :

— Je veux passer le reste de ma vie à tes côtés.

Je lui avais donné la bague qui ne portait pas de diamant du Crater of Diamonds State Park dans l'Arkansas et, bon sang, si je m'étais noyé là-bas, cela aurait été la pire manière de périr.

Je me rappelle que, lors de notre mariage, la première chanson sur laquelle nous avions tous les deux dansé, en tant que mari et femme, était **Songbird** de Fleetwood Mac. La chanson qu'elle avait enregistrée sur la cassette de compilation qu'elle m'avait donnée il y a si longtemps. La ballade sentimentale qui disait tout. « Je t'aime, je t'aime, je t'aime comme je n'ai jamais aimé auparavant... »

Elle gémit, et je reporte mon attention sur la chambre d'hôpital. Il y a de la tapisserie à fleurs qui est censée apaiser, mais une seule chose pourrait l'apaiser en ce moment, et cela arrivera au moment opportun. Il y a un médecin dans la chambre, une infirmière, une sage-femme, et tout le monde sourit, même Erika quand elle n'est pas en train de marmonner, de haleter et de faire tous ces trucs de respiration que je lui dis de faire. J'ai envie de lui faire remarquer qu'elle est celle qui a insisté pour mettre immédiatement un bébé en route, et, en raison de la tournure des choses, le « immédiatement » avait eu lieu durant la lune de miel.

Pas une mauvaise façon de fêter un mariage.

Même si cela signifiait de devoir passer les premiers mois de notre mariage à chercher un appartement plus grand. Parce qu'il n'y avait pas moyen de caser un lit de bébé dans la Maison de poupée. Mais nous avions trouvé l'appartement. Pas la maison à la campagne dont nous avions parlé, avec des chevaux pour elle et des ânes pour moi, et un chien comme Spot, bien qu'Erika ait dit que, si je voulais un chien, il faudrait le castrer.

Compte tenu de ce qu'elle ressent en ce moment, je me demande si elle va vouloir que je sois également castré afin de ne plus avoir à endurer ça. Je serre sa main, passe un tissu humide sur son front, embrasse ses cheveux emmêlés et lui rappelle de continuer à respirer.

— Je dois pousser, dit-elle.

J'aimerais pouvoir pousser à sa place. J'aimerais pouvoir endurer la douleur à sa place. Mais elle m'en empêcherait. Elle avait promis qu'elle ne me causerait plus jamais de souffrance, et elle ne le ferait plus. Je le sais désormais. C'est Erika, la sage, belle, pragmatique, courageuse Erika.

La seule femme que j'aie jamais réellement aimée.

— La tête est là, dit la sage-femme. Poussez encore une fois bien fort, d'accord ?

Soudain, tout va très vite, et Erika agrippe ma main, grimace et pousse, et j'ai l'impression, à cet instant précis, de me noyer, pas dans un trou dans une mine de diamants mais exactement là, noyé sous une vague d'amour et de joie. Puis la sage-femme annonce :

— C'est un garçon.

Et mon fils se met à pleurer. Puis, Erika et moi commençons à pleurer, nous aussi.

Tant d'années. Tant de souffrance, de perte, de distance. Tant d'amour.

Ils me demandent de couper le cordon, et je le fais, puis mon fils est enveloppé dans une couverture et installé dans les bras aimants d'Erika. Et je me dis que cela en valait la peine. Toutes ces années, toute cette souffrance, mais maintenant j'ai ceci. J'ai tout.

Cela valait réellement la peine d'avoir attendu.

## À propos de l'auteure

**Judith Arnold** a écrit plus de 85 romans. Elle a fait partie, à plusieurs reprises, des finalistes nominés pour le prix des Meilleurs auteurs américains de romans d'amour (RITA) et a obtenu de nombreuses récompenses du *Romantic Times* pour des livres comme *Barefoot in the Grass* et *The Fixer Upper* dans la série All-time favorites. *Publishers Weekly* a désigné son livre *Love in Bloom's* comme l'un des meilleurs livres de l'année. Visitez l'auteure au www.juditharnold.com.

# Ne manquez pas
# le livre 2

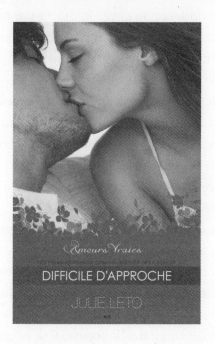

## Un

— Tu es trop difficile, voilà ton problème.

La douce bulle qui émanait des paroles poignantes de Jeff Tweedy et de sa magistrale guitare acoustique éclata comme si une aiguille l'avait percée. Anne Miller se tourna vers son amie, Shane Sanders, et lui lança un regard incrédule et indigné. Cela avait commencé juste avant le concert.

Shane avait ressassé toutes les raisons pour lesquelles Anne n'aurait pas dû venir seule au théâtre de l'« Egg » à Albany. Une fraction de seconde après le dernier applaudissement, la discussion avait fait sa réapparition comme un petit diable sortant de sa boîte.

— Laisse tomber, Shane.

Shane sourit, puis posa sa tête sur l'épaule de son dernier petit ami, James, ou était-ce Jamie ? Anne n'en n'était plus très sûre. Convaincue d'avoir besoin d'élargir son cercle d'amis, Anne essayait naturellement de rencontrer de nouvelles personnes. Toutefois, elle avait du mal à suivre le fil des rendez-vous de Shane.

Shane fit une moue désapprobatrice de ses lèvres roses et jeta un rapide coup d'œil sévère à Anne.

— Tu es très attirante. Les hommes te remarquent tout le temps. Tu es intelligente, probablement plus que tu ne le devrais quand il s'agit des hommes. Tu as une belle carrière professionnelle, une famille formidable et un goût certain pour tes amis.

— Tu devrais sortir avec moi plaisanta Anne, avant de baisser la voix pour ajouter : peut-être que tes relations dureraient plus de 24 heures.

Shane ricana mais sans réelle malveillance.

— Tu es trop compliquée, tu me rends folle. Sérieusement, chérie, si tu veux qu'un type profite de toutes tes qualités, tu vas avoir besoin d'abaisser tes critères.

— Mes critères sont très bien, dit Anne.

— Vraiment ? Alors comment se fait-il que nous ayons vendu la place à côté de toi, plutôt qu'elle soit occupée par un type avec lequel tu aurais pu avoir une chance par la suite ?

— Comme ça, tu aurais pu passer toute la nuit à tenter d'organiser ma vie amoureuse, c'est ça?

Shane roula des yeux au sarcasme d'Anne, mais changea de sujet comme elles récupéraient leurs sacs et leurs manteaux. Un de ces jours, Shane se rendrait compte, comme Anne, qu'il est inutile de s'inquiéter pour sa vie privée (voire, d'en faire une idée fixe).

Si elle était destinée à rencontrer un homme, cela se ferait. Les efforts qu'elle avait entrepris pour que ceci arrive le plus vite possible n'avaient créé que de la frustration. L'année dernière, elle avait acheté une deuxième table de nuit et avait vidé les tiroirs de son armoire en pensant rencontrer quelqu'un d'exceptionnel. Mais le Feng Shui sentimental lui avait juste laissé davantage d'espace vide, une parfaite métaphore pour sa vie amoureuse. En plus, pour quelqu'un comme elle qui faisait rarement du rangement, cela demeurait tout à fait superflu.

— Tu n'as pas hâte de rencontrer quelqu'un d'intéressant?

— Je vois des gens intéressants chaque jour, dit Anne. Et les rencontres se font quand elles se font. En attendant, je te laisse ta part de chance.

Sachant qu'il ferait frais durant le retour à pied à leur appartement situé sur la rue State, Anne se blottit dans sa veste pour se protéger de l'air glacial de novembre. Cela avait été particulièrement difficile aux affaires criminelles du *Daily Journal d'Albany* cette semaine. Même ce froid était préférable à l'air vicié qui circulait dans le palais de justice depuis les années 1970.

Lorsque Jamie suggéra de s'arrêter pour un verre en chemin, Anne accepta immédiatement. Quelques margaritas un lundi soir représentaient un plaisir délicieux et rare.

Shane se mit derrière la rangée des fans de musique qui se dirigeaient vers le couloir de la sortie.

— Qu'est-ce qui t'a pris de vouloir rencontrer des gens nouveaux et d'élargir tes horizons?

Anne poussa un soupir.

— Et voilà, moi qui croyais que l'idée des margaritas te détendrait.

— Je veux juste que tu sois heureuse. Tu as travaillé comme une folle dernièrement.

— Les crimes ne dorment pas, les journalistes aux affaires criminelles non plus.

— Alors, si on se fie à toi, tous les journalistes aux affaires criminelles doivent dormir seuls.

Anne bouscula gentiment Shane.

— Tu ne penses qu'à une chose. J'aime mon travail. J'aime révéler le côté sombre de la société et explorer la voie de la justice.

— Dommage que tu ne rencontres pas aussi un grand nombre de beaux célibataires sur cette voie, dit Shane.

Anne fit la grimace.

— Mon travail est le dernier endroit où je chercherais un compagnon.

En plus des criminels, Anne ne voulait pas sortir non plus avec un autre journaliste. S'il était vrai que les reporters de haut calibre étaient fascinants, ils bougeaient beaucoup. Ils traquaient non seulement les articles, mais également de meilleurs postes sur de plus gros marchés. Elle avait ses propres aspirations dans cette arène et n'était pas très certaine de vouloir mesurer ses objectifs professionnels à ceux d'un autre, du moins, pas dans le même domaine.

Les seules autres personnes honnêtes qu'elle rencontrait dans le cadre de son travail étaient des policiers débordés, des procureurs sous-payés, des garants de cautions judiciaires et des familles opprimées soit de victimes, soit de criminels présumés.

Pas exactement un assortiment de partenaires potentiels.

Anne ne souhaitait pas de rendez-vous juste pour sortir de chez elle. Elle avait des amis pour ça, hommes et femmes, et les flirts de passage ne l'intéressaient plus depuis longtemps. Elle n'était pas exactement à la chasse au mari, mais elle en avait assez de perdre son temps avec des types qui n'avaient pas envie de se ranger.

D'accord, ses critères étaient peut-être trop élevés.

— Si tu ne rencontres pas de types au travail et que tu ne me laisses pas t'aider, comment vas-tu faire pour trouver l'homme de tes rêves ?

— J'ai les hommes de mes rêves, dit Anne. Un peu de Jack Bauer, un peu de David Boreanaz, et mes heures de sommeil sont assurées.

— Ce n'est pas de cette façon que les heures de sommeil sont censées être assurées, répondit Shane, en levant les sourcils.

Peut-être pas, mais Anne préférait fantasmer sur des hommes séduisants qui lui faisaient des choses excitantes et savoureuses pendant son sommeil, plutôt que de perdre une de ses précieuses journées pour un type dont elle ne voulait pas.

Anne commençait à suivre les personnes sur sa gauche vers la sortie quand Shane lui saisit la main et la tira vers la droite pour suivre James. Ils entrèrent dans un espace ouvert menant à l'extérieur de la salle de spectacle.

— Peut-être qu'après quelques margaritas, je pourrai te convaincre de sortir avec mon cousin.

— Avec de la tequila, tu as peut-être une chance, dit Anne, bien qu'elle en doutât.

La dernière fille avec laquelle son cousin était sorti travaillait comme strip-teaseuse. Elle ne pouvait l'imaginer s'émerveillant devant ses cheveux noirs naturellement ondulés et épais, ses jolies courbes et ses ravissantes lunettes rouge cerise.

Un passage se forma dans la foule. Ils se faufilèrent assez rapidement lorsque Shane s'arrêta net, obligeant Anne à s'écraser sur elle. Elle ouvrit la bouche pour s'excuser quand Shane se retourna. L'excitation illuminait ses yeux marron clair.

— Ou je pourrais te présenter à Michael.

Anne se frappa le front. Affronter la liste interminable des hommes célibataires, parents de Shane ou qu'elle avait quittés, nécessitait plus de force intellectuelle qu'Anne ne pouvait en avoir en cette fin de lundi soir.

— Qui est Michael ?

Shane retourna si brusquement Anne que celle-ci se cogna l'épaule contre celle d'un homme qui se dirigeait comme eux vers la sortie.

Une sensation de chaleur se dégagea au travers de la doublure de sa veste.

Comme une attirance.

— Je suis Michael, dit l'homme auquel elle s'était heurtée.

Anne recula, marchant presque sur les pieds de deux filles qui avaient l'air bien jeunes pour sortir un soir de semaine. Elle marmonna des excuses pendant que son regard restait rivé sur les yeux de l'individu. Elle n'avait jamais vu un bleu aussi intense.

Le sourire qui pénétra dans leur profondeur turquoise n'était pas mal non plus.

— Voici Anne, dit Shane, trépignant presque d'excitation. Elle habite dans mon immeuble. Elle est belle, non ?

Il existe un endroit particulier en enfer pour les personnes qui insistent pour caser leurs amis, un endroit à peine moins horrible que les donjons réservés à ceux qui envoient sans prévenir des types à la mine patibulaire chez leurs voisins. Anne se força à rire pour cacher sa maladresse.

— Désolée, je n'avais pas l'intention de vous heurter.

Michael enfonça plus profondément ses mains dans les poches de sa veste, son sourire éclairant ses yeux d'une couleur presque aveuglante.

— L'expérience n'était pas totalement déplaisante. Comment avez-vous trouvé le concert ? Et oui, dit-il à Shane. Elle l'est.

*Pas déplaisante* n'était pas le meilleur compliment qu'elle ait reçu, mais la manière dont il traita la question effrontée de Shane attira son attention. Le fait qu'il admette qu'elle soit belle était particulier. Mais qu'il l'ait fait de manière si enjôleuse l'impressionnait encore plus.

Depuis qu'ils s'étaient arrêtés pour parler, un grand nombre de personnes avaient surgi derrière eux, les poussant en direction de la sortie. En dépit du chaos tout autour, Anne répondit à la question de Michael à propos du concert. Lorsqu'ils pénétrèrent dans le hall de l'« Egg », ils en étaient arrivés à tomber tous les deux d'accord sur le fait que Tweedy était en pleine forme et valait le prix du billet.

Ils poursuivirent leur conversation, et Anne expliqua pourquoi Shane et elle vivaient dans le même immeuble proche de cet endroit quand elle demanda :

— Alors, comment as-*tu* connu Shane ?

Michael et sa voisine échangèrent un bref regard entendu.

— Oh, dit-elle.

— Qu'est-ce que tu veux dire par « oh » ?

Shane remonta brusquement la fermeture éclair de son manteau pour se protéger d'un soudain souffle de vent arrivant de l'extérieur.

Anne jeta un coup d'œil à Michael qui semblait un peu perplexe, une expression qui ajoutait un rien adorable à son charmant visage.

Elle avait supposé que Shane et Michael étaient déjà sortis ensemble mais, bien que cela ait été fort probable, elle semblait se tromper. Elle fit un essai en rajoutant :

— Êtes-vous allés à l'école ensemble ?

L'instant devint pesant et tendu, mais Michael inclina sa tête vers la foule en mouvement et répondit :

— En fait, nous nous sommes rencontrés à un concert. Elle tentait de mettre le grappin sur un ami à moi.

Anne sourit.

— Elle a cette tendance-là.

Michael rit.

— C'est souvent le cas des jolies filles, mais tu dois le savoir.

Il lui fallut une fraction de seconde pour se rendre compte qu'il venait à nouveau de lui faire un compliment, bien que celui-ci soit sans aucun doute meilleur que le premier.

— Tu trouves que je suis jolie ?

Par la forme étrange de sa joue, elle devina qu'il essayait difficilement d'empêcher un sourire.

— Tu sembles surprise.

— Je suppose que je le suis, confessa-t-elle.

— Je ne vois pas pourquoi.

En dépit d'une rafale d'air froid qui tourbillonnait autour d'eux au moment où ils sortirent en plein air, Anne devait admettre — intérieurement — que ce type était bien. Leur brève conversation avait suffi à réchauffer son corps comme un grog brûlant et fort.

— Hé, si on allait au Bomber's. Ils préparent des margaritas italiennes, dit Shane, et c'est sur notre route.

Anne lança un coup d'œil de biais à Michael et se rendit compte qu'il n'était pas seul. Flanqué d'un type grand et mince aux cheveux bruns, ils entretenaient des rapports amicaux qui indiquèrent à Anne qu'ils se connaissaient depuis longtemps.

— Salut, je m'appelle Anne, dit-elle en tendant la main.

Il l'accepta.

— Ben, dit-il.

— Es-tu aussi sorti avec Shane ?

Shane lui tapa sur l'épaule.

— Tu vas donner une mauvaise image de moi à Jamie.

www.ada-inc.com
info@ada-inc.com

www.facebook.com/EditionsAdA

www.twitter.com/EditionsAdA